친애하는 나의 종말

신주희 장편소설

북*

차례

0

'어떤 일'도 '무슨 일'처럼 보이는 새빨간 노을이었다. 주하나는 자동차 뒷좌석에 앉아 불길이 번진 것 같은 하늘을 가만히 올려다봤다. 성전이 가까워지자 임산도로 나무들 사이에 걸린 플래카드가 하나둘 눈에 들어왔다.

종말.
1992년 10월 28일, 심판의날을 맞으라.

주하나는 '종말'이라고 썼지만 '좀말'처럼 보이는 글자를 보며 좀비를 떠올렸다. 종말이라면 좀비 정도는 나와줘야 하는 게 아닐까. 하지만 곧 후회했다. 이건 또 얼마나 마귀 같은 생각인지. 주하나는 앞 좌석에서 맥락 없이 튀어나오는 '아멘'과 '할렐루야' 소리를 들으며 아버지와 어머니의 눈치를 살폈다. 마음이 초조했다. 달콤한 게 절실했다. 주머니에 숨긴 초코바를 만지작거리며 할머니를 돌아봤다. 평소 아버지가 '마귀의 음식'이라 부르는 것을 할머니는 몰래 주하나의 손에 쥐여주었다. 오늘따라 치매로 어두웠던 할머니의 눈빛이 묘하게 반짝이고 있었다.

성전 앞에 도착하자 오전부터 자리를 잡고 있던 취재진 무리가 성도들을 향해 카메라 플래시를 터뜨렸다.

오늘 자정, 휴거(携擧)*가 확실합니까?

기자의 질문에 성도들은 공항 출국장을 빠져나가는 사람처럼 말없이 손을 흔들었다. 할머니를 부축한 채 카메라 앞에 선 아버지도 그들을 향해 가볍게 고개를 숙여 인사했다.

천국에서 뵙겠습니다.

어머니와 주하나가 아버지의 뒤를 따랐다. 쏟아지는 플래시 불빛에 눈이 부셨다.

빛의 사자들이여, 복음의 빛 비춰라.

빛의 사자들이여, 들이여.

* 예수가 세상을 심판하기 위해 재림할 때 구원할 사람들을 공중으로 들어 올리는 것.

성도들은 모두 흰 가운을 걸치고 찬송에 열중하고 있었다. 주하나 역시 문 앞에서 나눠 주는 흰 가운과 설유화 화관을 쓰고 자리에 앉았다. 사실 그것 말고는 별다른 선택이 없었다. 아버지와 어머니가 둘 다 '유종선교회' 교인이었고, 주하나와 할머니는 그 선택의 옵션 같은 거였으니까.

주하나는 가운 오른쪽 가슴에 달린 명찰을 몇 번이나 확인했다. 가운을 벗고 그대로 천국에 올라갈 사람이 있는가 하면, 다시 내려와 자신의 이름이 적힌 가운을 입어야 하는 사람도 있다고 했다. 그건 '가봐야 안다'고 했지만, 주하나의 불안은 계속되었다. 합격 커트라인에 아슬아슬하게 걸려 있는 수험생처럼 그간 잘못한 일들이 자꾸만 떠올랐다. 운이 좋다면 패자부활전 개념인 7년 대환란을 준비할 정도는 되지 않을까. 그런 생각을 하자 가만히 있어도 땀이 줄줄 흘렀다.

휴거 15분 남았습니다!

목사가 종말이 임박했음을 선언했다. 사방에서 터져 나오던 방언들이 갑자기 흐느낌으로 변해갔다. 찬송가는 제 음과 박자를 잃은 지 오래였고, 두 손을 하늘로 치켜든 성도들은 손뼉을 치며 하나의 단어를 외치기 시작했다.

휴거!

휴거!

주하나는 입안에 고인 침을 꿀꺽 삼켰다. 그러고는 조심스럽게 주머니에 손을 넣었다. 반쯤 녹은 초코바가 만져졌다. 기도하는 척 엎드려 물컹해진 초코바 포장지를 뜯었다. 오늘이 아니면 다시 먹을 수 없다고 생각하니 눈물이 핑 돌았다. 재빨리 초코바를 한입 가득 욱여넣었다. 혀뿌리가 찡할 정도로 달고 부드러운 기쁨이 식도를 타고 온몸으로 퍼졌다. 천국 문이 열리는 것 같았다. 잠시 뒤 입을 오물거리고 있던 주하나에게 할머니가 속삭였다.

아직이냐?

주하나는 가만히 고개를 끄덕였다. 쉰 목소리로 찬송가를 부르던 아버지와 흐느끼며 기도에 빠져 있던 어머니가 성도들과 작별 인사를 나누고 있었다.

휴거 하십시다!

천국에서 만납시다!

주하나는 성전의 벽시계를 확인하고는 할머니에게 대답했다.

아직 5분 남았어요.

할머니는 작게 한숨을 내쉬더니, 무언가 중대한 비밀을 발설하는 사람처럼 한껏 목소리를 낮췄다.

하나야, 세상에서 제일 어려운 게 뭔지 아니?

주하나는 멀뚱히 있다가 이 사이에 낀 땅콩을 혀로 훑었다. 물론, 그 답은 '휴거'일 터였다. 하지만 이어진 할머니의 답은 영 엉뚱한 것이었다.

죽는 거다.

주하나는 고개를 갸웃거렸다. 할머니의 말이 터무니없어진 지는 오래됐지만, 지금은 그조차도 적절한 순간이 아니었다. 이제 세상이 끝날 거고, 휴거에 실패한 자들에게는 곧 죽음이 찾아올 것이기 때문이다. 하지만 차마 자신과 할머니가 실패자들 사이에 끼게 될지도 모른다는 말까지는 하지 않았다.

천국에서 다시 사는 게 제일 어려운 일 아니고요?

다시 사는 것도 먼저 죽어야 할 수 있는 일이지.

그러더니 할머니는 더욱 목소리를 낮췄다.

사람은 잘 죽지 않아. 죽음이 끝이고 모든 게 그렇게 간단하다면 하나님이 왜 사탄을 단번에 멸하지 않으셨겠니?

할머니의 말은 이상하면서도 단호했다.

내가 다 봤다. 호수에서 죽은 그 여자도 쉽지 않았어.

호수에서 죽은 그 여자라니. 주하나는 떠도는 소문 하나를 언뜻 떠올렸지만 이내 고개를 저었다. 할머니의 눈빛이 다시 흐릿하게 현실과 멀어지고 있었기 때문이다. 할머니와 단둘이 지상에 남게 될 상상이 주하나의 머릿속을 떠나지 않았다. 그 이유는 간단했다. 주하나는 믿음이 부족했고, 할머니는 믿음이 넘쳤기 때문이다.

턱을 괴지 마라, 엄마가 빨리 죽는다.

문지방을 밟지 마라, 복 달아난다.

밤에 손톱을 깎지 마라, 쥐가 네 흉내를 낸다.

할머니는 휴거뿐 아니라 이런 미신까지도 믿었다. 주하나도 어느 정도 그 믿음에 동조했다. 턱을 괴지 않았고, 문지방을 밟지 않았으며, 긴 손톱을 굳이 이로 물어뜯기 일쑤였다. 그 하찮은 믿음의 결과가 이렇게 무시무시한 결과로 이어지게 되다니. 첫사랑도 못 해본 열 살 소녀에게 너무 가혹한 처사가 아닐 수 없었다. 종말도 모자라 생애 최초의 이별까지 치르게 될 거라고 생각하니 서러움이 복받쳤다. 별로 살고 싶은 기분이 아니었지만 그럼에도 하나는 절대 포기할 수 없었다. 바로 사랑. 주하나는 슬쩍 고개를 돌렸다. 거기 제 부모를 따라 까만 머리통을 주억거리는 여호수아가 보였다.

기도에 열중하고 있는 여호수아는 분명히 휴거에 성공할 거였다. 각종 예배와 부흥회에 빠짐없이 참석했음은 물론이었다. 모든 아이들을 통틀어 가장 많은 성경 구절을 외우고 있는 것도 그 아이였다. 게다가 차기 대목사로 지목된 전도사의 아들이 아닌가! 주하나는 결심한 듯 어금니를 꽉 깨물었다. 지금은 비상 상황이었다. 주문을 외듯 간절한 마음의 기도가 절실했다.

믿습니다! 어린아이와 같은 마음을 가진 자, 천국에 들 수 있을지니! 어린아이처럼 믿는 자, 천국 문에 닿을 수 있을지니!

주하나는 기도하며 자신이 틀림없는 어린아이임을 상기했다. 가슴속 불씨가 더 바싹 타들어가는 기분이었다. 음을 이탈한 찬송가와 광기 어린 박수 소리, 주여, 주여, 하는 절규가 가파르게 치솟고 있었다. 더는 망설일 시간이 없었다.

호수야!

참새처럼 어깨를 떨고 있던 여호수아의 양 볼이 눈물로 축축하게 젖어 있었다. 그가 절박한 표정의 주하나를 응시했다.

나, 할 말 있어.

하지만 이상한 일이었다. 갑자기 아무 말도 할 수 없었다. 목구멍이 뜨거워지더니 말 대신 울음이 터져 나왔다. 여호수아는 멍하게 주하나가 우는 것을 지켜봤다. '지금 이 마당에 무슨 해괴한 소리를 하려고?' 하는 얼굴 같았다. 공기를 가득 메운 열기가 점점 더 거세게 소용돌이치고 있었다. 시계가 자정을 향해 착착 다가서자 성도들이 소리치기 시작했다.

육.

오.

사.

삼…….

그 순간이었다. 주하나는 자신도 모르게 여호수아의 팔을 낚아채듯 꽉 움켜잡았다. 다시는 여호수아를 못 볼지도 모른다는 두려움에 저절로 손에 힘이 들어갔다. 그 바람에 여호수아의 몸이 주하나 쪽으로 기울었다. 주하나는 온 힘을 다해 여호수아를 더 바짝 끌어당기며 겨우 소리쳤다.

가지 마!

주위가 갑작스러운 고요에 휩싸였다. 12시. 자정이었다. 묵직한 정적 속에서 시침이 째깍, 하고 가볍게 숫자 12를 지나갔다. 그때였다.

뿌우웅.

어떤 소리가 예배당을 울렸다. 얼핏 천사의 나팔 소리로 착각할 만한 소리였다. 누군가 할렐루야! 하고 외쳤고, 또다시 침묵이 이어졌다. 어디선가 구릿한 냄새가 스멀스멀 풍겨왔다. 몇몇 성도들이 당황한 얼굴로 주변을 두리번거렸다. 그들의 시선이 하나둘 할머니에게로 향했다. 할머니의 괄약근이 오늘 지구에 아무 일도 일어나지 않았음을 증명했다. 이어 시선들이 십자가가 놓인 단상으로 옮겨 갔다. 목사가 천장을 뚫어져라 올려다보고 있었다.

퍽.

멀뚱히 서 있던 목사의 얼굴에 성경책이 날아와 꽂혔다. 단상 아래 엎드려 있던 여자가 괴성을 지르며 강단으로 달려들었다. 그는 백합꽃 장식을 집어 던지며 목사를 향해 소리쳤다.

이 사기꾼 새끼!

여자를 말리려는 사람들과 또 그 사람들을 말리려는 사람들이 한데 뒤엉켰다. 우는 사람과 침을 뱉는 사람, 욕하는 사람과 쥐구멍을 찾는 사람들로 성전은 순식간에 아수라장이 되었다. 주하나는 그제야 자신이 여호수아의 팔을 너무 세게 붙잡고 있다는 사실을 깨달았다. 여호수아는 넋이 나간 얼굴로 주하나의 손을 내려다볼 뿐이었다.

할머니가 그 광경을 심드렁하게 지켜보다 마른세수를 하며 중얼거렸다.

봐라. 죽는 게 제일 어렵다니까.

잠시 뒤 사이비 종교에 빠진 아들딸을 구하려는 사람들이 성전 문을 부수고 들어왔다. 동시에 밖에서 대기하던 기자들의 카메라 플래시가 요란하게 번쩍였다. 주하나는 천천히 여호수아의 팔을 놓았다. 여호수아가 엉켜 뒹구는 사람들에 떠밀려 멀어지고 있었다. 사람들 다리 사이로 보이는 그의 눈빛은 화가 난 것 같기도, 슬픈 것 같기도, 부끄러운 것 같기도 했다.

두 번째 종말은 더 싱겁게 끝났다. 목사는 날짜 계산을 잘못 했다고 해명하며 성도들에게 이렇게 말했다.

학교생활을 성실히 하는 학생이 지각 한 번 했다고 학교 가기를 포기하나요?

세상의 유통기한은 조용히 연장되었다. 몇몇 청년들이 두 번째 휴거 소동에 가담하기 위해 정신병원에서 탈출한 일이 뒤늦게 뉴스에 등장했을 뿐이었다.

그리하여 2012년 12월 21일, 그 세 번째 떡밥에도 사람들은 성실히 모여들었다.

1

구영진에게 그의 출생에 관한 비하인드 스토리를 전한 것은 이모 윤이었다. 윤의 이야기는 어딘가 일일드라마 같았고, 들을 때마다 조금씩 더 드라마틱하게 변했다.

구영진의 어머니는 그의 여동생 윤과 함께 이태원에서 청바지가게를 했다. 한때 동네에서 양옥 이층집 자매로 유명했던 둘은 중학교 때까지 거미줄처럼 이어진 이태원 골목 같은 것은 모르고 살았다. 피아노와 발레를 배울 만큼 가정 형편이 여유로워 그들은 각자 피아니스트와 발레리나를 꿈꿨다. 하지만 그건 구영진의 외할아버지가 세상을 떠나기 전까지의 일이었다. 두 사람이 대학을 중퇴한 뒤에 닥친 부도와 독촉, 압류와 빚잔치는 자매의 삶을 급격히 다른 방향으로 바꿔놓았다.

이태원의 깊고 좁은 골목으로 흘러든 자매는 밤도 낮이고, 새벽도 낮이고, 낮도 낮인 날들을 보냈다. 한때 여유로운 생활 속에서 쌓은 안목과 감각을 바탕으로 자매는 청바지가게에서 일하며 생계를 이어갔다. 새벽시장에 가고, 사입한 물건들을 정리하고, 밤늦게까지 그것을 팔았다. 휴식이라고는 아침을 먹으며 보는 아침드라마와 손님이 뜸한 저녁 시간에 나오는 일일드라마를 볼 때뿐이었다. 두 사람은 드라마에 빠져 아! 하고 신음과도 같은 짧은 탄성을 자주 내뱉곤 했다. 드라마에서처럼 자신들의 삶에 무슨 일이 일어날지 전혀 알 수 없고, 관여할 수도 없다는 사실에 매번 놀라면서. 열심히 일한 덕분에 자매는 5년도 안 되어 작은 청바지가게를 차릴 수 있었다.

반면 구영진의 아버지는 선천적으로 언변과 넉살이 좋았다. 어려운 집안 형편 때문에 영화감독의 꿈을 접었다고 주장하는 그는 청바지가게가 있던 종합상가 해피타운의 호객꾼이었다. 그는 '휘파리*계의 지식인'으로 불리며 화려한 보디랭귀지 실력을 뽐내 어머니의 마음을 사로잡았다. 푸르른 젊음의 상징이자 청바지처럼 질기게 살아남자는 염원을 담은 'Young Jean'은 어머니가 자신의 가게를 처음 열 때 그가 선물한 이름이었다. 구영진의 어머니는 아버지의 그럴싸한 작명 실력에 반해 끝내

* 호객꾼을 이르는 속어.

한 이불을 덮는 사이가 되었다.

아버지의 반짝이던 말들이 바람 빠진 풍선처럼 변해가던 어느 저녁 식사 시간이었다. 구영진의 아버지와 어머니, 윤 사이에는 돼지고기를 큼지막하게 썰어 넣은 김치찜이 김을 내고 있었다.

저기.

구영진의 아버지가 운을 떼자 이상기류를 감지한 윤은 조용히 밥그릇을 들고 자기 방으로 들어갔다. 문을 살짝 열어놓은 윤은 일일드라마를 보듯 두 사람을 지켜봤다. 아버지가 말을 이었다.

도와달라 그런 건 아니고. 그냥 허락만 해주면 되는 거야.

허락?

나 차 사려고.

구영진의 어머니는 말없이 돼지고기 한 점을 아버지의 밥 위에 올려주었다. 더는 듣고 싶지 않다는 일종의 경고였다.

싼 걸로.

구영진의 어머니는 그 즉시 밥그릇을 든 채 자리에서 일어났다. 그러자 구영진의 아버지가 어머니를 향해 소리쳤다.

내가 차도 없이 무슨 비즈니스를 해? 모든 비즈니스는 차에서 일어나고 끝난다고! 우린 부부잖아. 숨기고 싶지 않아서 말하는 거야.

그런 건 제발 좀 숨겨!

그러니까 내 말은…….

구영진의 어머니는 뒤돌아서서 아버지를 노려봤다. 그리고 이렇게 맞받아쳤다.

나 임신했어.

구영진의 아버지는 숟가락을 내려놓고 담배를 꺼내 물었다. 두 사람이 이불을 덮는 사이에서 밥상을 엎는 사이가 되기까지는 그리 오래 걸리지 않았다. 딱 12주, 구영진의 눈코입이 만들어진 순간부터였다.

만삭의 몸이 된 뒤에도 어머니는 새벽시장에서 청바지를 떼와 가게에 들여놓는 일을 멈추지 않았다. 갑작스럽게 진통이 있던 날도 그는 시장에서 가져온 청바지 묶음을 정리하고 있었다. 다리 사이로 미지근한 물이 새어 나오는 것도 모른 채. 뒤늦게 그것을 발견한 윤이 택시를 부르러 뛰쳐나갔고, 그 짧은 사이에 진통이 시작되었다. 윤이 다시 돌아왔을 때는 이미 상황이 급박하게 돌아가고 있었다. 사태의 심각성을 깨달은 윤은 어머니의 치마를 들춰 보았다. 다리 사이로 심상치 않은 조짐이 느껴졌다. 이대로 있다가는 아기가 숨이 막혀 죽을지도 몰랐다. 윤은 모든 걸 당장 해결해야 한다는 것을 깨달았다. 그는 카운터 뒤에 쌓아둔 청바지 묶음에서 청바지 하나를 꺼내 바닥에 펼쳤다. 어머니를 그 위에 눕힌 다음 자신이 알고 있는 모든 상식을 총동원했다. 누군가가 아기를 낳는 것이 커다란 수박덩이를 작은 구멍으로 밀어내는 느낌이라 했던 것이, 단전에 힘을 주고 똥을 싸는 느낌으로 밀어내야 한다고 했던 것이 떠올랐다. 윤은 어머니를 안정시키며 소리쳤다.

언니, 수박이래! 뱃속에서 수박을 밀어낸다고 생각해!

어머니는 힘을 줄 때마다 퐁, 소리를 내며 구멍에서 빠지는 수박을 상상했다. 짐승 같은 비명이 어머니의 모든 구멍에서 새어 나왔다. 다리 사이에서 수박 줄무늬처럼 검은 머리칼을 가진 것이 빠져나오고 있었다. 그렇지, 잘한다! 하는 윤의 추임새에 맞춰 어머니는 안간힘을 썼다. 마침내 윤이 탯줄도 못 뗀 아기의 손가락과 발가락 열 개를 확인하자 어머니는 곧바로 기절했다. 갓 태어난 딸과 어머니의 땀이 뒤섞인 가게 안은 비릿한 생기가 떠돌았다. 가을이라기엔 더위가 다 물러나지 않은 9월이었다.

1983년 용산구 이태원동 169-9, 그러니까 구영진은 병원이 아니라 어머니의 청바지가게에서 태어났다. 그것이 아이의 이름이 청바지가게 상호인 'Young Jean'과 같은 이유다. 구영진이 처음 세상에 나와 살을 비빈 것이 다름 아닌 청바지였으므로, 그 이름은 어머니에도 윤에게도 한없이 아름답고 푸르른 이름이었다.

구영진은 잔병치레 없이 자랐지만 다른 아이들보다 말이 늦었다. 온종일 장사에 매달리는 어머니가 아이에게 신경 쓸 겨를이 없는 것은 당연했다. 제대로 된 교육은 고사하고 그저 때가 되면 윤을 통해 필요한 것을 챙겨주는 것으로 하루하루를 이어갔다. 그건 아버지도 마찬가지였다. 구영진이 태어난 이후로 거의 집에 들어오지 않는 아버지는 전화로 겨우 아이의 목소리를 듣는 게 전부였다. 그런 중에 어머니가 아이에게 꼭 필요하다고 생각하는 것이 있었는데, 바로 드라마였다.

구영진의 어머니는 드라마와 대화를 나누는 경지에 이른 사람이었다. 그는 이 자문자답의 시간으로 세상의 이치를 통달했다. 어머니에게 드라마란 일종의 수행이자 해방구이며 가장 편안한 위로의 방식이었다. 어머니는 예방주사를 맞듯 드라마를 보며 거짓말을 하고도 뻔뻔하게 버티는 연습을 했다. 'Made in China'를 'Made in Korea'로 우겨야 할 때, 혹은 'XL'를 'L'라고 얼버무려야 할 때. 드라마에서 출생의 비밀을 감추거나 사기 이력을 세탁하고 사모님 소리를 듣는 주인공을 떠올리며 생산지를 어물쩍 넘어가는 일은 아무것도 아니라는 생각을 했다. 은인을 죽이고 그의 애인까지 가로챈 인간들도 있는데 고작 사이즈를 속이는 것쯤이야. 어머니는 드라마를 보며 불편한 현실

정도는 기꺼이 끌어안을 수 있었다.

때문에 구영진은 자연스럽게 드라마 보는 것을 좋아했다. 과일이나 오징어를 씹으며 〈사랑과 야망〉〈불새〉〈애정의 조건〉〈꼬치미〉 등을 챙겨 봤다. 그중 구영진이 가장 좋아하는 드라마는 황신혜 배우가 나오는 〈애정의 조건〉이었다. 겨우 다섯 살밖에 되지 않은 구영진은 삼각, 사각으로 얽히고설킨 애정 관계를 미리 본 듯 척척 알아맞혔다.

어머니와 Mr. 블랙웰의 관계를 가장 먼저 눈치챈 것도 구영진이었다. 어머니의 단골손님인 Mr. 블랙웰은 미군 장교로 퇴역을 앞두고 있었다. 어머니 옆에 서면 자연스럽게 노인처럼 보이던 그는 특별히 구영진을 귀여워했다. 나중에 알게 된 사실이지만 크리스마스 때마다 어머니가 건넨 멋진 선물들, 바비 인형, 자전거, 미국 냄새가 나는 과자 선물 세트 등은 모두 그가 보낸 선물이었다. 구영진은 한동안 혼란스러웠다. 자신이 가장 아끼는 장난감인 바비 인형이 밉지만 소중하고, 소중해서 싫은 것이 되어버렸기 때문이다.

구영진의 눈치가 빤하다는 것을 알게 된 후로 어머니는 Mr. 블랙웰에 관한 이야기를 대놓고 하기 시작했다. 윤이 마지못해 장단을 맞추면 어머니는 어딘가 몸이 간지러운 듯 혼자서 푭, 소리 나게 웃었다. 그 모습을 지켜보던 구영진이 물었다.

엄마, 그 아저씨가 그렇게 좋아?

응.

왜?

엄마가 깔리지 않아서.

그게 무슨 말이야?

구영진의 어머니는 잠시 생각하다 뜬금없이 여름성경학교에서도 들어보지 못한 성경 이야기를 해줬다.

옛날옛날 아주 먼 옛날에, 그러니까 아담과 이브 있지? 그 이브가 생기기도 전에 릴리트라는 여자가 있었대. 말하자면 아담의 본처지, 본처. 하나님은 릴리트를 아담과 똑같이 흙으로 만들어 콧속에 생기를 불어넣으셨대. 아담하고 재미나게 살아라, 하시면서. 둘이 결혼해서 살았는데 영 심심한 거지.

천국이 왜 심심해?

천국이니까. 거긴 드라마 같은 게 없거든. 그래서 릴리트가 에덴동산에서 가출한 거고.

시시하면서도 이상한 결말에 구영진의 눈동자에는 물음표가 반짝였다. 어머니는 구영진의 뺨을 살짝 꼬집으며 이렇게 말했다.

너, 우유에 유통기한 있는 거 알지?

응.

그게 왜 있는 거 같아?

언제까지 먹어야 하는지 알려주려고?

그렇지. 끝을 적어놨으니 상하기 전에 먹으라고.

구영진은 잠시 생각에 잠겼다. 깔리지 않는 것과 천국과 유통기한은 어떻게 이어지는 걸까. 아무런 결론도 내리지 못했지만 구영진은 짐짓 어른인 척 의젓한 표정을 지으며 말했다.

아빠는 엄마를 깔리게 해서 싫은 거구나.

어머니는 어딘가 막막한 얼굴로 구영진을 바라봤다. 두 사람의 대화를 듣고 있던 윤이 못 봐주겠다는 얼굴로 핀잔을 줬다.

언니도 참 주책이다. 그게 애한테 할 소리야?

어머니의 얼굴을 스치던 복잡한 표정이 사라지는 사이, 구영진의 눈에는 눈물이 핑 돌았다. 정확히 이해할 수는 없었지만 한 가지는 분명히 느껴졌다. 어머니가 금방이라도 자신을 떠날 것 같은 불길한 예감이었다.

세 평짜리 Young Jean이 다섯 평이 되고 열 평이 되는 동안 아버지는 점점 더 집에 머무는 시간이 줄어들었다. 그는 새로운 사업을 핑계로 밖으로만 떠돌았지만 결과는 늘 변변치 않았다. 아버지는 그렇게 천천히 가족으로부터 자신의 존재감을 탕진했다. 그 때문인지 구영진과 어머니는 더욱 가까운 모녀 사이가 됐다. 권위의 경계가 흐릿했고 그것을 먼저 깨는 쪽은 늘 어머니였다.

구영진이 거짓말로 쓴 일기를 방학 숙제로 냈을 때, 어머니의 반응만 봐도 알 수 있었다. 하와이로 온 가족이 여행을 떠났다든가, 자기 엄마가 유명한 청바지 디자이너라고 지어낸 일기를 보며 그는 그냥 웃음을 터뜨릴 뿐이었다.

우리 영진이가 드라마에 소질이 있네. 있어.

구영진은 거짓과 과장을 헷갈리는 어머니가 이상했지만 각색된 일기 쓰기를 멈추지 않았다. 어머니는 이런 말도 했다. 터무니없어 보이는 이야기들이 누군가의 인생을 구원할 수도 있다고. 그럴 만한 이유에 대해 설명해준 것은 윤이었다.

구영진을 임신했을 당시 어머니는 내내 슬퍼했었다. 한번 집을 나가면 사나흘씩 연락이 없는 남편과 쉽게 나아지지 않는 살림, 곧 닥칠 출산과 아이의 미래까지. 막막한 일투성이였다. 그때마다 어머니는 가짜 일기를 썼다고 했다. 윤이 몰래 열어 본 일기 속에는 따뜻한 순대를 사다 주는 남편이 있었다. 한밤중에 쥐가 난 다리를 주물러주고, 때때로 분위기 좋은 레스토랑을 예약하는 남편. 훌쩍 밀월 여행을 떠나자고 조르는 남자친구도 있었다. 가겟세를 척척 내주는 부모가 등장하기도 했다. 그들은 어머니의 고단한 아침을 깨우는 역할뿐 아니라 하루를 움직이는 추진력이 되었다. 어머니는 그것으로 호락호락하지 않은 삶을 조금은 속일 수 있었다. 윤은 말했다. 콧방귀가 절로 나는 일기였지만 돌아보니 구영진이 가진 삶의 MSG는 어머니로부터 온 게 분명하다고.

구영진은 빨간색 폴로셔츠에 청바지가 잘 어울리는 소녀로 자랐다. 그사이 윤은 청바지가게를 그만두고 언니에게서 받은 퇴직금으로 독립을 선언했다. 무용과를 중퇴한 이력을 살려 발레 교습소를 열겠다고 고집을 부린 것이다. 구영진은 그때부터 윤을 '발레 이모'라고 불렀지만, 수강생은 구영진이 유일했다. 대신 무용에는 관심 없는 사람들이 가슴에 성경책을 품고 그곳을 자주 드나들었다.

구영진의 기억으로 윤의 발레 철학은 꽤 단순했다. 발레는 기본적으로 연기를 하는 예술인데 진정한 연기란 모두 경험에서 나온다는 식이었다. 발끝으로 서거나 다리를 찢는 것, 팔을 둥글게 올리고 허리를 꺾는 것은 연기 다음이라고 주장했다. 이태원 뒷골목에서 어머니와 함께 청바지 장사를 하던 시절에도 그는 그것을 꽤 강력하게 주장했다.

윤은 발레를 이해하기 위해 꼭 필요한 '애티튜드'를 핑계로 자주 호텔 커피숍을 드나들었다. 꾸준한 수입이 없는 그에게 호텔 방문은 큰 부담이었다. 하지만 당시 구영진의 어머니는 Mr.블랙웰과 열애 중이었고, 그와 데이트가 있는 날이면 구영진을 윤에게 맡기며 용돈을 쥐여주었다. 언젠가 구영진이 하필 왜 호텔 커피숍에서 애티튜드를 배우냐고 물은 적이 있는데,

윤은 그곳을 드나드는 사람들이 발레를 보러 오는 주요 관객이기 때문이라고 답했다.

윤을 따라 자주 호텔 로비 라운지를 드나들었던 구영진은 어느새 전혀 두리번거림 없이 화장실의 위치를 알게 되었다. 어느 호텔의 아이스크림 양이 많은지, 어떤 호텔 라운지가 소파를 오래 차지하고도 덜 눈치를 받는지 등을 알게 되었다. 알게 된 것은 또 있었다. 바로 윤이 호텔에서 누군가를 만난다는 것이었다. 윤은 구영진이 아이스크림 두 개를 먹고, 화장실을 몇 번 다녀온 뒤, 옅은 졸음으로 눈꺼풀이 반쯤 내려갈 즈음에야 로비로 돌아오곤 했다.

뭘 한 거야?

레슨.

발레를 여기서 해?

그럴 사정이 있어.

뭘 가르쳤는데?

기본 자세.

구영진은 왠지 묘하게 빛나던 윤의 눈빛이 오래 기억에 남았다. 그 후로 윤은 발레 교습소를 정리하고 종적을 감출 때까지 많은 일을 벌였다. 가짜 졸업장을 만들어 아이를 가르치다 학부모에게 고소를 당했다. 교습소 보증금은 합의금으로 썼다. 자주 외박을 하더니 어머니에게 돈을 빌리는 일이 많아졌다.

영혼, 구원, 종말 같은 단어를 달고 살며 지구가 곧 망할 거라는 알 수 없는 소리를 하기도 했다. 끝내 어딘가 망가진 것 같은 윤이 종적을 감추자 어머니는 그의 행방을 수소문했다. 어디로, 왜 사라졌는지 알 수 없었다. 다만 짐작할 뿐이었다. 발레 교습소에 성격책을 들고 드나들던 사람들과 함께 있을 거라고.

구영진이 열 살 때였다. 뉴스를 보고 있던 어머니가 느닷없이 울음을 터뜨렸다. TV에는 종말이 오면 한날한시에 그걸 믿는 사람들이 모두 공중재림을 한다는, 데이비드 코퍼필드의 마술쇼 같은 내용이 보도되고 있었다. 그러나 그보다 더 비현실적인 것은 종말을 믿는 몇천 명의 사람들이 광신도에서 사기 피해자가 되었다는 거였다. 가해자는 종말론을 이끌었던 목사였는데 경찰은 그의 집에서 신도들의 명의로 발행된 환매조건부채권을 찾아냈다고 했다. 1992년 10월 28일에 맞이할 종말을 전파하던 목사에게 만기 지급일이 1993년 5월인 채권이 있었던 것이다. 뉴스를 들은 어머니가 팽 소리 나게 코를 풀며 조롱하듯 채권? 채권이라고? 하고 되뇌었다. 구영진이 물었다.

엄마, 채권이 뭔데?

지구가 망해도 은행 문은 못 닫는다는 소리지.

왜?

나도 그것이 알고 싶다.

어머니는 한숨을 내쉬며 가슴을 쳤다.

아이고 미친년. 어쩜 저런 거에 속을까! 7년 대환란? 아주 지랄이 풍년이다!

누가?

누군 누구야. 네 이모지.

윤의 소식은 휴거에 실패한 종말론자들에 관한 뉴스와 함께 전해졌다. 하지만 '유종선교회'라는 종교 단체에 소속된 윤이 집으로 돌아온 것은 아니었다. 그 후, 구영진은 심심찮게 들려오는 종말이라는 단어에 조용히 귀를 세웠다.

종말이 불발됐다는 뉴스에도 불구하고 종말은 시시때때로 부활했다. 서울역 화장실이나 시청 앞 광장, 먹자골목의 후미진 곳과 명동의 간판들 사이에서 끈질기게 나타났다. 구영진이 종말을 실감 나게 경험할 기회는 더 있었다. 그즈음 지구 종말을 다룬 영화가 유행했기 때문이다. 〈인디펜던스 데이〉에서 백악관이 폭발하는 장면을 보며 비명을 지르던 아이들 중 하나가 구영진이었다. 어느 순간부터 영화 속 지구는 블록버스터급으로 망해갔다. 저 혼자 뜨거워져 녹아버릴 위험에 처하거나, 맹렬한 속도로 달려드는 행성과 전면전을 치러야 하는 위기를 맞았다. 그것을 보고 비명을 지르던 아이들은 산산조각 날 운명에 처한 지구를 보며 하품을 하는 여유가 생겼다. 마침내 종말은 생존의 문제가 아니라 규모의 문제가 되었다. 이제 종말 키

즈의 관전 포인트는 큰 예산을 들여 얼마나 스케일 있게 망하는가였다.

구영진이 Mr. 블랙웰을 마지막으로 본 것은 1997년, 중학교 2학년 가을이었다. Mr. 블랙웰에 대한 온갖 소문은 구영진이 중학생이 될 때까지 끊이지 않았다. 그중에는 미국 본토에 아내가 두 명 있다는 이야기도 있었다.

스산한 바람이 불던 10월 마지막 밤, 어머니는 또래보다 작은 구영진에게 동대문에서 사 온 흰색 레이스가 층층이 겹친 드레스를 입혔다. 어깨 위에는 종이로 만든 천사 날개가 달려 있었다. 유치한 옷을 입은 것도 황당한데 날개까지 단 구영진은 단단히 토라졌다.

오늘은 핼러윈이야.

핼러윈?

모두가 유령이 되는 날이지.

왜?

심심하니까.

어머니는 그날이 재미난 분장을 하고 사람들에게 사탕을 받으러 돌아다니는 날이라는 설명을 덧붙였다. 듣도 보도 못한 기묘한 날이었다. 구영진은 천사가 되기에도, 사탕을 받기에도 나이가 많았지만 어머니의 다음 말에 조용히 그의 뒤를 따랐다.

미8군 부대 안에 사는 Mr. 블랙웰이 두 사람을 집으로 초대했다고 했다. 끝도 모를 높다란 담 뒤가 늘 궁금하던 차였다. 난생처음 가본 미군부대는 예상 밖이었다. 칙칙한 막사를 상상했던 구영진은 미국 드라마에 나오는 아담한 마을을 보고는 충격에 빠졌다. 깔끔하게 정리된 도로와 이국적인 표지판, 어디를 가든 촘촘하게 잔디가 심겨 있었다. 모든 테이블에 흰 천이 깔려 있는 레스토랑과 슈퍼마켓, 우체국과 소방서, 호텔도 있었다.

와, 진짜 미국 같아.

구영진은 어머니의 손을 꼭 잡으며 말했다. 그러자 어머니가 심드렁하게 답했다.

여기 미국이야.

구영진이 에이 거짓말, 하는 얼굴로 올려다보자 어머니가 진짜야, 이곳 주소가 미국 캘리포니아야, 했다. 그가 엄중한 표정으로 말을 이었다.

여기서 법을 어기지? 그럼 미국 벌을 받아.

미국의 법이라면 아는 게 하나도 없었기 때문에 구영진은 벌어져 있던 입을 꾹 닫았다.

Mr. 블랙웰은 못 본 사이 더 늙었다. 그는 저녁 식사 내내 친절한 미소를 보냈지만 구영진은 도무지 그와 눈을 맞출 수 없었다. 어쩐지 어머니 곁에 선 그를, 그의 손이 어머니의 등과 뺨을 스치는 것을 보는 게 불편했다. 식사를 마치자 Mr. 블랙웰은 구영진의 손에 플라스틱으로 된 호박 모양 바구니를 쥐여주었다. 그가 서툰 한국어로 설명했다.

Trick or treat 해. 바구니를 들고 집을 돌아다니면서. 사탕을 받아.

뾰로통한 표정의 구영진을 문밖으로 떠밀며 어머니가 트리커트리, 트리커트리, 하고 외쳤다. 구영진이 듣기로 두 사람의 발음에는 큰 차이가 있었지만 뜻은 분명했다.

'Trick or treat, 자리 좀 비켜주겠니?'

'트리커트리, 눈을 좀 감아주겠니?'

구영진은 하는 수 없이 문을 나섰다. 이미 한 무리의 아이들이 문밖에 서 있었다. 체구가 작은 구영진은 외국 아이들 속에서 더 어린아이처럼 보였다.

사탕을 얻는 일은 별로 어렵지 않았다. 어느 집 문 앞이건 '트리커트리'를 외치면 사탕이 쏟아졌다. 커다란 호박 바구니는 쉽고 빠르게 채워졌다. 대충 시간을 때웠다고 생각한 구영진이 Mr. 블랙웰의 집으로 돌아왔을 때 문은 잠겨 있지 않았다. 집 안으로 들어서자 2층에서 희미한 웃음소리가 들려왔다. 웃는 것 같기도, 우는 것 같기도 한 기묘한 소리였다. 구영진은 본능적으로 발뒤꿈치를 들었다. 2층으로 향하는 계단 위를 고양이처럼 움직였다.

새끼손가락 하나가 들어갈 만큼의 좁은 문틈으로 방 안이 보였다. 거대하고 높은 침대가 놓인 방이었다. 침대 끝에 비스듬히 걸터앉은 어머니의 곁으로 Mr. 블랙웰이 다가서고 있었다. 그가 어머니를 뒤에서 끌어안았다. 이윽고 두 사람은 입을 맞췄다. 그다음 순간이었다. Mr. 블랙웰의 손이 어머니의 가슴을 더듬었다. 어머니가 낮은 신음 소리를 냈다. 구영진은 더럭 겁이 났다. 언젠가 어머니가 했던 말이 떠올랐기 때문이다.

엄마가 깔리지 않아서 좋아.

어머니는 겁먹은 구영진의 인기척을 알아채지 못하고 Mr. 블랙웰의 목덜미를 더 바짝 끌어당겼다. 구영진은 그것을 눈도 깜빡이지 않고 모조리 지켜봤다. 1층에서 "Trick or treat" 하는 외침이 들리지 않았다면 두 사람은 아무것도 멈추지 않을 것 같았다. 구영진은 놀라 문에서 뒷걸음질 쳤다. 이번에는 생쥐처럼 계단을 내려갔다. 재빨리 집 밖으로 나와 문 앞에 선 아이들 무리에 섞였다.

Trick or treat!

Trick or treat!

Mr. 블랙웰의 집 문이 열리지 않았다. 구영진은 울음이 터져 나오려는 것을 참으며 외쳤다.

트리커트리!

트리커트리!

실망한 표정의 아이들이 하나둘 다른 집으로 뛰어갔다. 마침내 혼자 남은 구영진은 세차게 문을 두드리며 소리쳤다.

트리커트리!

트리커트리!

그 밤, 집으로 돌아온 구영진의 어머니는 왠지 기분이 좋아 보이지 않았다. 오자마자 집 안 곳곳을 의욕적으로 쓸고 닦았다. 겨울옷을 꺼내 옷장을 정리하고 냉장고 속 냉동식품의 날짜를 일일이 확인했다. 멸치를 볶고 소고기와 메추리알을 한데 넣고 장조림을 조렸다. 구영진은 그 소리를 듣다가 잠들었다.

그게 마지막이었다. 어머니는 그날 새벽 집을 나갔다. 그러고는 다음 날도, 그다음 날도 돌아오지 않았다.

어머니는 그해 이태원을 떠들썩하게 만든 사건의 당사자가 되었다. Mr. 블랙웰과 야반도주했다던 어머니는 일주일 뒤 미군부대 근처 모텔에서 처참한 시신으로 발견되었다. 사인은 두부 함몰 및 과다 출혈. 현장은 끔찍했다. 모텔 방바닥에는 핏자국이 넓게 퍼져 있었고, 가구들은 부서져 있었다. 주변 이웃들에 따르면 사건 전날 밤, 심한 말다툼과 쿵쿵거리는 소리가 들렸다고 했다. 유력 용의자로 지목된 사람은 Mr. 블랙웰이었다. 어머니의 사망과 블랙웰 사이에는 통역 오류와 소파협정(SOFA), 증거불충분과 특별사면이 있었다. 수사는 제자리걸음을 반복하다 검사의 실수로 영구미제가 되었다. 출국금지 연장 조치가 취해지지 않은 틈을 타 Mr. 블랙웰이 미국으로 도주한 것이다. 어머니는 장례조차 치르지 못하고 화장되었다. 구영진의 머릿속에 '이거 다 뻥이야' 하며 장난스러운 표정을 짓던 어머니의 얼굴만 반복해서 떠올랐다.

배우 최진실이 구영진을 찾아온 건 어머니를 화장하고 빈집으로 돌아온 그날 밤이었다. 구영진의 시야에 가운데 부분이 푹 꺼진 소파가 들어왔다. 그곳에 앉아 드라마를 보던 어머니의 옆모습이 아른거렸다. 구영진은 그 자리에 앉아 TV를 켰다. 어머니가 한창 빠져 보던 드라마 〈폭풍의 계절〉이 재방송 중이었다. 구영진은 가만히 눈을 감았다. 흘러나오는 익숙한 대사를 들었다. 눈물은 나오지 않았다. 자신이 소리 내지 않고 우는 법을 알고 있다는 사실을 처음 깨달았다. 천천히 눈을 떴다. 눈앞에 최진실이 서 있었다. 꿈인지 생시인지 헛갈렸다. 그는 TV 화면에서 걸어 나온 듯 〈폭풍의 계절〉 속 진희의 모습 그대로였다. 사랑하는 친구이자 사촌인 홍주로부터 알고 싶지 않은 비밀을 몽땅 알아버린, 피곤에 찌든 사람의 표정을 하고 있었다. 구영진을 가만히 보던 최진실이 사탕 한 알을 까서 구영진 입에 물려주었다.

달지?

네.

이렇게 달아도 되나 싶지?

네.

그런 거야.

뭐가요?

슬퍼도 사탕은 달고 맛있다고.

그는 구영진이 더 크게, 더 오래 울도록 내버려뒀다. 소리도 내지 않고 우는 구영진의 등을 토닥이거나 머리를 쓰다듬어주지도 않았다. 그냥 지켜보며 입속에 사탕이 사라질 때까지 곁에 있어줬다. 한참 뒤 최진실은 냉장고 CF에서 보였던 귀여운 표정을 지으며 구영진을 향해 이렇게 말했다.

기억해. 사는 거 너 하기 나름이다.

구영진은 그 후부터 최진실의 열성팬이 되었다. 드라마 속에서나 광고 속에서나, 최진실이 무언가를 말하면 그것을 자신을 향한 메시지처럼 들었다. 구영진은 힘이 필요할 때마다 꺼내 먹는 홍삼처럼, 최진실의 말을 마음속에 오래 남겨두었다.

어머니가 죽은 뒤, 아버지는 잠시 집에 머물며 구영진을 돌보려 애썼다. 하지만 늘 그렇듯 그의 돌봄은 '지금은 아니고, 나중에 더 나은 삶으로 보상해준다'는 식이었다. 아버지는 집을 저당 잡아 사슴고기 수입 사업을 시작했고 사업은 실패로 끝났다. 집이 날아갔고, 아버지는 다시 말없이 집을 나갔다.

설상가상으로 구영진은 더는 다니던 학교에 다닐 수 없다는 것도 깨달았다. 사람들은 구영진이 누구인지 구영진보다 더 잘 알고 있었다. 미군이 휘두른 콜라 병에 맞아 죽은 여자의 딸. 원래부터 헤픈 여자였다는 말과 악착같이 돈을 밝혔다는 말들이 똥파리처럼 그의 주변을 윙윙거렸다. 구영진은 결국 윤에게 위탁됐다.

혼자 남겨진 구영진이 윤과 재회한 곳은 남산 힐튼호텔 로비였다. 깨끗하게 다린 단정한 블라우스와 천가방을 멘 윤의 얼굴에서 예전의 화사함은 사라지고 없었다. 윤은 성화고등학교라는 곳의 기숙사 사감이 되었기 때문에 스타일이 좀 바뀌었다고 말을 얼버무렸다.

이모.

응.

이모, 나는 이제 궁금한 게 하나도 없어. 아무것도 궁금하지 않아서 아무것도 하기 싫은데 이렇게 살아도 될까?

윤은 잠시 구영진을 바라봤다.

너 엄마가 했던 말 생각나?

무슨 말?

유통기한.

우유?

그래. 끝이 있어야 좋은 때를 알 수 있다고 했던.

구영진은 잠자코 윤을 바라봤다.

영 허튼소리 같았는데, 지금 보니까 아니야. 언니가 뭘 알고 하는 소리였어.

그게 뭔데?

끝이 와. 이제 곧 세상은 끝난다고.

아직도 종말을 믿어?

이번엔 진짜야. 영진아.

윤의 눈동자를 보고 있자니 구영진의 마음에 조그맣게 파문이 이는 것 같았다. 왜 그런지 알고 싶지도, 묻고 싶지도 않았고 그저 믿고 싶었다. 그게 뭐든, 아무거나, 막, 느닷없이. 갑자기 가슴이 뛰었다.

정말 끝이 온다고?

응.

이런 거지 같은 세상 진짜 끝난다는 거지?

그렇다니까.

세상이 끝나는 날을 조금이라도 앞당길 수 있다면 뭐든 할 수 있을 것 같았다. 그것만큼 의미 있고 멋진 일은 없다는 결론이 구영진의 이마를 달아오르게 했다. 구영진은 그날 윤이 있는 성화고로 전학을 가기로 마음먹었다. 사이비든 뭐든 상관없었다.

2

종말이 하나님만 할 수 있는 일이라면, 주하나는 인간만이 할 수 있는 일을 하고 있었다. 망각. 그는 첫 번째 종말을 또렷하게 기억하면서도 기억나지 않는 사람처럼 행동했다. 하지만 동시에 때때로 믿음을 의심하는 자신이 못나고 불경하다는 자책을 떨치지 못했다. 이런 생각조차 누군가 알게 될까 봐 두려워 스스로를 책망하며 전도에 더욱 매진했다. 자신을 피해 가는 사람들에게 전단지를 내밀었다.

2012년 12월 21일, 종말!
재림에 대비하라.

1992년 '휴거' 소동은 몇 번의 우여곡절 끝에 '재림'이라는 단어로 대체되었다. 그러니까 '유종선교회'의 '유종'에서 '공중재림의 증인'의 '재림'으로 갈아탄 이들에게는 자연스럽게 새로운 계획과 전략이 필요했다. 예수천당, 불신지옥은 옛말이었다. 이제 종말도 위협적 소구보다는 긍정적이고 현실적인 접근이 필요했다.

'공중재림의 증인'으로 새롭게 이름을 바꾼 교회는 과거 가족 단위로 운영되던 전도단을 여러 차례 개편했다. 어린이와 청년 중심의 성령새싹단과 성령유니버스단, 장년층 중심의 평화재림단으로 나뉘었다. 이들의 포교 방식은 단순히 말씀을 전하는 데 그치지 않았다. 철저히 '니즈 분석'과 '맞춤형 응대'로 이루어졌다. 이야기를 통해 상대의 필요를 먼저 파악한 뒤, 먹을 것이 필요한 사람에겐 먹을 것을, 잠자리가 필요한 사람에겐 잠자리를, 마음의 위로가 필요한 사람에겐 친절과 공감을 건넸다.

이를 처음 제안한 사람이 바로 주하나의 아버지였다. 그는 평소 '성령 마케팅'이라는 표현을 자주 사용하며 전도란 단순한 '강요'가 아니라 '니즈'를 정확히 읽어내는 과정이라고 강조했다. '진정한 믿음은 들어주는 데서 시작된다'는 것이 그의 지론이었다. '성령 마케팅'의 일환으로 서울역 광장 한쪽에 작은 임시 천막이 자리 잡았다. 녹색 방수천으로 덮힌 부스 입구에는 문구가 큼지막하게 적혀 있었다.

이야기를 들어드립니다.

이야기를 들어준다고 하자 사람들이 모여들었다. 주하나는 아버지를 도와 사람들에게 물과 차를 내주고, 전도지를 전하는 심부름을 했다. 그렇게 듣게 된 이야기들은 대부분 어딘가 비슷비슷하게 이어졌다.

내가 무슨 말만 하면 사람들이 철이 안 들었대. 왜? 내가 맞는 말만 하거든. 드럽게 논리적이고 양심적이지. 세상에 인간들 좀 봐. 다 지들이 법이야. 아무 법칙도 없어. 그러니까 세상이 이 모양인 거야. 종말? 나는 그거 현실성이 있다고 봐. 그러니까, 여기는 나처럼 양심적인 사람들이 헌금을 좀 하면 공증을 서준단 얘기지? 그럼 지옥 가는 사람들 헌금은 다시 돌려주는 건가?

주하나의 아버지는 인내심을 발휘해 횡설수설하는 말에도 자주 고개를 끄덕여줬다. 사람들은 빈번하게 '공중'과 '공증'을 오해했고, 그 오해가 풀리고 나서야 비로소 그곳에서는 자신에게 필요한 '증인'을 찾을 수 없음을 깨닫고 허탈해했다.

주하나가 입학하기로 한 고등학교는 종말론 교회의 한 분파로 한때 휴거로 뉴스를 떠들썩하게 했던 '유종선교회' 교인 자녀들이 다니는 학교였다. 휴거가 불발되면서 교단은 '공중재림의 증인'으로 이름을 바꾸었고, 학교 이름도 '숭화학교'에서 '성화고등학교'로 바꾸었다. 누군가 듣는다면 실소가 터지는 '아에이오우'식 눈 가리고 아웅이었다. 하지만 주하나와 어머니는 마음껏 비웃을 입장이 아니었다. 이 역시 교단에 중책을 맡고 있는 아버지의 제안이었기 때문이다.

성화고는 남녀 모두 기숙사 생활을 해야 하는 기숙형 학교였다. 철저한 신앙생활을 위해 사회와 완벽히 분리된 환경을 추구했으며, 홍보 영상에서는 하프와 타악기가 포함된 오케스트라와 수려한 외모의 남성 성가단이 화려하게 등장해 학교를 포장했다. 그곳에서 주하나는 성적표 대신 신앙 점수를 받았다. 이른바 사회 학교 학생들이 국영수로 우열을 가릴 때, 성화고 학생들은 '기, 회, 전(기도, 회개, 전도)'으로 성적이 매겨졌다. 아이들이 들고 다니는 수첩 맨 앞에는 이런 행동 요령이 적혀 있었다.

> 첫째, 공통의 관심사로 경계심을 없앨 것.
> 둘째, 부담 없는 호의로 환심을 살 것.
> 셋째, 절대 강요하지 말 것.

하지만 주하나는 일찌감치 알고 있었다. 성화고의 실체는 전 재산을 교단에 헌납한 교인들의 자식을 볼모로 잡아두는 것이라는 걸. 이것 역시 주하나의 아버지 덕분이었다.

주하나의 아버지는 교단의 자산을 관리했다. 그는 명문대 경제학과 재학 시절부터 유종선교회 초창기 멤버 중 하나였다. 유종선교회 목사가 사기죄로 체포되었을 때 가장 먼저 채권을 챙겨 경찰 수사에 혼선을 준 사람이 그였다. 아버지는 그 공로로 목사의 눈에 들었다. 목사는 아버지를 교회의 프라이빗 뱅커로 키웠다. 그는 수단 방법을 가리지 않고 교단의 자산을 착실히 불려갔고, 마침내 회계 관리 부서에 총책임자가 되었다. 목사로부터 임명받은 날 아버지는 가족을 모아놓고 이런 포부를 밝혔다.

이제부터 우리 소임은 아버지 하나님의 신탁(神託)을 키우는 일이다.

아버지의 신탁은 여러 면에서 남달랐다. 분명한 건 어느 순간부터 그가 신보다 돈을 더 두려워했다는 사실이었다. 유난스러운 아버지의 회개 기도 덕분에 주하나는 아버지가 온갖 나쁜 방법으로 돈을 불린다는 사실을 알았다.

아버지! 헌금을 담보로 부동산을 매입했습니다. 모두 주님의 성전을 확장하기 위함입니다. 구제 헌금을 예산 부족을 메우는

데 쓴 것 역시 사역에 최선을 다하기 위함입니다. 주의 은혜로 이 모든 부족함을 덮어 주시옵소서!

아버지는 헌금을 늘리기 위해 공갈과 협박을 늘려갔다. 덩달아 집 앞에는 돈을 돌려달라고 울부짖는 사람들이 생겨났다. 하지만 진짜 문제는 그런 것이 아니었다. 아버지가 밖에서 더러워진 기분을 주하나와 어머니에게 푼다는 거였다.

주, 하나!

아버지는 주하나를 그렇게 불렀다. 화가 났을 때 그는 '주'와 '하나' 사이에 간격을 두고 주, 하나, 했다. 그러면 팔에 소름이 돋아났다. 그렇게 불려 가면 한 시간이고 두 시간이고 벌을 서야 했기 때문이다. 주하나의 잘못은 기억나지 않을 만큼 사소했지만 체벌은 잊을 수 없을 만큼 기괴했다. 얼음물로 채운 욕조에 알몸으로 들어가 기도문을 외우거나 스스로 가장 아픈 부위를 찾아 꼬집는 것은 참을 만했다. 눈앞에 바퀴벌레 사체를 테이프로 붙여놓고 그게 살아날 때까지 기도하던 날도 있었다.

주, 하나!

아버지가 주하나를 그렇게 부르는 날이 곤란하기는 어머니도 마찬가지였다. 어머니는 기묘한 표정으로 벌주는 아버지를 무기력하게 지켜봐야 했다. 아버지가 그렇게 명령했기 때문이다. 물리적인 방법으로도, 정신적인 방법으로도 그를 '개새끼' 보듯 혐오하는 시선은 절대 금지였다. 하지만 어머니는 이 단순한 규칙을 가끔 잊고 아버지에게 따졌다. 화가 나면 왜 이런 해괴한 짓을 벌이는지.

네가 한 번도 갖지 못한 것들을 갖게 해준 게 누구지?

당신이요.

그럼, 이 안락한 집에서 걱정 없이 살 수 있게 해준 건?

당신께 감사하고 있어요.

자, 이제 어떻게 해야 할까?

경외심을 가지고…….

그의 입꼬리가 기괴하게 올라갔다. 주하나와 어머니는 가만히 시선을 떨구고 아버지의 결단을 기다렸다.

경외심은 믿음과 인내, 시간과 노력이 쌓여서 생기는 거지. 나는 우리 가족이 내게 그런 마음을 가졌으면 한다.

주하나는 어렴풋이 아버지가 하고 싶은 게 무엇인지 알 것 같았다. 가족의 창조주가 되는 것이었다. 때문에 더 나빠질 것이 없다고 생각하기로 했다. 어차피 아버지의 뜻을 이해한다는 것은 쉽지 않은 일이었다. 그게 땅의 아버지든, 하늘의 아버지든.

1997년 가을 무렵 어느 날이었다. 아버지가 일생일대의 중요한 거래를 앞둔 날이기도 했다. 식탁 앞에서 오래 침묵하던 아버지가 비장한 말투로 말했다.

하나야, 투자야말로 사탄의 시험을 견뎌내는 일이란다. 끝내

유혹을 이겨낸 자만이 구원의 열매를 얻을 수 있지. 가족의 절실한 기도가 필요하구나.

손목에, 허벅지에, 이제 막 흐려지기 시작한 멍 자국을 옷으로 가린 어머니가 큰 소리로 아멘! 하고 외쳤다. 아버지는 순교를 앞둔 사람처럼 자신의 앞날에 드리운 두려움을 무거운 눈꺼풀로 덮었다. 애절한 기도가 방언으로 이어졌다. 주하나는 눈을 뜬 채 아버지의 얼굴을 가만히 들여다봤다. 순간순간 일그러지는 눈과 코, 입술 사이로 보이는 작은 앞니. 자신의 얼굴과 닮아 있는 지점을 발견할 때마다 등골이 서늘해졌다. 주하나는 머릿속으로 자신에게 형벌처럼 남은 까마득한 날짜를 떠올렸다.

종말까지 D-5560일.

끔찍했다. 만약 이번에도 종말이 오지 않는다면. 주하나는 끝내 아버지 같은 인간이 될지도 모른다는 생각에 몸이 움츠러들었다. 그는 입을 꾹 다문 채 떨리는 두 손을 모았다. 아버지! 오 아버지! 절로 방언이 터져 나오기 시작했다.

부디, 종말을 맞게 하여 주시옵소서. 아버지, 오 아버지!

하지만 속으로는 다른 생각이 스멀스멀 올라왔다. 종말이 오기 전, 심판은 반드시 있어야 했다. D-7일쯤. 적어도 종말 직전에는 아버지가 합당한 벌을 받아야 한다고 주하나는 생각했다. 그런 생각이 든 후부터 아버지가 은행에서 받아 온 VIP 다이어리에 그의 악행을 적기 시작했다. 하루를 시작하고 끝낼 때 경건한 의식을 치르는 사람처럼 그가 하루 동안 저지른 잘못을 또박또박 문장으로 옮겼다. 수시로 검열을 일삼는 아버지의 눈을 피하기 위해 나름의 위장도 했다. 아버지의 악행을 영 관련 없는 문장 속에 기록하는 것이었다. 아버지에게는 단 한마디도 하지 못했던 말들이 수첩 속에 쌓여갔다. 그것은 얼핏 「묵시록」을 떠올리게 했다. 누가 봐도 정확한 뜻을 알 수 없다는 면에서 그랬다.

> 그가 애굽인을 잔인한 군주의 손에 붙이셨나니, 포학한 왕이 애굽인을 치니라. 각기 손과 발을 묶고, 입에 재갈을 물리며, 딸이 어미를 치고, 어미가 자식을 치리니. 그가 지시한 타작의 마당에 온몸은 피와 고름, 오물과 욕으로 악취가 나겠고, 눈물은 말라 더는 흐르지 않을 것이라. 곧 불행의 그림자가 사악한 애굽 왕에게 있으리라.

단 한 번도 감정을 드러내지 못했던 주하나는 자신이 쓴 문장을 여러 번 읽었다. 그것이 자신이 할 수 있는 유일한 저항이었다.

하이리스크, 하이리턴은 성공한 자들의 법칙이었다. 아버지 일생일대의 거래는 예측이 불가할 정도로 참담한 손실을 기록했다. 끝내 '이겨내는 것'이 '구원의 열매'를 가져다주리라는 아버지의 믿음은 통과가 불가한 시험을 맞이했다.

아버지가 하나님의 재산을 탕진했다는 소문이 퍼져나갔다. 비밀과 거짓말, 비자금과 배신, 탐욕과 은닉으로 점철된 낙인이 그의 믿음을 낙제점으로 물들였다. 끝내 아버지는 신이 내린 시험에서 탈락 선고를 받았다.

집 안에는 온종일 침묵이 맴돌았다. 아버지의 감정은 가파른 능선을 탔다. 어머니는 그와 눈을 마주치지 않으려고 종일 집 안을 쓸고 닦았다. 주하나는 아버지 발소리만 들어도 딸꾹질을 했다. 그리고 기어코 일이 벌어졌다. 청소에 심취한 어머니가 저녁 식사 시간을 훌쩍 넘긴 것이었다.

지금이 몇 시지?

죄송해요. 금방 준비돼요.

아버지가 식탁 옆에 비스듬하게 선 채 나직하게 물었다.

얼마나 금방?

30분이면…….

어머니는 재빨리 냄비에 물을 부으며 대답했다. 아버지의 얼굴이 험악하게 구겨졌다. 다시 경외감이 무엇인지 가르쳐야 할 시간이 온 것이다. 뭔가 단단히 벼른 느낌이었다.

뭐가 얼마나 걸린다고?

어머니는 눈을 휘둥그레 떴다. 자신이 무슨 말을 한 것인지 깨달은 얼굴이었다. 물론 이미 늦었다. 아버지는 한달음에 다가가 어머니의 뺨을 주먹으로 후려쳤다. 어머니가 식탁 모서리에 아랫배를 찍고 뒤로 넘어졌다.

다시 말해봐.

잘못…… 했어요.

아버지는 어머니의 머리채를 잡고 한 번 더 바닥에 패대기쳤다. 어머니가 윽, 소리를 내며 고꾸라졌다. 이제 마지막 단계인 뼛속까지 굴복시키고 교정하는 절차가 남아 있었다. 주하나를 불러 어머니의 알몸에 난 상처를 보게 만드는 것. 하지만 그날은 절차를 계속 진행하기 어려웠다. 어머니의 다리 사이에서 생각보다 많은 양의 피가 흘러나오고 있었다. 응급실에 가야 할 상황이었다.

임신 15주라고 했고, 유산됐다고 했다. 의사가 몰랐느냐고 물었고, 대답은 주하나가 했다.

몰랐어요.

아버지는 대뜸 아이의 성별이 무엇이냐고 물었다. 의사는 알 수 없다고 대답했다.

아들이었을까요?

아, 글쎄요.

어머니가 수술실에 들어가 있는 동안 아버지는 주하나와 나란히 병원 의자에 앉아 있었다. 그도 주하나 못지않게 충격을 받은 모양이었다. 아버지는 계속 혼잣말을 중얼거렸다.

독생자를 잃은 내 아버지의 심정을…… 이제야 알겠다.

아버지가 통곡했다. 주하나는 아버지의 말이 무슨 뜻인지 바로 알아들었다. 창조주에겐 딸이 아니라 아들이 있어야 했다. 그의 왕국을 물려주고 그의 왕국을 키워줄 아들. 아버지가 어머니에게 아들은커녕 임신조차 되지 않는다고 핍박하던 것이 기억났다. 고통스럽게 일그러지는 아버지의 표정으로 보아 그는 확신하고 있었다. 죽은 아이는 아들이었다고. 눈앞이 깜깜했다. 집으로 돌아가면 감당해야 할 것에 소름이 돋아나던 순간이었다.

쿵.

아버지가 쓰러졌다. 말 그대로 병원 복도 바닥을 향해 쿵, 하고 쓰러졌다.

그 이후부터 아버지는 계속 넘어졌다. 걸릴 것도 없는 거실 한가운데서, 식탁 의자를 빼다가, 화장실 욕조 앞에서 돌연 바닥으로 고꾸라졌다. 어느 날부터는 영영 자리에서 일어나지 못했다.

사람들은 아버지가 하나님에게 벌을 받은 것이라고 했다. 하나님에게 사기를 친 벌. 아버지는 불을 쬐듯 온종일 TV 앞에 누워 있었다.

주하나는 아버지 간병을 핑계로 종종 교회를 빠졌다. 그와 나란히 앉아 TV를 보는 게 재미있었다. 평소에는 눈길조차 주지 않던 드라마에 빠져들었다. 한번은 〈별은 내 가슴에〉라는 드라마를 보게 되었는데, 남자 주인공이 최진실에게 프러포즈하는 장면에서 아버지가 오열했다.

너의 사랑만이 이 세상에서 살아가는 이유였는데.

나중에 찾아보니 〈Forever〉라는 곡이었다.

더는 폭력을 쓰지 못하고, 드라마를 보며 우는 아버지에게 이번에는 어머니가 폭력을 행사했다. 아버지를 알몸으로 침대에 눕혀놓기도 하고, 뺨을 때리며 자신에게 사과를 요구하기도 했다. 그러나 아버지는 앙상한 팔과 다리를 휘저으며 내 아들을 죽인 년이라고 욕을 했다. 그런 역전의 날들이 콩나물국의 비린내와 계란프라이, 멸치볶음 냄새 속에서 지지부진하게 이어졌다.

밥 먹어.

어머니가 식탁에 탁, 소리 나게 밥그릇을 내려놓으며 말했다. 주하나는 어머니의 목소리에 움찔하며 아버지 쪽을 힐끔 쳐다봤다. 가장 먼저 식탁에 앉았지만 가장 나중에 국그릇을 받은 아버지가 숟가락으로 국을 떠 입으로 가져갔다. 어머니가 멍하게 아버지를 보고 있는 주하나를 재촉했다.

넌 밥 안 먹고 뭐 해?

밥 한술을 떠 입으로 가져가던 순간, 어머니의 다음 말이 날아들었다.

근데, 너는 이 상황에서 밥이 넘어가니?

주하나는 조용히 한숨을 내쉬고는 밥그릇을 내려다봤다. 어머니의 날 선 목소리에도 아버지는 헛숟가락질을 하며 음식의 반을 바닥에 흘리고 있었다.

아버지를 저대로 두는 게 맞을까?

어머니의 질문에 주하나는 또 한 번 말문이 막혔다. 눈에 초점도 없고 구릿한 냄새를 풍기는 아버지지만, 자신이 뭘 할 수 있다는 말인가.

네 아버지는 악마야. 악마.

주하나는 딱히 반박할 말이 없어 계속 입을 다물고 있었다.

저 인간이 말이야, 이제 하다 하다 이단질을 했단다. 악마! 이 이단자야!

어머니는 분노를 주체하지 못하고 숟가락을 내동댕이쳤다. 숟가락이 아버지의 이마에 부딪혀 딱, 하는 소리를 냈다. 아버지는 움찔하며 뭔가 소극적인 항의를 했지만, 여전히 숟가락을 꼭 쥐고 있었다.

잘 움직이지도 못하는데…… 이단이라고요?

간신히 내뱉은 말에 어머니는 다시 한숨을 내쉬었다.

그러게 말이야. 종일 TV를 끼고 처자다가 뭘 꼼지락거리나 했더니. 글쎄, 악마가 들리지 않고서야 그게 어떻게 가능하냐고!

어머니는 거의 울 것 같은 얼굴로 가슴을 주먹으로 탁탁 쳤다. 이건 또 무슨 소리인가, 하고 주하나는 눈을 깜빡였다. 이어지는 엄마의 넋두리를 듣자 아득한 심란함이 몰려왔다. 교단의 자산 관리 업무에서 내몰린 아버지가 또 다른 신을 만난 거였다.

아버지는 텔레뱅킹을 통해 신과 새로운 거래를 시작했다. 새로 영입한 신은 전보다 더 파격적인 조건을 제시했다. 원인을 알 수 없었던 아버지의 고꾸라짐에도 큰 은혜를 베풀 예정이었고, 엄청난 부귀영화를 구두로 약속했다. 신의 축사를 받은 생명수만 마신다면 그 모든 게 해결되는 거였다. 급기야 어머니가 숨겨둔 비상금을 찾아낸 아버지는 새로운 신에게 전 재산을 입금했다. 며칠 뒤 집으로 십자가가 그려진 생수 백 박스가 배달되었다.

아버지와 어머니는 더는 타협할 수 없는 지경에 이르렀다.

어머니가 누구보다 앞장서서 이단 종교에 빠진 아버지를 사탄 취급했다. 그러자면 주하나를 사탄과 피를 나눈 자의 딸로 남겨놓을 수 없는 노릇이었다. 어머니는 매우 황당한 논리를 펼쳤다. 주하나를 다른 성씨로 만드는 것. 사탄의 피가 섞인 주하나를 구원하려면 그게 가장 현실적인 방법이었다.

부흥회가 한창인 어느 밤이었다. 기도에 열중하고 있던 주하나는 어느새 단상에 서 있는 어머니를 보고는 등골이 서늘해졌다. 무슨 말을 하려는 것인지 도무지 짐작할 수 없었다. 어머니의 간증은 충격적인 문장으로 시작했다.

제가 음란의 골짜기를 헤매던 시절이 있었습니다.

주하나의 입은 거의 자동으로 벌어졌다. 간증의 내용은 다음과 같았다.

어머니는 결혼 직전에 만나던 남자가 있었다. 임신을 했고, 그 사실을 알았을 때 남자는 어머니를 떠났다. 홀몸도 아닌 여자가 할 수 있는 선택은 몇 가지 없었다. 아버지에게 사실을 털어놨고 그가 주하나를 호적에 올렸다. 따라서 주하나의 생물학적 아버지가 아니게 된 아버지는 자동적으로 홀로 배교(背敎)를 저지른 남이 된 셈이었다. 간음은 회개가 가능하지만 배교는 용서가 불가한 죄목이므로. 하지만 결과적으로 어머니의 출구 전략은 철저히 실패했다. 믿고 싶은 대로 보고, 보고 싶은 대로 듣는 사람들을 속이기란 결코 쉬운 일이 아니었다. 주하나에게는 '이단의 자식'이라는 오명에 '음탕의 산물'이라는 오점이 더해졌다.

그 후로 주하나는 기도 시간마다 맨 뒷자리에 앉아야 했다. 자리가 모자라 서 있던 아이들조차 주하나의 곁을 피하며 그의 주변에 작은 공터를 만들었다. 급하게 기운 집안 사정으로 시작하게 된 아르바이트도 순탄치 않기는 마찬가지였다. 급식을 배식하는 아르바이트였는데 이단의 손길이 닿은 음식을 먹을 수 없다는 항의가 빗발쳤다. 결국 그는 반찬을 나눠 주는 자리에서 잔반을 처리하는 쪽으로 자리를 옮겼다. 커다란 음식물 쓰레기통 앞에 서서 주하나는 고무장갑 낀 손을 멈추지 않았다. 김치 국물이 얼굴에 튀어도, 썩은 냄새 때문에 비위가 상해도 주하나는 죄책감인지 무기력인지 모를 감정에 휩싸여 아무렇지 않게 몸을 움직였다. 아버지가 이단이니까 자신에게 이런 고난이 주어지는 것은 당연하다고 여겼다. 이상하게도 이 고난을 견디면 죄가 씻길지도 모른다는 생각이 들었다.

주하나는 고민 끝에 교목을 찾아갔다. 여호수아의 아버지이자 유종선교회 당시 전도사였던 그가 이제 성화고의 교목이었다. 교목실 앞에서 한참을 망설이다가 주하나는 겨우 문을 두드렸다.

궁금한 게 있어요.

말해보렴.

저희 집에 일어난 일들을 하나님도 알고 계신 거 맞죠?

그렇지.

아버지는 지금까지 하나님 일 말고는 아무것도 안 했는데, 왜 이런 시련을 주시는 거예요?

하나님께서 시험을 하고 계신 게 아닐까?

주하나는 잠시 머뭇거렸다. 질문을 더 해도 될까 싶었지만 입술을 꾹 깨물고 용기를 냈다.

믿음을 보여달라고 좋게 말할 수도 있잖아요.

믿음은 그렇게 쉽게 증명되는 게 아니란다. 시련이 있어야 단단해지는 법이지. 그래도 사랑의 하나님은 인간이 견디지 못할 시련은 계획하지 않으신다.

주하나는 교목의 입을 가만히 응시했다. 그의 말은 이상하게 느껴졌다. 신이 인간이 해결할 수 있는 시련만 준다니, 그러면 더더욱 의문이었다. 주하나는 마음속으로 질문을 되뇌며 고개를 숙였다. 그리고 조심스럽게 입을 열었다.

인간 혼자서 다 해결하면 신은 뭘 해요?

교목의 얼굴이 일그러지자 주하나는 재빨리 고개를 숙였다. 아차 싶었다. 왜 이런 말을 했을까? 하지 말았어야 했다. 주하나는 손바닥이 축축해지는 것을 느끼며 또다시 자신의 믿음을 탓했다. 마음속으로 수없이 반복하며 후회했다. 잠시 뒤 교목이 표정을 누그러뜨리며 말을 이었다.

하나님은 우리의 목자시다. 우리는 그저 어리석은 양일 뿐이고.

하지만 이상한 일이었다. 주하나는 자신이 너무 과한 질문을 한 건 아닐까 걱정하면서도, 마음속에 떠오르는 의구심을 멈출 수 없었다.

목자가 양을 위해서 양을 몰던가요?

교목의 입술이 굳어지고, 이마에 주름이 깊게 파였다. 순식간에 싸늘해진 그의 표정을 보고 주하나는 또다시 자신을 탓했다. 심장이 여러 번 철렁했다.

네 믿음이 아직 많이 어리구나. 기도를 더 절실히 해야겠어.

교목의 다그침에 주하나는 고개를 푹 숙였다. 자신의 얕은 믿음을 들킨 것 같아 후회가 몰려왔다.

자, 같이 기도하자.

교목은 깊은 한숨을 담아 기도를 시작했다. 기도 소리는 공기처럼 방 안에 퍼졌지만 주하나의 귀에는 하나도 들어오지 않았다. 그의 기도가 지금 이 고통에서 절대 도망칠 수 없다는 경고처럼 들렸다.

교목실을 나온 주하나는 어렴풋이 깨달았다. 자신이 듣고 싶었던 말은 신이나 믿음, 기도나 응답 같은 말이 아니었다는 것을. 피할 수 있으면 피하라고, 멀리 도망쳐도 괜찮다는 위로였다는 것을. 신은 무조건 인간을 사랑한다고 해놓고, 현실에서는 늘 그 사랑을 의심하게 만든다는 생각이 들었다. 하지만 주하나는 세차게 고개를 저었다. 지금 이런 생각을 한다는 건 불행을 자초하는 일이었다. 갑자기 〈별은 내 가슴에〉를 보며 울던 아버지가 떠올랐다. 마음에 쩡, 하고 금이 갔다.

1999년 봄, 종말을 준비하는 사람들 중 당장 내일이 절박한 이가 있다면 그건 주하나였다. 주하나가 성화고로 보내지고 몇 개월 뒤, 아버지와 어머니는 본격적으로 이혼소송을 진행했다. 주하나가 자신의 핏줄이 아니라는 주장을 들은 아버지가 가장 먼저 한 일은 주하나 명의로 된 보험을 정리하는 것이었다. 주하나는 아무도 돌보지 않는 자신을 스스로 책임지기 위해 일을 늘렸다.

일은 아버지와 특별한 친분을 과시했던 교목이 줬다. 식당 배식 아르바이트에 교목실 청소를 더 하기로 했다. 주하나는 일을 하면서 교목과 마주치지 않기 위해 최선을 다했다. 친절을 베푸는 그의 눈빛이 가장 불친절했기 때문이다.

교목실은 성화고에서 가장 넓고 높은 공간으로, 교실 두 개만 한 크기였다. 출입문 가까이에는 응접실이 자리 잡고 있었고, 그 반대편 창가에는 묵직한 마호가니 책상이 놓여 있었다. 하지만 이 방의 진짜 특징은 천장 높이까지 이어진 책장이었다. 책장은 미로처럼 얽혀 있어 책장 사이로 몸을 숨기기에 딱 좋은 공간이었다. 빽빽하게 꽂힌 고서들이 마치 끝없는 벽처럼 느껴져, 그 속에 들어가면 누구도 쉽게 찾을 수 없을 것만 같았다. 주하나는 그곳이 신의 시선도 닿지 않는 사각지대임을 확신했다. 책의 먼지를 털다가 우연히 발견한 '그 책' 때문이었다. 그 책은 일본 성인잡지였다. 카메라 렌즈를 향해 가랑이를 벌리고 있는 여자들이 교목이 까다롭게 관리하는 고서들 틈에 꽂혀 있었던 것이다. 이상한 일이었다. 그것을 보는 순간 막혔던 코가 뻥 뚫리기라도 한 것처럼 숨이 잘 쉬어졌다. 주하나는 종종 깃털 끝이 부드럽게 휘어지는 먼지떨이를 들고 그곳에 숨어 있었다. 그러면 누군가가 눈도 깜빡이지 않고 자신의 일거수일투족을 감시하는 듯한 느낌에서 벗어난 기분이 됐다.

하루는 교목이 외출할 때를 기다리다가 그에게 계단에 숨어 있는 모습을 들킨 적이 있었다. 교목이 큰 소리로 주하나를 불렀다. 주하나는 딴청을 피웠지만 끝내 못 들은 척할 수는 없었다.

내가 부르는 소리 못 들었니?

네.

왜 거짓말을 하지?

거짓말 아닌데요.

하나님께서 지성소에서 뭘 하고 계시지?

조사심판이요.

조사심판은 뭐라고 했지?

제일 열심히 준비해야 하는 거요.

또?

머리 털끝만큼이라도 죄가 있는 자는 성소에 들어갈 수 없다고요.

몇 퍼센트 안에 들어야 그곳에 갈 수 있다고?

10퍼센트요.

자, 그렇다면 거짓말을 왜 했지?

거짓말 안 했어요!

그래?

주하나를 잠시 응시하던 교목은 내려왔던 계단을 다시 올라갔다. 그러고는 의미심장한 표정으로 이렇게 소리쳤다.

주하나, 오늘은 교목실 청소를 안 해도 된다.

그날 주하나는 기숙사 사감인 윤에게 불려 가 벌을 받았다. 교목실 청소를 하지 않았다는 이유였다. 주하나는 밤새워 성경구절 하나를 열 페이지가 넘게 채워 써야 했다.

> 자녀들아 우리가 말과 혀로만 사랑하지 말고 오직 행함과 진실함으로 하자.
>
> —「요한일서」 3장 18절

며칠 뒤 청소하러 간 주하나는 교목의 책상 위에 놓인 전학신청서를 보게 되었다. 긴 머리에 이상하리만큼 하얀 피부를 가진 학생의 지원서였다.

구영진.

낯선 이름을 소리 내 읽으며 추천인란을 봤다. 사감인 윤의 이름이 적혀 있었다. 전학이라니. 게다가 그 아이는 사회 학교 출신이었다. 좀처럼 외부인의 유입이 없는 성화고에서는 예외적인 일이었다. 건성으로 걸레질하던 주하나는 슬그머니 서류의 가장 뒷장을 들춰 봤다. 자기소개서를 보는데 웃음이 새어 나왔다.

> 최진실 드라마와 재난영화를 보는 것이 취미입니다. 발레에 소질이 있었지만 집안 사정으로 드라마 작가가 되기로 마음을 정했습니다. 참견을 매우 싫어하지만, 가치 있는 논쟁이나 설득은 기꺼이 시간을 할애하는 편입니다.

최진실이 나오는 드라마 〈별은 내 가슴에〉를 감명 깊게 봤다는 대목이 주하나의 눈길을 끌었다. 주하나는 코웃음을 쳤다. 아마도 성화고 학생 중 드라마를 즐기는 취미를 당당히 밝히는 아이는 구영진이 유일할 터였다. 성화고에서는 찬송가 반주를 위한 오케스트라 악기 말고는 취미로 허용된 것이 없기 때문이다. 취미 활동을 한다는 것은 종말을 앞둔 증인들에게 직무유기나 다름없었다. 그런데 드라마라니. 얼마나 가당찮은 소리인가. 흥미진진한 소설을 읽고 있는 기분에 빠져들던 그 순간이었다. 문밖에서 인기척이 들려왔다. 주하나는 재빨리 책장 사이 가장 깊은 곳에 몸을 숨겼다. 심장이 두근거렸다. 잠시 뒤 교목의 목소리가 들려왔다.

여기 앉으렴.

교목은 방금 사진에서 봤던 하얀 얼굴의 아이에게 자리를 안내한 뒤 책상으로 가 서류를 들고 왔다.

구영진 학생은 인간이 뭐라고 생각하지?

주하나는 책장 틈새로 보이는 응접실을 조용히 응시했다. 구영진이 면접을 보는 것 같았다. 교목의 번들거리는 미간을 빤히 바라보고 있던 구영진은 '정말 그게 뭘까'를 생각하는 표정이었다.

구멍이요.

주하나는 잠시, 그 말뜻을 생각하느라 숨을 멈췄다. 그리고 곧 충격에 휩싸였다. 교목 앞에서 저런 말을 할 수 있다니. 놀란 건 교목도 마찬가지인 듯했다.

구멍?

네. 콧구멍, 입구멍, 땀구멍, 똥…….

간신히 똥구멍이란 말을 삼킨 구영진의 입 끝이 개구지게 휘어졌다.

사실은 얼마 전에 본 드라마 대사인데 어쩐지 인상적이어서요.

교목의 표정이 레고블록처럼 딱딱하게 굳어졌다. 구영진이 어색한 미소를 지어 보이며 말을 이었다.

우리가 구멍에서 나온 건 맞는 얘기잖아요.

교목은 이제 경악의 얼굴이 되었다. 최소한 '주의 증인'까지는 아니더라도 어느 정도 수습 가능한 답을 기대했다는 얼굴이었다.

왜 그렇게 생각하는지 이유를 물어도 될까?

몸에서 구멍이 제일 중요한 것 같아서요. 다들 구멍으로 숨쉬고, 먹고, 싸고…… .

달궈진 돌처럼 교목의 얼굴은 폭발 직전으로 붉어졌다.

아이고. 주님께서 우리 인간을 아무 뜻 없이 구멍으로 만드셨을 리가. 인간은 그 자체가 기적인데.

아무래도 그렇겠죠? 실은 저도 그 기적을 경험하고 싶어서 왔어요.

그게 무슨 뜻이지?

종말이 온다면서요. 지금 저에게 그만한 기적이 없거든요.

맙소사. 의미도 모르고 그런 말을 쉽게 하면 안 돼요. 영진 학생은 심판이 두렵지 않은가?

주하나는 구영진이 대답할 때마다 손에 땀이 났다. 말을 내

뱉는 게 아니라 툭툭 던지는 그의 태도는 자신이라면 꿈도 꿀 수 없는 것이었다. 하지만 동시에 구영진의 입에서 나오는 말들이 교목의 표정을 조금씩 무너뜨리는 것을 보며 묘한 쾌감을 느꼈다. 주하나의 심장이 점점 더 빠르게 뛰었다.

잠시 뒤 교목은 더는 뭘 어찌할 수 없다는 듯 지원서를 또다시 들춰 봤다. 서류에 메모된 특이 사항을 다시 한번 훑었다. 신실하기로 소문난 성화고의 사감, 윤의 이름이 거기 있을 터였다.

윤 사감이 이모가 맞긴 맞는 거지?

네.

그런데 어쩌면 이렇게 다르지?

이모랑 저랑 많이 다른가요?

그런 것 같은데?

에이, 아닌데. 알고 보면 비슷할걸요? 그런데 우리 이모에 대해 잘 아세요?

아이 엄마 친구여서.

교목은 말을 얼버무렸다. 왠지 혼자서만 아는 비밀을 감추려는 듯 애써 미소를 지어 보였다.

저 어렸을 땐 이모랑 닮았다는 얘기 많이 들었어요. 이모가 신앙생활에 빠져서 한동안 연락이 끊겼지만.

교목은 이제야 이해했다는 표정으로 고개를 끄덕였다. 그리고 물었다. 면접을 끝내고 싶다는 의미였다.

마지막으로 좋아하는 성경 구절이 있나? 윤 사감이 면접을 위해 꼭 준비하라고 했을 텐데.

네. 언젠가 이모가 추천해줬던 구절이에요.

윤 사감이 좋아하는 구절이라고?

교목의 입가에 밝은 미소가 번졌다.

한번 들어볼까? 외우는 구절이 아니라면 앞에 있는 성경을 봐도 좋고.

구영진이 흠흠, 하고 목소리를 가다듬었다. 그리고 테이블 위에 놓인 성경을 펼치더니 읽기 시작했다.

> 내가 말하기를 종려나무에 올라가서 그 가지를 잡으라 하였나니, 네 유방은 포도송이 같고 네 콧김은 사과 냄새 같고 네 입은 좋은 포도주 같을 것이니라. 이 포도주는 나의 사랑하는 자를 위하여 미끄럽게 흘러내려 자는 자의 입으로 움직이게 하느니라.
>
> —「아가서」 7장 8~9절

주하나는 손으로 입을 틀어막은 채 숨죽였다. 「아가서」라니! 속으로 삼킨 놀라움이 뱃속을 간지럽히며 날뛰는 것 같았다. 성화고 학생들은 연예인 가십 대신 성경 속 등장인물을 가십처럼 떠드는 게 익숙했다. 이곳에서 「아가서」는 사춘기 아이들이 몰래 읽는 빨간 책과도 같은 느낌이었다. 공식적으로 '사랑의 시'였지만, 성경 봉독 시간에 그걸 대놓고 읽는 아이는 없었다. 신랑과 신부, 젖가슴과 키스, 침실과 꿀물 같은 단어가 난무했기 때문이다. 그런데 윤 사감은 왜 하필 「아가서」를 추천했을까? 주하나는 진심으로 궁금해졌다. 성경 구절을 해석하며 경건함을 유지해야 할 이곳에서, 아이들에게 그런 내용이 담긴 책을 권하는 이유가 무엇일지 도저히 이해가 되지 않았다. 주하나는 교목의 반응을 살폈다. 땀으로 번들거리는 붉은 뺨을 손수건으로 닦던 그가 묘한 미소를 짓고 있었다. 어딘지 의미심장한 그 표정이 주하나를 더 혼란스럽게 만들었다.

3

구영진이 철문 안으로 들어서자 존슨즈베이비로션 냄새와 축축한 쇠 비린내가 훅, 하고 풍겨왔다. 테니스장만 한 넓이의 마당 한가운데 작은 중정이 자리하고 있었다. 무성한 잎을 자랑하는 무화과나무와 앵두나무가 싱그러운 빛을 머금은 채 바람에 살랑였다. 구영진은 중정을 따라 길게 늘어선 빨랫줄을 바라봤다. 흰 셔츠와 낡은 수건, 체육복 등이 아무렇게나 걸려 바람에 흔들리고 있었다. 기숙사는 마당을 감싸듯 ㄷ 자 모양으로 배치되어 있었지만 마당보다 허리 높이쯤 올라와 있어 마치 공중에 떠 있는 듯한 인상을 주었다. 계단을 올라서자 1호실부터 20호실까지 빼곡히 늘어선 문이 눈에 들어왔다. 방 앞으로 ㄷ 자 형태의 시멘트 길이 복도처럼 이어져 있었고, 그 길을 따라 낮은 난간이 둘러져 있었다.

자신을 기숙사 주번이라고 밝힌 아이 하나가 구영진에게 다가왔다. 그가 기복 없는 목소리로 말했다.

네가 구영진이니?

응.

여자 기숙사는 셋으로 나뉘어. 저기 기숙사 옆은 사감 선생님이 사시는 사택. 1호실부터 20호실은 사생들이 생활하는 생활관 그리고 저 끝은 기도실. 기도실은 신입생들이 모여 생활하는 곳인데 넌 거기서 안 지내고 종교부장이 있는 1호실에서 지낼 거라며?

구영진이 고개를 끄덕이자 주번은 뭔가 못마땅한 듯 입을 비죽거렸다. 구영진은 그 표정이 무엇을 의미하는지 짐작할 수 있을 것 같았다. 아마도 다른 신입생과 달리 1호실에 배정된 것이 사감의 조카라는 '혜택'처럼 보였을지도 모른다. 하지만 실상은 달랐다. 구영진에게 그것은 오히려 '감시'에 가까웠다. 뾰로통한 얼굴의 주번이 구영진을 기도실로 안내했다.

그래도 저녁 예배는 여기 기도실에서 드려야 해.

주번이 기숙사 기도실 문을 열었다. 커다란 테이블에 앉아 성경 봉독을 하던 아이들이 두 사람을 쳐다봤다. 주번과 아이들이 묘한 눈짓을 주고받았다. 구영진은 신발을 벗고 기도실로 들어가 이곳저곳을 기웃거렸다. 교실 크기의 커다란 공간이 눈에 들어왔다. 열 개쯤 되는 이층침대와 사물함들이 벽을 따라 죽 늘어서 있었고, 각 침대마다 커튼이 둘러져 있어 사신민의 작은 공간을 확보해놓았다. 커튼 사이로 비치는 희미한 빛과 아늑한 침대 칸들이 묘하게 고요한 분위기를 자아냈다.

여기 기도실은 스무 명의 신입생이 지내. 일반 생활관은 방을 책임지는 3학년 방장이 한 명, 2학년이 두 명씩 지내고. 너와 함께 방을 쓰는 종교부장도 3학년이야. 예배 시간과 종례 시간은 절대로 빠지면 안 되고, 도둑질이나 이단질은 그날로 퇴소야. 물론 너는 사감 선생님 조카니까 그런 일은 없겠지만. 그런데…….

잠시 뜸을 들이던 주번은 특별한 비밀을 알려주는 사람처럼 목소리를 낮췄다.

여기서 마음대로 갈 수 있는 곳은 기숙사 뒤 기도동산뿐이야. 동산을 올라가는 게 무섭지만 않다면.

뭐가 무서워?

아, 너는 잘 모르겠구나. 옛날에는 죽은 동물을 다 거기다 묻었대. 개나 고양이, 심지어 쥐덫에 걸린 쥐들도. 그게 안 무서워?

죽은 게 뭐가 무서워. 산 게 더 무섭지.

구영진이 담담하게 대답하자, 주번은 김샜다는 듯 샐쭉한 얼굴로 다시 말했다.

아무튼 저긴 절대 햇볕이 쨍쨍 들지 않아. 그래도 너의 기도 자리 하나는 만들어두는 게 좋을 거야. 여기 성화고 애들은 십자가나 재림 선언문이 적힌 푯말 같은 걸 거기 걸어두고 자기만의 기도를 하거든.

구영진은 가만히 고개를 끄덕이며 기도실 밖으로 향했다. 필요한 모든 종류의 어둠이 있는 그곳이 어쩌면 성화고의 가장 신성하면서도 은밀한 장소일지 모른다는 생각을 하는데 신발 한 짝이 보이지 않았다. 구영진은 신발을 찾아 기도실 주변을 두리번거렸다. 등 뒤에서 큭큭거리는 웃음소리가 들렸다. 구영진이 돌아보자 커트 머리를 한 아이가 어깨를 으쓱하며 말했다.

대체 여긴 왜 온 거야?

학교니까. 배우러 왔지.

배우러?

커트 머리는 코웃음을 쳤다.

여긴 믿음을 지키는 곳이야. 뭘 배우는 데가 아니고.

구영진은 커트 머리 뒤에 서 있는 아이들을 천천히 봤다. 경계심이 가득한 시선으로 구영진을 훑고 있었다. 커트 머리는 고개를 살짝 들고 말을 이었다.

우린 믿음을 지키는 것 말고는 아무것도 하지 않아. 나쁜 일을 벌이지도 않고, 남의 것을 빼앗지도 않아. 그저 기도하고 찬양하며 재림만을 기다리고 있어.

그런데?

그러니까 우리를 위협하는 건 죄가 되는 거야.

커트 머리가 대답했다.

내가? 언제?

구영진이 황당한 얼굴로 되물었다.

커트 머리의 입 끝이 일그러지듯 휘어졌다.

진흙탕처럼 혼탁한 믿음을 가진 사람이 들어오면 맑은 물이 금방 흐려지잖아.

구영진은 한숨을 내쉬며 잠시 생각에 잠겼다.

정말 맑은 물이라면, 진흙탕도 금방 맑아지는 게 아니고?

순간 커트 머리의 얼굴에 미묘한 변화가 스쳤다. 하지만 그는 금방 표정을 가다듬고 되받아쳤다.

너 같은 사람은 절대 이해 못 해.

커트 머리는 입술을 꽉 깨물고 더 이상 말을 잇지 못했다. 구영진은 아이들을 한번 둘러보고는 신발 한 짝을 손에 들었다. 그러고는 맨발로 복도를 걸었다. 아이들의 시선이 여전히 그의 등을 따라붙고 있었다.

구영진의 특별함은 기숙사에서 도드라졌다. 그가 다른 1학년과 다르게 사감이 머무는 사택과 가장 가까운 1호실에 배정된 것이 그 증거였다. 문제는 1호실이 종교부장이 머무는 곳이라는 거였다. 종교부장이란 사감 다음의 권력자로 기숙사 내에서 막강한 힘을 휘두를 수 있는 실질적인 관리자였다. 그러니까 '순종, 순결'이라는 기숙사 사훈을 커다랗게 적어놓은 1호실은 그것과 제일 가까운 행동이 요구되는 방이었다.

그러나 구영진은 구영진이었다. 그가 기숙사 1호실을 배정받은 후 가장 먼저 한 일은 자신의 침대 머리맡을 꾸미는 것이었다. 구영진은 자기소개서에 쓴 대로 최진실의 열렬한 팬이었고 자신의 머리맡은 당연히 그의 차지여야 했다.

구영진은 최진실과 박신양이 주연을 맡은 영화 〈편지〉의 포스터를 선택했다. 영화가 흥행에 성공해 포스터를 구하는 것이 하늘의 별 따기였다. 그는 어렵게 구한 포스터의 위치를 정하는 데 신중에 신중을 기했다. 그런데 느닷없이 종교부장의 비명 소리가 들려왔다.

너 지금 뭐 해?

포스터 붙이는데요.

종교부장의 얼굴은 비윤리적이고 낯 뜨거운 장면을 목격한 사람처럼 당혹과 경악으로 일그러졌다. 구영진은 어리둥절한 눈빛으로 그를 바라봤다.

왜요?

여기가 어디지?

제 침대요.

아니지. 여기는 신성한 증인들의 집이지!

아.

그런데 이 사악한 걸 건다고?

사악이요? 최진실인데요.

너 혹시 여자를 좋아하고 그러는 거니?

그럼 안 돼요? 여기 오기 전에는 진실 언니가 제 종교였는데요.

종교부장은 얼굴을 붉힌 채 어찌해야 할지 모르고 있었다. 그의 표정이 점점 더 험악해졌다.

너 마음에 없는 말은 못 하는구나?

네. 저 영화가 얼마나 감동적인데요. 누가 누구를 낳고 누가 누구를 계속 낳는 성경책보다 훨씬 드라마틱할걸요?

웃어야 할지 울어야 할지 애매하게 일그러지는 종교부장의 얼굴을 보고 구영진은 이제야 상황이 파악됐다는 듯 말끝을 흐렸다.

아, 그러니까 제 말은…….

하지만 말이 끝나기 무섭게 종교부장은 벽에 붙은 포스터를 북 소리 나게 뜯었다. 그 바람에 박신양과 자전거 뒷좌석에 앉은 최진실이 반으로 쪼개졌다. 이번에는 구영진의 입에서 으악, 하는 비명이 터졌다.

정신 차려! 여긴 성화고야!

종교부장은 당장이라도 포스터를 발기발기 찢을 기세였다.

갑자기 구영진의 머리가 차가워졌다. 그렇게 되면 사랑스러운 진실 언니를 구할 수 없었다. 그렇다면 그게 하나님이라도 용서할 수 없을 것 같았다. 구영진은 천천히 호흡을 가다듬었다. 인질을 구출하는 마음으로 발레의 기본 자세를 떠올렸다. 지금은 최진실을 살리기 위해 혼신의 연기에 몰입해야 할 때였다. 구영진은 인질범을 진정시키듯 숨을 몰아쉬는 종교부장을 향해 말했다.

네, 네. 잘 알겠어요. 진정하세요. 원래 불교든 이슬람교든 힌두교든 개종한 사람들이 더 신앙에 열정적인 거 아시죠? 저도 성경 열심히 읽고 금요철야기도회나 부흥회 같은 거, 뭐든 다 나가볼 생각이었다고요.

구영진은 신앙생활에 깊이 빠질 준비가 된 듯한 표정을 지으며 말했다. 구영진이 바짝 꼬리를 내리자 종교부장은 다짜고짜 자리에 무릎을 꿇고 그의 손을 잡아끌었다. 곧이어 종교부장은 '성령의 힘'으로 구영진 몸속에 기어다니는 '악의 뱀'을 쫓아 '하나님의 역사하심'을 증명해내겠다고 허공을 향해 외쳤다. 그가 육중한 팔로 구영진의 무릎을 누르고 통성기도를 하기 시작했다. 종교부장의 목소리가 웅변 톤으로 바뀌었다.

여기 어리석은 양이 있, 씁니다. 죄를 지었고, 죄를 지은 줄도 모르는 불, 쌍한 인간입니다. 우리 주께서 이를 가엽게 여겨 주, 시옵시고.

힙한 리듬이 느껴지는 기도였다. 불쌍한 인간이라는 점에는 동의가 됐다. 하지만 문제는 기도가 좀처럼 끝나지 않는다는 거였다. 무릎이 아파오기 시작했다. 몸에서 뱀은커녕 쥐가 나올 것 같았다. 구영진은 자신도 모르게 몸을 움찔하며 소리쳤다.

아! 지금 뱀 같은 무엇인가 긴 게 제 몸을 빠져나간 느낌이에요!

종교부장이 더 격앙된 소리로 주님을 부르기 시작했다.

주님, 믿습니다!

주하나는 엉겁결에 몸에서 무엇인가가 빠져나가는 연기를, 그러니까 헉, 하고 악, 하고 윽, 하는 소리를 내며 몸을 이리저리 흔들었다. 누가 시킨 것도 아닌데 한번 시작하니 동작들이 저절로 이어졌다. 눈물과 땀범벅이 된 종교부장은 기적을 행한 사람처럼 흥분된 목소리로 외쳐댔다.

오 주여!

오 아버지!

구영진의 기숙사 생활은 이태원에서 살던 때와 별반 다르지 않았다. 혼자서 밥을 먹는 일도, 외톨이를 자처하는 일도 비슷했다. 신앙에 대한 어떤 질문도 허용하지 않는 이곳의 법칙은 무시하면 그만이었다. 불안감이 폭풍처럼 몰아칠 때도 있었으나 그건 최진실이 나오는 드라마가 해결해줬다. 운동 삼아 기도동산에 오를 수도 있었다. 나무마다 붙어 있는 수십 개의 십자가를 보며 인간의 기도가 저토록 징그러울 수도 있구나 새삼 놀라기도 했다. 그리고 확실히 좋은 것도 있었다. 이 모든 것에 곧 끝이 올지도 모른다는 희망.

믿음, 소망, 사망, 그중에 제일은 사망.

구영진은 혼잣말을 하고 픕, 웃음을 터뜨렸다.

그럼에도 불구하고 구영진이 타인과 갈등할 기회는 얼마든지 있었다. 그가 간과한 것이 있었기 때문이다. 뱃속에서부터 '증인'의 신분을 달고 나온 이들에게 구영진은 단순히 피하면 그만인 존재가 아니었다. 커트 머리 말대로 위협이었다. 철야기도회와 금식기도회가 아침, 점심, 저녁으로 열리는 이곳에서 이방인인 구영진은 바이러스 취급받았다. 되도록 다른 사람들 눈에 띄지 않게 노력했지만 그건 쉬운 일이 아니었다. 구영진이 구영진의 방식으로 종말을 찬양하는 것만으로도 그들의 눈에는 사악함이 여과 없이 퍼지는 듯 보였다. 그러던 중 구영진은 자신과 비슷한 처지에 놓인 아이를 발견했다. 그의 아버지가 다른 교회를 믿게 되었다는 이유로 그 아이는 모든 무리로부터 철저히 배척당하고 있었다. 그 아이는 주하나였다.

주하나는 하루에 몇 시간씩 식당에서 배식 아르바이트를 했기 때문에 신입생 중 거의 유일하게 자주 마주치는 아이였다. 하지만 사탄의 뱀으로 취급받던 구영진이 주하나를 본격적으로 눈여겨본 것은 엉뚱하게도 쥐약 때문이었다.

모두가 잠든 밤, 기숙사 화단에 구덩이를 파는 수상쩍은 일이 아니었다면 구영진이 주하나에게 관심을 둘 일은 없었을지 몰랐다. 어둠 속에서 주하나를 알아보는 것은 어렵지 않았다. 하지만 구영진은 그날 새벽에 자신이 본 것을 모르는 척 묻어두려고 했다. 호젓한 밤, 산책을 나왔으니 아는 척을 할 이유도 없었다. 주하나를 조용히 지켜보기만 했을 뿐이다. 그가 구덩이 속에 무엇을 파묻었는지 알게 된 것은 그다음 날이었다.

개가 죽었다. 복이라는 이름의 진돗개였다. 2년 전 교목의 아내이자 윤의 친구인 최가 암투병을 하면서 맡긴 개였다. 강아지가 성견이 되었을 때 윤의 친구는 끝내 죽음을 맞았다. 한동안 슬픔에 빠져 있던 윤을 회복시킨 건 바로 그 개였다. 친구의 남편이자 성화고의 교목인 목사가 종종 개를 보러 왔다. 기숙사 주변을 돌며 함께 개를 산책시키고 벤치에 앉아 담소를 나누는 두 사람의 모습이 자주 목격되었다.

그 개가 간밤에 주하나가 파놓은 구덩이 옆에서 거품을 문 채 죽어 있었던 것이다. 혀를 길게 빼고 죽은 개의 곁에는 이빨 자국으로 나달나달하게 구멍이 뚫린 쥐약 봉지가 놓여 있었다. 아무래도 냄새를 맡은 개가 구덩이를 파고 쥐약을 먹은 모양이었다. 개의 죽음을 목격한 윤은 죽은 개를 황망하게 바라봤다. 슬픔과 분노 사이를 오가던 그는 몇 번이나 바르르 입술을 떨었다.

이 마귀 같은 것들!

윤은 아이들 중 누군가가 일부러 개에게 해코지를 했다고 생각했다. 그런 의심의 근거는 아무 데도 없었다. 아이들을 추궁했지만 알아낸 것 역시 없었다. 윤은 한쪽 입꼬리를 의미심장하게 올리며 이렇게 말했다.

아무래도 여러분께 타작마당이 필요한 것 같네요. 우리 주 아버지 하나님은 조사심판을 통해 죄인을 가려내시죠. 마귀와 내통을 한 사람이 나서지 않는 걸 보면 정말 이 방법밖에는 없겠어요.

구영진은 이성을 잃은 윤의 표정과 말투가 낯설었다. 한 번도 본 적 없는 싸늘한 얼굴이었다. 구영진은 윤과 주하나를 번갈아 봤다. 시선을 느낀 주하나가 학생들 틈으로 몸을 숨겼다.

윤은 남자 기숙사생 몇 명을 불렀다. 그가 남학생들과 기도동산에 개를 묻으러 간 사이 종교부장은 기숙사 간부들을 식당으로 집합시켰다. 아이들이 술렁이기 시작했다. 특히 신입생들이 겁에 질려 있었다. 구영진으로서는 타작이란 단어에 왜 그렇게까지 겁을 먹는지 알 길이 없었다. 기껏해야 매타작이 떠올랐기 때문이다. 이 성스럽고 고요한 집단에서 그 이상의 타작이란 어울리지 않는다고 생각했다.

식당에 불려 갔던 간부들이 기숙사 아이들 전체를 집합시켰다. '헤쳐'와 '모여'가 반복되었다. 조명이 희미한 앞마당에 수십 명의 아이들이 줄을 맞춰 일사불란하게 움직였다. 군대의 얼차려와 비슷했다. 숨을 헐떡이는 아이들에게 이번에는 강당으로 이동하라는 지시가 내려졌다. 강당 안은 조용히 그리고 빠르게 아이들로 가득 찼다. 강당에 시큰한 땀 냄새가 떠돌았다.

다 눈 감고 무릎 꿇어!

종교부장이 아이들에게 소리쳤다. 종교부장 곁으로 3학년이 죽 둘러섰다. 누군가 선창했다.

「마태복음」 25장!

아이들이 입을 맞춰 큰 소리로 외쳤다.

모든 민족을 그 앞에 세우고 양과 염소를 구분하는 것같이!

41절!

염소 같은 자들아 마귀와 그 사자들을 위하여 예비된 영원한 불에 들어가라! 조사심판에 임하라!

잠시 뒤 한 사람 한 사람의 이름이 호명되었다. 자신의 이름이 불리면 아이들은 네! 하고 자리에서 일어났다. 종교부장이 일어선 사람의 신앙 평가 점수와 순위를 발표했다. 학교 성적과 비슷한 개념이었는데, 그 점수는 증인으로서 종말 뒤에 구원받을 확률과도 같은 거였다. 천국 입성을 위한 지상의 내신 성적이랄까. 하늘에 계신 아버지가 지금 이 순간에도 한 사람

한 사람의 등급을 평가하고 있다는 거였다. 포인트처럼 쌓인 죄를 회개나 침례로 차감한다는 소리까지 들었을 때는 좀 신선했다.

장유리, 평가가 엉망이야! 너 신앙생활 이따위로 할 거야?

이어 그가 잘못했던 일들이 시시콜콜 튀어나왔다. 그간 쌓아놓은 뒷담을 대놓고 하는 인신공격이었다. 아이들의 고충을 듣는 '마당'이란 설명과는 전혀 다른 광경이었다. 비난과 트집으로 흠씬 두들겨 맞은 아이에게 이번에는 진짜 타작이 시작되었다.

슬피 울어라. 죄인아!

누군가 소리쳤고 짝, 하고 따귀 맞는 소리가 들렸다. 구영진은 조용히 실눈을 떴다. 뺨을 맞은 아이의 안경이 저만치 날아갔다.

슬피 울어라. 죄인아!

또 다른 3학년이 뺨을 맞은 아이의 뺨을 더 세차게 후려쳤다. 구영진은 비로소 타작의 의미를 실감할 수 있었다. 타작은 타작이었다. 아직 알곡도 쭉정이도 되지 않은 아이들을 죽 널어놓고 혹시 있을지 모르는 사춘(思春)의 싹을 박멸하는 것이었다. 모멸과 공포가 지난 자리에는 아무것도 자랄 수 없다는 걸 모르는 것 같았다. 장난스럽게 움찔거리던 구영진의 입가가 천천히 굳어가고 있었다. 잠시 뒤 이름이 호명된 다음 사생이 용수철처럼 자리에서 일어섰다.

최수지.

네!

눈 감아.

네. 죄송합니다.

너, 요즘 장난 아니더라? 아직도 방 청소를 그렇게 안 한다며?

더러워죽겠어.

너 속옷도 제때 안 빨아서 방에서 지린내가 난다며?

너 집에서도 그러니?

선배들이 너 때문에 기도 되게 열심히 하는 거 알아? 너랑 같은 방이 되지 않게 해달라고!

모멸감으로 몸을 떠는 아이는 흐느낄 뿐 아무 변명이 없었다. 다시 따귀 때리는 소리가 들렸다.

슬피 울어라. 죄인아!

슬피 울어라. 죄인아!

구영진은 몸을 움츠렸다. 뛰쳐나갈 수 없다면 딴생각에 빠질 시간이었다. 되도록 신과는 아주 먼, 이를테면 드라마의 세계, 혼을 쏙 빼놓는 막장의 세계가 필요했다. 이건 구영진이 어머니를 통해 터득한 고통을 피하는 특별한 방법이었다. 또 다른 아이의 이름이 호명되었다.

주하나.

네!

구영진은 어떤 드라마를 떠올렸다. 그곳에서는 타작마당과는 비교도 되지 않는 막장 사건이 벌어졌다. 그 드라마의 주인공 이름은 주하나. 드라마 속에서 승승장구하던 주하나는 최근 마른하늘의 날벼락을 맞았다. 주하나에게 전 재산을 물려주려던 윤 회장이 갑작스럽게 죽음을 맞이한 것이다. 그간 주하나에게 온갖 아부를 하던 가족이 하나씩 가면을 벗어 던졌다. 그들이 곤경에 처한 주하나를 패대기치고 갖은 모욕을 줬다. 하지만 그때 죽은 줄 알았던 회장이 등장했다. 이제 되었다. 살아난 윤 회장이 극악무도한 식구들을 향해 선언했다. 이제, 이 태강그룹의 안주인은…….

구영진!

구영진은 자신의 이름을 듣고도 멍하게 앉아 있었다. 잠시 침묵이 흘렀다.

구영진!

네? 네!

구영진은 얼떨결에 대답하고 일어섰다. 드라마에서 겨우 빠져나온 그는 눈을 뜨고 주변을 살폈다. 주하나가 고개를 숙인 채 앞줄에 서 있었다. 종교부장이 턱 끝으로 주하나 옆에 서라고 지시했다. 영문도 모른 채 그의 지시를 따랐다.

주하나, 너는 슬피 울 자격도 없어!

그렇게 말한 종교부장은 구영진을 향해 말했다.

구영진, 주하나의 뺨을 때려.

네?

뺨을 치라고!

왜요?

나는 손을 더럽히고 싶지 않아. 넌 그런 게 상관없는 애잖니.

구영진은 멀뚱하게 종교부장의 얼굴을 보았다. 심장이 튀어 나올 듯 뛰고 있었다. 종교부장이 구영진의 손을 낚아채 주하나의 뺨으로 가져가 세게 내리쳤다. 퍽, 소리가 나자 주하나의 얼굴이 반대편으로 돌아갔다. 누군가 아멘! 하고 외쳤다. 이어 죄인아! 죄인아! 하는 소리가 여기저기서 들려왔다.

슬피 울어라!

구영진의 손을 쥔 채로 종교부장이 또 한 번 소리쳤다. 퍽, 소리와 함께 주하나의 뺨이 반대편으로 돌아갔다. 따귀 맞는 소리가 한참을 더 이어졌다.

이건 네 아버지 대신이야!

구영진은 입을 벌리고 넋이 나간 채 서 있었다. 피가 맺힌 주하나의 입에서 흐느낌이 새어 나오기 시작했다.

이단에 빠진 마귀의 자식!

종교부장의 목소리였다. 여기저기서 무거운 야유가 터져 나왔다. 주하나가 할 수 있는 일은 앉지도 서지도 못하고 어정쩡하게 버티고 있는 것뿐이었다.

자식 이름을 주님 하나만 믿겠다는 뜻으로 지어놓고 정작 아버지란 작자가 이단에 빠져? 그 벌이야, 벌! 성경에서도 아버지 죄는 자식이 받는 거라고 했어!

누군가 떨리는 목소리로 그럼 불쌍한 거 아닌가? 했고, 또 다른 누군가는 이단이 어떻게 불쌍해? 했다. 주하나는 입술을 깨물고 있었다. 눈물이 흐르는데도 눈물만큼은 절대 보이지 않겠다는 사람의 얼굴이었다.

너 성령 동아리 활동도 안 하지?

네.

크게!

네!

이거 봐. 네 믿음이 이 정도인데, 이래도 너희 아버지랑 아무 상관이 없어? 아버지가 이단이면 너도 그런 거지.

…….

너 하나 때문에 죄 없는 우리가 다 종말의 날 하늘에 오를 수 없게 될지도 몰라! 그때 심판의날에 이르러…….

종교부장의 호흡이 거칠어졌다. 그가 말을 다 잇지 못하고 흐느끼며 울기 시작했다. 여기저기서 주여, 주여, 하는 탄식과 울음소리가 새어 나왔다. 이윽고 '아버지'와 '용서'가 섞인 방언의 기도들이 이어졌다. 주하나는 온몸을 부들부들 떨고 있었다. 구영진도 덩달아 몸이 떨렸다. 통제할 수 없는 것들을 견디느라 몸에 잔뜩 힘을 줬다. 불 같고, 얼음 같고, 가시 같고, 유리 같은 단어들이 허공을 맴돌았다. 은혜를 받고도, 하나님을 팔아, 탐욕스러운, 패륜에, 하는 단어들이 험악하게 날뛰었다. 금방이라도 무엇인가가 터질 것 같았다. 그때였다.

어머, 재 좀 봐!

누군가 주하나의 엉덩이를 손가락으로 가리켰다. 회색 트레이닝 바지에 손바닥만 한 핏자국이 번지고 있었다. 갑작스럽게 생리가 터진 모양이었다. 하지만 주하나는 자신의 엉덩이를 보고도 얼음처럼 서 있을 뿐이었다.

너 뭐야? 정말 너란 애는 어쩔 수가 없구나. 빨리 화장실에나 가!

종교부장이 짜증스럽게 소리쳤다. 주하나는 무기력한 얼굴로 강당을 가로질러 걸었다. 주하나의 뒷모습을 지켜보던 구영진의 아랫배에 찌르르한 통증이 느껴졌다.

4

주하나는 갖은 핑계로 기숙사로 걸려 온 전화를 따돌렸지만 결국은 피할 수 없었다. 아버지의 전화였다. 목소리가 많이 변해 있어 아버지라 확신할 수 없었지만, 아니 할 수 있다면 계속해서 부인하고 싶었지만 수화기 너머의 남자는 분명 아버지였다. 주하나는 조그맣게 숨을 몰아쉬며 주변을 두리번거렸다. 의미를 잃어버린 말들을 애써 흘려보내려 했지만 '따알' 하고 부르는 소리만은 그럴 수 없었다. 그 단어가 들려올 때마다 가슴이 뜨거울 정도로 쓰렸다.

따알, 잘 지내고 있니?

목소리가 이상해요. 정말 아버지세요?

회개를 많이 해서 그래. 우리 딸, 의심하는 거 보니 이제 어른이 다 되었네.

저 아직 미성년자인데요.

어른이 별거냐? 좋아하지 않는 사람과도 잘 지내면 그게 어른이지.

주하나는 고개를 끄덕였다. 지금 아버지의 물음에 꼬박꼬박 대답하고 있는 걸 보면 그의 말이 맞는 것 같았다.

그나저나 엄마는 어디에 있니? 이사 간 집에서 아직 살고 있니?

아니요.

그럼?

엄마가 말하지 말랬어요.

그래도 가족이 어디에 사는지는 알아야지.

각오한 일이었지만 어머니가 모성을 들먹이고 아버지가 가장을 운운하는 것은 여전히 듣기 거북했다. 주하나는 입을 굳게 다물었다. 잠자코 있던 아버지가 하는 수 없다는 투로 말을 이었다.

간단한 부탁이 있는데 그건 해줄 수 있지?

뭔데요?

어려운 부탁은 아니다. 도장이 필요해서 그래.

전 지금 기숙사에서 살고 있어요.

집에 외박을 갈 때도 있잖니.

무슨 도장인데요?

엄마 도장.

왜요?

우리 가족 모두에게 좋은 일이다. 아버지를 믿으렴.

아버지를요?

주하나는 하마터면 왜요? 하고 물을 뻔했다.

엄마 허락 없이 그런 걸 함부로 드릴 순 없어요.

아버지를 못 믿겠다는 거냐?

주하나는 더는 할 말이 없어서 점점 거칠어지는 아버지의 숨소리를 가만히 듣고 있었다. 최후의 협상을 하듯 크게 심호흡을 한 그가 이렇게 말했다.

너는 믿음이 뭐라고 생각하니?

믿음이요?

교회에 다닌다고 다 똑같은 게 아니다. 교회를 다니는 사람은 교인이고, 신을 믿는 사람은 성도고, 신의 뜻대로 살려는 사람은 하나님의 자녀니까. 믿음에도 차원이 있다는 소리지. 아버지는 진실한 하나님의 자녀가 됐단다. 이제 네 차례다. 너도 하나님의 진짜 자녀가 되어야지.

제 믿음은 변함없어요.

아니. 아니지. 너는 신이 네가 원하는 걸 해줘야 한다고 믿고 있잖니.

그래야 하는 게 아닌가요?

그건 진짜 믿음이 아니란다. 지금 벌어지고 있는 모든 일이 신이 내게 행하는 가장 옳은 일이라고 믿는 정도는 되어야지.

주하나는 이번에도 아무런 대꾸를 찾지 못했다.

난 지금 아버지의 뜻대로 살고 있어. 진짜가 된 거지. 나를 인정해주는 아버지 안에서 아버지를 완성시키고 있는 중이고.

헛갈렸다. 아버지가 완성하려는 아버지는 어떤 아버지를 말하는 것인지.

부탁 좀 하마. 무엇보다 너한테 좋은 일이란다.

안 들어주면요?

안 들어주면…… 그때부터 너는 이 아버지랑 같이 살게 될지도 모른다.

주하나는 놀란 나머지 다급히 전화를 끊어버리고 말았다. 다시 벨 소리가 울렸지만 도저히 전화를 받을 수 없었다. 위협적으로 울리는 전화벨 소리에 뒷걸음쳤다. 그러다 흠칫 등에서 느껴지는 인기척에 놀라 뒤를 돌아봤다.

거기 구영진이 서 있었다. 통화 내용을 들은 것인지 뭔가 할 말이 있는 표정이었다. 얼굴이 화끈거렸다. 황급히 시선을 돌렸다. 타작마당 이후로 은근히 구영진이 의식되던 차였다. 이상하게 그 아이 앞에서는 되도록 밝고 명랑한 사람처럼 보이고 싶었다. 타작마당은 모두에게 공평하게 끔찍한 것이고, 모두에게 똑같이 상처가 남는 일이라고 대수롭지 않게 넘어가고 싶었다. 공부도, 신앙도, 수월한 사람인 척 굴해 보이고 싶었다. 주하나는 구영진을 본체만체 그대로 지나쳤다. 구영진이 뒤따라왔다.

왜 따라오는 거야?

와. 드디어 내가 보여? 다들 날 투명인간 취급하길래. 너도 그런가 했는데.

용건이 뭐야?

좀 걸을까? 뛰어도 좋고.

너랑? 내가 왜?

할 얘기가 있어.

타작마당 일 때문이라면 그건 됐어. 네 잘못도 아니고.

그건 나도 알지. 내 잘못이 아닌 거.

그럼?

투명인간끼리 얘기 좀 해보자고. 우리에게 특별한 인연도 생겼고.

투명인간? 나 그런 거 아닌데, 라고 중얼거렸지만 특별한 인연이라는 말이 주하나의 관심을 끌었다.

특별한 인연? 그건 또 뭐야?

우리 앞으로 같이 다녀야 할 것 같아.

그게 무슨 뜻이야?

구영진이 씩 웃으며 쪽지 하나를 내밀었다.

1학년 성령 마니토 주하나, 구영진.

주하나는 다리에 힘이 쭉 풀렸다. 얼마 전 학교에서 본 공지가 떠올랐다. 학생들끼리 마니토를 정해서 서로의 성령 활동을 돕기로 한다는 내용이었다. 구영진과 마니토가 됐다는 건, 모든 아이들의 거부를 거쳐 최후의 왕따 둘이 만났다는 이야기였다. 주하나를 빤히 보던 구영진이 다시 한번 눈웃음을 지어 보이며 말했다.

나 전학 온 건 알지?

알아.

아무것도 관심 없는 척하던데. 그건 어떻게 알아?

여긴 초등학교 때부터 같이 자란 애들이 모인 곳이야. 전교에서 전학 온 애는 딱 너 하나고.

구영진이 아, 그래? 하며 고개를 끄덕였다.

그런데 너 생각했던 것보다 많이 명랑하다?

주하나는 황당하다는 얼굴로 구영진을 쳐다봤다. 그가 눈을 조그맣고 가늘게 뜨며 뜻 모를 소리를 했다.

새벽에 구덩이를 팔 때는 좀 으스스했는데 말이지.

주하나의 가슴 한쪽이 서늘해졌다. 혹시, 하는 마음에 몸이 움츠러들었다. 타작마당이 벌어지게 된 배경, 그러니까 새벽에 몰래 판 그 구덩이를 이야기하는 것 같았기 때문이다. 주하나는 자기도 모르게 버럭 화를 냈다.

그게 무슨 소리야?

에이, 다 알면서.

인중에서 땀이 솟아났다. 구영진이 손에 들고 있는 쪽지를 접었다 폈다 하며 딴청을 했다.

그건 그렇고. 이 마니토 추첨, 확실히 무작위는 아닌 것 같지 않아? 너랑 나랑 마니토로 붙여놓은 것 좀 봐. 너도 왕따잖아. 너 아직 동아리 안 들었지?

그게 뭐?

그러지 말고 우리 동아리 같이하자. 나도 동아리 들고 싶거든.

구영진의 깊은 눈망울이 기대감으로 반짝였다.

나도 너처럼 글 쓰는 거 좋아해. 매일 유서도 쓰고 있고.

유서?

응.

주하나는 자신이 글쓰기를 좋아하는 건 또 어떻게 알았을까, 하는 의구심이 들었다. 그 모습을 찬찬히 보던 구영진은 다 안다는 표정으로 또 한 번 쾌활하게 웃었다.

너 글쓰기 좋아하는 거 아니야?

누가 그래?

누가 그러긴. 마주칠 때마다 뭘 열심히 적고 있던데? 그 다이어리 말이야.

구영진이 다이어리를 가리키자 얼굴이 확 달아올랐다. 주하나는 슬쩍 다이어리의 연도가 적힌 부분을 손가락으로 가렸다. 1997년, 무려 2년이나 지난 다이어리로 아버지가 은행 VIP에서 퇴출되기 직전에 받은 것이었다.

재작년 다이어리네. 근데 거기에 뭘 적는 거야?

무엇 때문이라고 꼬집어 말할 수는 없었으나 주하나는 구영진을 똑바로 바라볼 수가 없었다. 숨고 싶은 기분이라고 말하는 게 더 정확했다.

너도 종말에는 진심인 것 같던데. 맞지?

대체 저건 또 무슨 말일까. 주하나는 잠시 생각하다 말했다.

여기 있는 애들은 다 종말에 진심이야. 당연히 나도 그렇고. 그런데 사회에서 온 네가 종말에 진심이라는 얘기야?

응. 나는 종말이 꼭 왔으면 좋겠거든. 하지만 기왕 종말을 맞는다면 기록으로 남기고 싶어. 그건 내 끝이고 내 종말이니까.

내 끝? 내 종말?

주하나는 자신도 모르게 구영진의 말을 따라 했다. 그러다 깜짝 놀라 주변을 살폈다. 그러고는 재빨리 구영진의 입을 손으로 막았다. 누군가 이 대화를 듣는다면 두 사람은 지금 당장 종말을 맞을지도 몰랐다. 주하나는 가슴이 두근거리는 걸 느끼며 기도하듯 중얼거렸다.

주님, 용서해주세요.

그런데도 '내 끝'과 '내 종말'이라는 단어는 머릿속에서 사라지지 않았다. 주하나가 천천히 손을 떼자 구영진이 낮게 속삭였다.

그러니까 내 말은, 너도 탈출 쪽 아니었냐는 거야.

탈출이라니?

주하나가 더욱 소리 죽여 물었다. 목소리가 떨리고 있었다.

그 쥐약 말이야.

주하나의 심장에 바늘이 콕 박히는 느낌이었다. 순간 그는 직감했다. 구영진이 뭔가 알고 있다는 것을. 새벽에 일어난 그 사건에 관한 일이라는 것을. 어느새 주하나의 이마에서는 식은 땀이 흐르고 있었다. 결국 자백하듯 고개를 푹 숙였다.

나 정말, 개를 죽이려 했던 게 아니야. 정말이야. 믿어줘.

구영진은 재미있다는 듯 개구쟁이처럼 이를 드러내며 웃었다.

그야 잘 알지. 그냥 쥐약을 묻었을 뿐이라는 거.

너, 사감 선생님께 말할 거야?

당연히 아니지. 근데 설명은 좀 듣고 싶어. 종말을 믿는 애가 쥐약은 왜 가지고 있는 거야? 먹으려고?

천진한 눈동자가 반짝이고 있었다. 그제야 주하나는 구영진을 찬찬히 볼 수 있었다. 하얗고 둥근 이마, 바짝 올려 묶은 머리, 바람이 불 때마다 흩날리는 검은 머리카락. 예상도 못 할 만큼 세상은 대단찮다고 여기는 태도가, 그 무모함이 주하나를 묘하게 안심시켰다. 진짜 종말이 온다고 해도 그냥 캭 퉤, 하고 침을 뱉고 돌아설 수 있을 만큼 의연해 보이기까지 했다. 이렇다 할 말을 못 찾던 주하나는 겨우 입을 뗐다.

네 종말이 탈출이라면 나는 도망.

주하나는 들릴 듯 말 듯 한 목소리였고 자포자기의 심정이었다.

더 자세히 이야기해봐.

의도치 않은 고백이었다. 주하나는 범죄를 자백하듯 차분하게 쥐약과 관련된 이야기를 시작했다. 평생 가족에게 폭력을 일삼으며 집 밖에서는 신실한 성도 행세를 한 아버지와 그 덕분에 쥐처럼 산 자신의 이야기였다. 쥐처럼 살았다는 게 뭐냐면 고양이가 나타나면 숨고, 숨어 있다가 걸리면 괴롭힘당하고. 그렇지만 고양이가 쥐를 절대 잡아먹지는 않아서 사는 게 사는 게 아닌 그런 이야기였다. 그것 때문에 고양이를 죽이고도, 쥐를 죽이고도 싶은 무시무시한 마음을 가지게 되었다는 이야기. 주하나는 증거물을 내밀 듯 다이어리를 보이며 말했다.

여기에 아버지의 악행을 다 적어두었어.

주하나는 들고 있던 다이어리를 펴 보이며 빠르게 눈을 깜빡였다. 눈물이 쏟아지려고 했기 때문이다.

왜?

혹시 필요할 것 같아서.

어디에?

조사심판 때.

주하나는 첫 번째 종말이 불발되던 때를 떠올렸다. 마음속에 지은 죄 때문에 종말이 와도 자신만은 구원받을 수 없을 것 같던 때였다.

무서웠거든. 종말 뒤에 나만 혼자 살아 있을까 봐.

그건 생각만 해도 너무 무서운 벌이었다. 쥐약은 그럴 경우를 대비해 마련한 것뿐이라고 주하나는 거듭 강조했다.

그런데 하필 쥐약의 유통기한이 지나 있었던 거야. 종말보다 유통기한이 짧은 쥐약이라서 묻었는데, 엉뚱하게도 개가 죽었어.

구영진은 푭, 하고 웃음을 터뜨렸다.

이게 웃겨?

미안해. 종말이 왔는데 살아 있을까 봐 걱정하는 게 좀 황당해서.

구영진은 무엇인가가 떠오른 듯 눈을 반짝이며 말을 이었다.

그래서 지금은 유통기한이 빵빵한 쥐약을 가지고 있는 거야?

주하나는 질문이 이상하다고 생각하면서도 그렇다고 대답했다.

그럼 그 쥐약 나도 언제 빌려줄래?

왜?

네 말을 듣고 보니까 나도 좀 걱정되네. 종말이 왔는데 너랑 나랑 단둘만 세상에 남겨질 수도 있을 것 같아서.

주하나는 그제야 풉, 하고 실소를 터뜨리며 말했다.

지금 우리가 하는 말 되게 괴상한 거 알아?

이번에는 구영진이 풉, 소리 나게 웃으며 대답했다.

그래, 그만두자. 얘기가 점점 더 바보 같아지고 있어. 근데 나는 알았어.

뭘?

네가 이렇게 엉뚱한 생각을 하고 있을 줄. 그 쥐약을 봤을 때부터 딱 알겠더라고.

주하나는 깔깔거리며 앞서가는 구영진의 뒷모습을 멍하게 바라봤다. 그리고 문득 어렸을 적 자신의 모습을 떠올렸다. 길에서 강아지를 만난다든지, 들꽃을 본다든지, 이름을 알거나 모르거나 원하는 것을 향해 거침없이 손을 쭉 뻗곤 했었다. 여호수아에게도 그랬다. 손을 뻗어 원하는 것을 원하는 만큼 쥐고 있던 시간이 주하나에게도 분명히 있었다. 몇 걸음 앞서가던 구영진이 뒤돌아보며 말했다.

기도동산에 같이 가줄 수 있어?

거긴 왜?

가보면 알아.

거절할 틈도 없이 구영진은 빠른 속도로 멀어졌다. 잠시 어리둥절하게 서 있던 주하나는 어쩔 수 없이 그를 따라 기도동산으로 향했다.

기도동산에 도착하자 구영진은 가방에서 인형을 꺼냈다. 바비 인형이었다.

인형은 왜?

여기 묻으려고.

어째서?

울고 싶어서.

방금까지는 그렇게 웃어놓고?

지금은 인형의 장례식을 치러줄 거니까.

구영진은 길고 하얀 천을 꺼내 바비 인형의 목과 허리, 무릎과 발목에 간단한 염을 했다. 그리고 난 뒤 작은 모종삽으로 땅을 파기 시작했다. 주하나는 그것을 어리둥절하게 바라봤다. 꽤 깊은 구덩이가 생겼다. 구영진은 수십 벌의 인형 드레스와 구두를 구덩이 속에 넣고 그 위에 바비 인형을 올려놓았다. 그러고는 정성껏 돌을 골라 왔다.

안 도와줄 거야?

주하나는 영문도 모른 채 얼떨결에 그를 따라 돌을 날랐다.

어느새 둘은 함께 돌을 쌓아 올리고 있었다. 금세 돌무덤이 생겨났다.

어젯밤에 악몽을 꿨어.

무슨 꿈인데?

엄마가 나타났어.

그게 악몽이라고?

응. 누가 엄마를 죽였거든.

주하나는 놀라서 눈을 동그랗게 떴다.

꿈에?

아니, 진짜.

구영진이 느리게, 눈을 자주 깜빡였다. 주하나는 그 이유를 알 것 같았다. 눈물이 고여 눈가가 묵직해졌으며 그 모습을 보여주고 싶지 않다는 뜻이었다.

꿈에서 깨고 생각했어. 엄마가 일부러 끔찍한 모습으로 자꾸 나타나는 거구나.

그건 또 왜?

나를 살리려고. 실컷 무서워하라고. 이건 꿈이니까 여기서는 도망쳐도 괜찮다고.

주하나는 구영진의 곁으로 한 발짝 다가섰다. 잔뜩 움츠린 그의 등을 토닥여주고 싶었지만 그러지 못했다.

그러다 갑자기 네가 쥐약을 묻은 게 생각난 거야. 나도 인형을 묻어야겠다고 생각했어.

왜?

나한테는 엄마가 취약이거든.

주하나는 고개를 끄덕였지만 그의 말을 다 이해한 것은 아니었다. 다만, 하나는 분명했다. 종말이 자신에게도 구영진에게도 절실하다는 것을. 주하나에게 종말은 단순한 끝이 아니었다. 무언가에서 벗어날 수 있는 마지막 기회였다. 그들에게 종말은 더 이상 도망치지 않아도 되는 날이었다. 그것은 억눌린 두려움과 고통에서 벗어나, 모든 것을 끝내고 새로 시작할 수 있는 해방의 순간이었다. 구영진이 갑자기 훌쩍이기 시작했다. 주하나는 더 다가가지 않고 그의 옆에 가만히 서서 그것을 지켜봤다. 구영진이 흘린 눈물 속에는 어쩌면 마지막으로 자신을 위해 싸우는 마음이 담겨 있을지도 모른다는 생각을 했다. 이따금 서늘한 바람이 불어왔다.

*

4월의 캠퍼스는 청명한 공기로 상쾌했다. 운동장은 신앙 활동을 장려하는 동아리의 홍보 부스로 인해 분주했다. 성화고의 토요일은 성일(聖日)로 오후에는 전도 활동을 해야 했다. 지금이 그 활동을 위한 동아리를 정하는 시기였다. 누구도 예외 없이 기도회나 성경 봉독, 찬양 등을 하는 동아리에 가입해야 했다. 기숙사에서 나온 주하나는 구영진과 함께 동아리방이 모여 있는 건물로 들어섰다. 부스를 둘러보던 구영진이 물었다.

넌 어떤 동아리 생각하고 있어?

기도 동아리.

그렇게 대답했지만 주하나는 아버지와의 통화가 떠올라 말끝을 흐렸다. 외부 활동이 가장 적은 동아리지만 그곳에서 어떤 취급을 당할지 상상됐기 때문이다.

진심이야?

아니.

그러지 말고 우리 글쓰기 동아리 하자.

그런 게 있나?

응. 〈증인들〉이라고 있던데? 교내 신문사.

물론 주하나는 〈증인들〉을 잘 알고 있었다. 백보훈이 편집장으로 있고, 여호수아가 대표 기자로 있는 동아리였다.

알아봤더니 아이들의 신앙 간증 같은 것도 신문에 싣는다더라.

알아. 거기.

나는 새로운 걸 제안해보려고.

표정이 심드렁해지자 구영진은 그럴 줄 알았다는 듯 갑자기 주하나의 팔짱을 끼며 속삭였다.

그들의 종말을 우리의 종말로 점령한달까?

우리의 종말?

쥐약 같은.

주하나는 고개를 갸웃했다.

유서를 써보자고 할 거야.

유서?

신문에는 부고란이 있잖아. 거기에는 단순히 누군가의 죽음을 알리는 정보만 있는 게 아니야. 생애 마지막으로 남기는 말, 그 사람의 삶을 요약하는 기록도 담겨 있어. 마치 그 사람이 남긴 유언처럼. 우리는 그걸 조금 다르게 활용해보는 거야.

어떻게?

우리가 일기 쓰듯 앞으로 남길 유언을 싣는 거야. 각자 생각한 종말에 대해서 말이야. 종말이라고 꼭 파괴나 끝을 의미하는 건 아니잖아. 어쩌면 그게 새로운 시작일 수도 있으니까.

구영진의 말은 묘하게 설득력 있었지만, 주하나는 마음속에 남은 하나의 의문만은 지우지 못했다.

근데 그걸 왜 꼭 동아리에 들어가서 하자는 거야?

구영진은 살짝 미소 지었다. 잠시 주하나를 바라보던 그는 천천히 대답했다.

심심하니까.

주하나는 예상치 못한 대답에 어리둥절했다.

심심해서?

응. 혼자서는 심심하지.

주하나는 그의 말을 곱씹었다. 단순히 농담이 아니라는 생각이 들었다. 심심해서라니. 뭔가 풀리지 않는 매듭을 쥔 표정의 주하나를 향해 구영진이 손가락을 탁 튕기며 말을 이었다.

여기 애들한테는 종말도 다양한 마음으로 준비할 수 있다는 걸 알려줘야 해. 학교에서 시키는 대로 가만히 앉아 종말을 기다리는 게 아니라.

주하나는 선뜻 동조의 대답을 하지 못했다. 그보다 다른 걱정이 앞섰다.

〈증인들〉에서 우리를 받아줄까? 거기 편집장이 우리 종교부장보다 한 수 위인데.

우리는 당연히 위장전입이지.

어떻게?

주하나의 얼굴에 의구심이 가득했다. 그러자 구영진이 따뜻한 캔커피를 꺼내 그의 손에 쥐여주었다. 커피를 멀뚱하게 보던 주하나는 깜짝 놀라 그것을 등 뒤로 감췄다.

야! 학교에서 카페인은 사탄의 음료야. 대체 어떻게 구한 거야?

구영진은 대수롭지 않은 표정으로 씩 웃었다.

다 방법이 있지.

방법?

이모 심부름을 해주고 받은 거야.

사감 선생님? 무슨 심부름인데?

구영진은 어깨를 으쓱했다.

그건 나도 몰라. 비밀스러운 배달 서비스랄까?

주하나는 그 말에 순간 아찔해졌다. 이렇게 금기를 아무렇지 않게 넘나드는 모습이 왠지 불안했다. 규칙을 가볍게 무시하는 태도도 그렇지만 사감 선생님과 얽혀 있다는 사실에 더 혼란스러웠다. 성화고의 선생이라면 학교의 신앙과 규율을 앞장서서 지켜야 하는 사람이 아닌가. 머릿속이 복잡해졌다. 무슨 말이라도 해야 할 것 같았다.

카페인은 몸에도 나쁜 거잖아.

몸에 나쁜 게 맘에는 좋은 법이야. 나는 나쁜 걸 할 때 훨씬 더 명랑해져.

구영진은 딸깍, 소리 나게 캔 뚜껑을 따며 의미심장하게 웃었다.

내일이 없다고 믿는 애들이 커피도 마음대로 못 마시면 되겠니?

〈증인들〉 동아리방 앞에는 '관계자 외 출입 금지'라는 팻말이 붙어 있었다. 구영진이 노크를 했는데 아무런 답이 없었다. 조심스럽게 문을 열자 달큼한 커피우유 냄새가 풍겨왔다. 동아리방 안에서 백보훈과 여호수아가 대화를 나누고 있었다. 한눈에 봐도 두 사람 사이에 무거운 기류가 흐르고 있었다. 주하나의 눈이 여호수아와 마주쳤다. 주하나는 자신도 모르게 몇 걸음 뒤로 물러섰다.

열 살의 여호수아와 열일곱 살 여호수아는 별 차이가 없었다. 전교에서 일등을 놓치지 않고 전도 활동도 열심인 그는 누구도 의심하지 않는 성화고의 모범생이었다. 주하나는 여전히 여호수아와 마주칠 때마다 몸이 굳었다. 어쩌면 열 살의 부끄러운 기억 때문일지도 몰랐다. 휴거일, 고백, 움켜쥔 팔, 빙키로 이어지는 잊고 싶은 기억. 주하나는 언제부터인가 일부러 그를 피해 다녔다.

백보훈이 주하나와 구영진을 보며 말했다.

무슨 일이야?

동아리 신청하려고요.

백보훈은 동아리방 한쪽에 놓인 소파를 가리키며 잠시 기다리라고 했다. 구영진은 백보훈을 빤히 바라봤다. 백보훈은 이국적인 느낌을 주는 얼굴이지만 어딘지 유약해 보였다. 보호해 주고 싶은 타입이라던 아이들의 말이 떠올랐다.

백보훈과 여호수아의 대화는 끊길 듯 계속 이어졌다. 조용히 둘이서만 웅성이던 목소리가 조금씩 커지는가 싶더니, 급기야 여호수아가 백보훈을 향해 언성을 높였다.

형도 다 알고 있잖아! 간증 기사를 꾸며낼 수는 없어. 이미 속고 있는 애들을 더 속이는 것도 진짜 못할 짓이고.

백보훈이 난감한 얼굴로 주하나와 구영진 쪽을 살폈다. 뭔가 들으면 안 되는 이야기를 나누는 것이 틀림없었다.

너 정말 왜 이래? 우리에겐 더 중요한 사명이 있어. 우리 이름에 담긴 의미를 생각해봐. 지금까지 어떻게 신앙을 지켜왔는지 생각해보라고!

알아. 우리 아버지는 여기 교목이고, 형 아버지는 여기 이사장이지. 그래! 그래서 나는 지금 내 이름이 여호수아인 게 제일 무서워.

그런 생각하면 안 돼. 주님의 뜻은 우리가 다 알 수 있는 게 아니야. 너는 지금 사탄의 시험에 든 거라고!

정말 끝까지 모르는 척할 거야?

모르는 척이 아니라 믿음은 그런 거야. 흔들릴 때 더 의식적으로 믿는 거라고. 지금 네가 겪는 이 시험은 다 하늘에서 계획하신 일이고.

아니.

여호수아는 차갑고 단호한 목소리로 되받아쳤다.

세상에서 중요한 일은 죄다 우연히 벌어져. 그 누구의 뜻으로 진행되는 게 아니야. 다 정해져 있다면 우리가 할 수 있는 게 뭔데? 증인들? 대체 뭘 증언할 건데?

여호수아! 너 마귀가 단단히 들었구나?

나는 형도 다 알고 있으면서 이렇게 말하는 거라고 생각해. 그 이유로 누구보다 행복하지 않다는 것도 다 알아.

야!

지금 행복하지 않은 사람이 어느 날 갑자기 행복해질 수는 없어.

주하나는 그렇게 소리치는 여호수아를 멍하게 바라봤다. 그의 얼굴 너머로 먼 기억이 아른거렸다. 열 살 무렵, 정확히는 1992년 10월 세상이 끝났어야 했던 날. 여호수아의 팔을 꽉 잡으며 했던 말을 떠올리자 주하나의 뺨이 붉게 달아올랐다. 그리고 잠시 뒤 여호수아가 고개를 들어 주하나를 돌아봤다. 또다시 눈이 마주쳤다. 주하나는 그 눈빛을 피해 고개를 숙였다. 느닷없이 며칠 전 그 일이 생각났다.

하루 수업의 맨 마지막은 자유기도 시간이었다. 경쟁적인 통성기도 속에서 주하나 역시 눈을 감은 채 기도에 열중했다. 하지만 그날은 이상했다. 방언과 흐느낌 그 사이에서 주하나는 자신을 응시하는 시선을 느꼈다. 슬쩍 눈을 떠서 주변을 살폈는데 여호수아와 눈이 마주쳤다. 3초도 안 되는 짧은 순간이었지만 분명히 여호수아가 자신을 바라보고 있었다. 알 수 없는 의미가 담긴 눈빛에 놀라 주하나는 질끈 눈을 감아버렸다. 다시 기도하는 척했지만 어쩐지 그가 계속 자신을 응시하고 있을 것만 같았다. 섣불리 눈을 떴다가는 더 어색한 사이가 되어버릴까 봐 두려웠다. 그런 일은 그 후로도 더 있었다. 그러다 알게 되었다. 모두가 눈을 감고 기도할 때 그가 더는 눈을 감지 않는다는 것을. 그리고 오늘, 마침내 그 이유를 듣게 된 것 같았다. 굳건하기만 했던 그의 믿음이 왜 흔들리고 있는 것일까, 생각하던 그 순간이었다.

짝.

백보훈이 여호수아의 뺨을 때렸다. 날카로운 소리와 함께 그의 고개가 옆으로 돌아갔다. 짝, 소리가 다시 들린 건 여호수아가 백보훈을 노려볼 때였다. 그리고 동시에 우당탕탕 하고 여호수아에게 떠밀린 백보훈이 넘어졌다. 거친 숨소리와 함께 두 사람은 서로를 향해 달려들었다. 치고, 박고, 넘어지고, 밀리고. 백보훈과 여호수아가 서로를 향해 서툰 주먹을 날렸다.

이 위선자!

여호수아가 소리쳤다.

네가 그런 말을 할 자격이 있어?

백보훈이 이를 악물며 맞섰다. 그가 여호수아의 멱살을 꽉 움켜쥐었다.

가짜 믿음으로 사기꾼처럼 구는 주제에!

너 진짜 사탄의 자식이 되려는 거구나?

그러는 너는? 그냥 겉으로만 믿는 척하는 거잖아!

두 사람의 목소리가 점점 높아졌다. 주먹질 사이로 쏟아지는 단어들이 주하나를 혼란스럽게 만들었다. 당혹스러운 얼굴로 서 있던 구영진이 백보훈의 팔을 붙잡으며 소리쳤다.

둘 다 그만해!

백보훈이 그의 손을 뿌리쳤다. 그 힘에 휘말린 구영진이 균형을 잃고 넘어졌다. 이번에는 주하나가 백보훈을 향해 달려드는 여호수아 앞을 막아섰다. 싸움은 더 엉망진창이 되었다. 방향을 잃은 분노, 흔들리는 신념 그리고 자신들조차 이해하지 못하는 무엇인가가 그들 사이를 정신없이 오갔다. 성화고에서는 들을 수 없었던 단어들이 여기저기서 부딪쳤다. 네 사람의 말과 마음, 팔과 다리가 뒤엉키고 있던 순간이었다.

퍽.

빗겨 나간 백보훈의 주먹이 구영진의 뺨을 가격했다.

악.

구영진이 뺨을 감싼 채로 풀썩 주저앉았다. 씩씩거리며 숨을 거칠게 몰아쉬는 두 사람이 쓰러진 구영진을 봤다. 아주 잠깐 정적이 흘렀다. 백보훈이 사색이 되어 구영진을 일으켰다. 여호수아가 구영진의 얼굴을 살폈다. 넋을 놓고 있던 주하나도 퍼뜩 정신이 들었다.

영진아! 괜찮아?

주하나는 두 사람을 밀쳐내고 구영진을 붙잡았다. 구영진은 일어나 턱을 좌우로 움직여보더니 붉어진 뺨을 손으로 문질렀다.

아, 씨. 되게 아프네.

구영진이 조그맣게 중얼거렸다. 주하나는 찬찬히 구영진의 뺨을 살폈다. 얼굴이 붉게 달아오르고 있었다.

어떡해. 멍들 것 같은데…….

백보훈과 여호수아는 보이지 않는 줄에 포박당한 것처럼 쭈뼛쭈뼛 구영진의 얼굴을 살폈다. 백보훈이 거의 울 것 같은 표정으로 사과했다.

미안해. 정말 미안해.

백보훈이 얼음주머니를 가져오겠다며 동아리방을 뛰어 나갔다. 미안, 하고 작게 말한 여호수아는 시선을 떨구고 넘어진 의자들을 일으켜 세웠다.

네 사람은 한동안 말없이 그렇게 서 있었다. 주하나는 문득 자신이 이 싸움을 멀리서만 지켜보지 않았다는 사실을 깨달았다. 기분이 묘했다. 서로를 향해 소리치고 싸우고 뒤엉킨 그 순간, 이상하게도 그들 사이에 미묘한 연결감이 생겨난 것 같았다. 우주에서 혼자라고 느꼈던 자신처럼 이들 역시 각자의 외로움 속에 갇혀 있었던 건 아닐까, 하는 엉뚱한 결론에 이르자 가슴 한구석이 저릿하게 아팠다. 심장이 뛰었다. 속도 울렁거렸다. 금방이라도 울 것 같은 기분이 되더니 갑자기 명치끝에서 둑 같은 것이 와르르 허물어지는 것 같았다. 왜 이러지? 하는 순간 눈에서 후두둑 눈물이 떨어졌다.

뭐야? 니가 왜 울어?

구영진이 황당한 얼굴로 주하나를 봤다. 주하나의 어깨가 조금씩 들썩이고 있었다.

왜 우냐니까?

주하나는 울며 생각했다. 왜 울까. 어쩌면 자신의 마음을 가장 크게 흔든 건 여호수아의 믿음 때문일지도 몰랐다. 늘 굳건해 보이던 그가, 언제나 자신보다 훨씬 멀고 높은 곳에 있는 것 같던 그가, 지금 흔들리고 있다는 사실. 그것은 매우 안타까운 일이었다. 하지만 주하나가 우는 진짜 이유는 그 때문이 아니었다. 안타까움와 동시에 느끼는 안도감 때문이었다. 여호수아가 자신과 조금은 가까워진 것 같은, 그가 자신이 있는 곳으로 내려온 것 같은 느낌. 설명할 수 없는 복잡한 감정들이 얽혀 울음은 그칠 기미를 보이지 않았다.

울고 있는 주하나를 빤히 보던 여호수아가 다가왔다. 그가 창 쪽에 놓인 기다란 나무 상자를 가리키며 말했다.

주하나! 너 저기 좀 들어가 있어.

주하나는 콧물을 훌쩍이며 그의 손끝을 봤다. 어딘가 낯익은 나무 상자였다.

저게 뭔데?

관.

관?

너 부흥회 때 연극 봤잖아.

아, 〈나사로의 부활〉?

여호수아가 가만히 고개를 끄덕였다. 그러고 보니 연극에서 나사로가 무덤에서 부활하는 장면이 떠올랐다. 이어 나사로 역할을 했던 여호수아가 그 관에 누워 있다 일어서던 것도. 주하나는 도무지 영문을 모르겠다는 표정으로 여호수아를 봤다.

저기 누워 있으면 마음이 좀 진정돼.

무슨 뜻인지는 알 수 없었다. 하지만 주하나는 여호수아의 말에 이끌렸다. 정말로 저 안에 들어가면 무엇인가가 달라질까? 잠시라도 지금의 힘듦이 사라질 수 있을까? 그런 생각을 하는데 오래전에 할머니가 자신에게 했던 말이 떠올랐다.

다시 사는 것도 먼저 죽어야 할 수 있는 일이지.

여호수아는 주하나의 팔을 잡고 관 쪽으로 데리고 갔다. 그리고 턱 끝으로 관을 가리켰다.

나 믿고 한번 해봐.

주하나는 세 사람이 지켜보는 가운데 천천히 관 속으로 걸음을 옮겼다. 신발을 가지런히 벗어놓고 그 안으로 들어가 누웠다. 눅눅한 합성 목재 냄새가 났다. 가만히 눈을 감았다. 잠시 뒤 웅얼거리던 목소리들이 천천히 귀에서 멀어졌다.

5

구영진은 얼얼한 뺨에 얼음주머니를 가져다 댔다. 백보훈이 안절부절못하며 사과를 되풀이했지만, 그보다는 주하나가 눈물을 터뜨리던 모습이 더 마음에 남았다. 구영진은 멍하게 주하나가 누워 있는 관을 응시했다. 서로를 밀치고 소리 지르던 순간과 주하나의 눈물이 어딘가 연결되어 있는 느낌이 들었다. 주하나의 태도 때문이었다. 유리 표면처럼 방어적이고 냉랭했던 모습 어딘가에 미세하게 잔금이 생긴 것 같았다. 아니, 금이 간 건 어쩌면 자신인지도 몰랐다. 뺨이 이렇게 얼얼한데도 이상하게 화가 나지 않는 걸 보면. 잠시 뒤 구영진은 백보훈을 향해 말했다.

우리 합의 봐요.

무슨 합의?

두 사람이 절 폭행했잖아요.

그러자 여호수아가 눈을 동그랗게 뜨고 항의했다.

고의로 그런 게 아니잖아. 아까 사과도 했고. 그리고 널 때린 건 내가 아니야!

백보훈이 당황한 여호수아를 말리며 말했다.

그래서 원하는 게 뭔데?

동아리 가입이요.

구영진이 그렇게 말하자 관 속에 누워 있던 주하나가 벌떡 일어났다. 백보훈은 구영진의 말뜻을 영 모르겠다는 표정을 지었다.

신앙에는 관심 없어 보이는데, 여길 들어오고 싶다고?

네.

이유가 뭔데?

하고 싶은 게 있어서요.

그게 뭐지?

구영진의 눈빛이 반짝거렸다.

신문에 유언을 싣고 싶어요.

유언?

곧 종말이 올 테니까, 세상에 꼭 남기고 싶은 말들이 있어요.

그게 무슨 뜻이야?

음, 자기주도식 종말이라면 이해가 될까요?

자기주도식 종말?

백보훈이 되묻사 여호수아도 황당한 얼굴이 되었다.

네. 〈증인들〉에 '오늘의 유서'라는 코너를 만들고 싶어요. 진짜 종말의 의미 같은 걸 생각해보는 기회를 갖는 거죠. 자기주도적으로.

구영진은 신이 난 듯 들뜬 목소리로 말을 이었다.

익명으로 세상에 남기고 싶은 솔직한 목소리를 담는 거예요. 증인들 가운데서도 분명히 종말에 대한 다른 목소리를 가진 사람이 있을 거고요.

구영진의 말에 백보훈은 단호하게 대답했다.

아니. 그럴 리가 없어.

에이, 제가 방금 다 봤는데요? 여호수아도 선배와는 생각이 다른 것 같고.

여호수아가 내가 뭘? 하는 표정으로 백보훈을 돌아봤다.

아무튼 합의를 보려면 그 방법뿐이에요.

그렇게 말한 구영진은 부풀어 오른 뺨을 백보훈을 향해 보란 듯이 내밀었다. 하아, 하고 한숨을 내쉰 백보훈은 하는 수 없다는 듯 말했다.

주하나는 믿음이 있으니까 그렇다 치더라도 너는.

저는 뭐요?

우리도 절차라는 게 있어.

그게 뭔데요?

백보훈은 입술을 꾹 다물었다가 조용히 말했다.

가입 인터뷰.

백보훈이 구영진에게 한 첫 질문은 '성경에 대해 아는 것이 있느냐'였다. 구영진은 해맑게 웃었다. 물론이었다. 그는 아담과 이브뿐만 아니라 그것의 외전 격인 릴리트 이야기와 나사로의 부활 이야기도 알고 있었다.

저 이래 봬도 여름성경학교 출신이에요. 선과 악을 알게 하는 선악과나무도 영원한 생명을 갖게 하는 생명나무 이야기도 다 알고 있다고요.

그중에서 구영진은 어머니에게 들은 릴리트 이야기를 했다. 릴리트가 에덴동산을 떠난 이유가 드라마가 없어서 심심했기 때문이라는 말은 덧붙이지 않았다. 선악과에서 시작된 이야기는 인간의 자유의지와 선택, 쾌락과 타락으로 이어졌다. 둘의 대화는 대화보다는 토론에 가까웠다.

그래. 쾌락! 그게 인간을 천국에서 멀어지게 했지.

백보훈이 말하자 구영진은 동의할 수 없다는 듯 고개를 저었다.

쾌락도 하나님이 만드신 거잖아요. 그게 왜 나빠요?

선악의 구분 없는 쾌락은 죄를 짓게 하니까. 하나님은 인간 스스로가 그걸 판단할 수 없다는 걸 잘 알고 계셨던 거고.

그럼, 하나님이 선악과를 못 먹게 한 것은요? 처음부터 만들지 않았으면 인간이 먹을 일도 없을 텐데. 인간을 시험하려는 게 아니면 왜 그러셨데요?

그런 질문은 성화고에서는 절대로 입 밖에 낼 수 없는 말이었다. 질문 그 자체가 믿음을 깨닫는 과정이 아니라 믿음을 해체하는 과정에서 발생하기 때문이다. 백보훈의 표정이 점점 더 험악하게 일그러지고 있었다.

그 말 취소해. 그건 논쟁할 수 있는 주제가 아니야.

왜요?

소리를 높이던 두 사람은 숨을 몰아쉬며 서로를 노려봤다. 얼음 같은 냉랭한 분위기를 깬 것은 여호수아였다.

근데 듣고 보니 구영진의 말이 영 틀린 건 아닌 것 같은데?

백보훈이 여호수아를 향해 여러 번 고개를 저었다. 그럼에도 여호수아는 주장을 굽히지 않았다.

그렇잖아. 생각해보면 인간의 역사는 거기서부터잖아. 불복종. 인간이 하나님께 반항에서 얻은 게 자유니까. 구원의 이야기가 작동하려면 신은 인간에게 자유를 줘야겠지. 대신 신은 그 결과로부터 안전거리를 유지해야 하고.

너 지금 되게 위험한 발언을 하고 있어.

백보훈은 엄중하게 경고했다. 분위기가 한층 더 무거워졌다.

너희들 정말 두렵지 않은 거야?

백보훈은 구영진을 똑바로 오래 바라봤다.

잘 들어.

백보훈은 테이블 위에 놓인 신문 스크랩을 펼치며 흥분된 목소리로 말했다.

노스트라다무스는 2012년 12월 21일을 종말의 날로 예언했어. 이유는 그날 태양계의 행성들이 십자가 모양으로 배열되면서 중력 변화로 태양 폭발이 일어날 거라나? 또 마야 달력도 있어. 5128년 주기가 끝나는 날이 바로 2012년 12월 21일 오전 11시 11분이거든.

그는 잠시 말을 멈추고 극적인 표정을 지었다.

그런데 더 놀라운 건 이 모든 것을 공중재림의 증인에게는 직접 알려주셨다는 거야. 신이 직접!

구영진은 가만히 고개를 끄덕이다 물었다.

그럼, 1992년 휴거 사건은요? 그건 예언에 착오가 있었던 건가요?

백보훈은 그 질문이 나올 줄 알았다는 표정으로 말했다.

사람들이 자꾸만 그 일을 신의 실수처럼 여기는데, 그건 인간의 실수야. 신의 시간과 인간의 시간은 엄연히 다르니까. 비로소 깨달은 진짜 종말은 바로 2012년 12월 21일 금요일 오전 11시 11분이야.

백보훈은 두툼한 자료들을 책상 위에 탁, 하고 놓으며 말을 마무리했다.

이번엔 설내 들리지 않아.

구영진이 짧게 탄식하며 건성으로 고개를 끄덕였다.

아, 그렇구나. 그러면, 하고 그는 천진한 표정으로 다시 물었다.

그래요. 다 좋아요. 근데 종말은 왜 하필 금요일이래요? 월요일이나 화요일이면 더 좋을 텐데.

풉, 하고 먼저 웃음을 터뜨린 건 주하나였다. 그다음은 여호수아가 피식, 하고 실소했다. 백보훈은 조금씩 미간을 구기다가 허탈하게 웃었다. 대체 얘는 뭐지? 하는 얼굴이었다.

구영진은 그 얼굴들을 하나씩 바라봤다. 방금까지 장난스럽게 이야기하던 표정이 사라지고, 얼굴에는 묵직한 진지함이 남아 있었다.

전 종말이라고 하면 신이 주관하는 러시안룰렛이 떠올라요.

구영진은 장난스러운 표정으로 손가락 총을 만들어 자신의 관자놀이에 댔다.

뭔지 알죠? 사람들이 돌아가면서 자신의 관자놀이에 권총을 대고 방아쇠를 당기는 게임이요. 탁, 탁, 방아쇠를 당겼는데 총알이 발사되지 않으면 휴, 다행이다 하는 그거요.

그는 천천히 손가락을 내리며 말을 이었다.

신은 총알이 언제 발사될지 알고 있지만 우리한테는 알려주지 않았어요. 우리는 그저 하루하루 방아쇠를 당기며 살아가는 거죠. 근데 생각해봐요. 신이 왜 인간의 마지막을 비밀로 했을까요?

백보훈이 눈썹을 살짝 찌푸리며 고민에 빠진 듯했다. 구영진이 말을 이었다.

혹시 이런 뜻 아닐까요? 그냥 머리에 총알이 박히길 기다리지만 말고, 그 전에 하고 싶은 거 마음껏 하라고. 친구랑 극장도 가고, 노래방도 가고. 더 재밌고 더 행복하게 살라고.

구영진은 저 혼자 고개를 끄덕이더니 다시 말했다.

나는 그렇게 생각해요. 신이니까. 무려 신이니까. 총알이 언제 머리에 박힐지 모르는 인간이 잠깐 인생을 즐겼다고 넌 구원 없어, 하고 내치지는 않을 것 같아요. 그건 인간이 하는 짓이잖아요.

구영진은 동의를 구하듯 백보훈을 바라봤다. 큰 키에 걸맞지 않게 그의 얼굴에 어린아이처럼 무구한 두려움이 잠깐 떠올랐다 사라졌다. 구영진은 백보훈의 내면에서 어떤 균열이 일어나고 있다는 것을 느낄 수 있었다. 자신의 말에 영향을 받는 것 같지는 않았다. 어쩌면 그러한 마음의 변화가 자신에게 관심이 있어서가 아닐까, 하는 생각이 머리를 스쳤다.

나는 어쩐지 네 말이 맞는 것 같아.

이번에는 여호수아가 동조하듯 말을 덧붙였다.

신이 그렇게 시시한 존재는 아니지. 노아한테도 아브라함한테도 모세한테도 약속이라는 길 했잖아. 그건 신과 인간이 맺는 계약과도 같은 거야. 신이 인간을 그냥 종말이나 기다리는 무기력한 존재로 봤다면 그건 불가능하지. 신은 인간을 그 자체로 의미 있는 존재로 봤다고. 그래서 우리에게 선택이라는 길을 줬고.

백보훈은 이쯤에서 백기를 들었다는 듯 구영진을 향해 물었다.

너희 신문에 유서를 쓰려는 이유가 종말을 증언하려는 건 확실해?

구영진과 주하나의 얼굴에 미소가 번졌다.

그렇다니까요! 우리가 쓰려는 유서야말로 종말에 대비하는 주도적인 자세 아니겠어요? 최선을 다해 종말을 준비하는 게 종말의 진짜 의미를 실천하는 거라고 생각해요.

네 말에 동의하는 부분도 있어. 하지만 명심해. 진짜 구원은 쾌락을 희생한 뒤에 오는 거야. 신용카드를 쓰는 것처럼 미리 당겨쓸 수 있는 게 아니라고.

그러면서 그는 덧붙였다.

진정한 종말의 의미를 찾고 구원을 받고 싶은 게 아니라면 물을 흐리지 말라는 거야.

구영진은 입가에 장난기 어린 미소를 띠며 백보훈을 바라봤다. 여전히 경계심을 풀지 못한 그의 얼굴이 조금씩 느슨해지는 게 눈에 들어왔다.

그러면 선배. 선배에게 구원은 뭔데요?

구영진이 물었다.

당연히 주님의 집으로 돌아가는 것이지.

백보훈이 대답했다.

집이요?

커다란 상아로 만든 집. 젖과 꿀이 흐르고, 사자들이 뛰놀고, 장난쳐도 물리지 않는 참사랑과 기쁨의 나라.

구영진은 고개를 끄덕이며 말했다.

그거, 그냥 되게 유명한 찬송가 가사 아니에요?

두 사람의 대화를 듣고 있는 여호수아가 무안할 정도로 크게 웃었다. 백보훈의 얼굴이 금세 붉어졌다. 구영진은 기회를 놓치지 않고 말을 이어갔다.

상아로 만든 궁전이 선배에게 뭐 그렇게 구원이 된다고. 그럼 벽돌로 지어진 궁전은 구원을 시원찮게 받은 건가? 봐요. 지금 선배한테 자기주도적인 종말이 얼마나 시급한지.

백보훈의 눈에 당혹감이 스쳐 지나갔다. 하지만 이내 입술을 앙다물고 태연한 척하려 애썼다. 구영진의 말이 그의 신념에 직접적으로 도전한 건 분명했지만, 그 도전을 대놓고 맞서는 것은 그에게도 쉽지 않은 일이었다. 그가 반격하듯 물었다.

그러는 너는, 너의 구원은 뭔데?

구영진은 천진하게 웃으며 대답했다.

전 지구가 망하는 날, 날렵한 바이크 뒷좌석에 앉아 있을 거예요.

바이크? 고작 그게 구원이라고?

백보훈이 인상을 찌푸렸다.

중국집 배달 오토바이 같은 거 말고요. 할리데이비슨 팻보이.

구영진은 조금 더 진지한 목소리로 덧붙였다.

최진실이 나오는 영화 〈홀리데이 인 서울〉 못 봤죠?

주하나가 구영진을 팔꿈치로 툭 쳤다. 구영진은 아랑곳하지 않고 말을 이었다.

거기에 나오는 오토바이예요. 장동건 오빠가 운전하는 바이크면 좋겠지만 그건 좀 힘들 거고. 암튼 저는 뒤에 매달려서 드라마 〈별은 내 가슴에〉 OST를 들을 거예요. 어때요? 선배 것보다 구체적이죠.

백보훈의 시선에는 의심과 경계심이 여전했지만 방금처럼 단단한 벽은 아니었다. 그의 얼굴에 다른 감정이 조용히 스치는 것 같았다. 잠시 생각에 잠긴 백보훈이 검지로 자신의 이마를 톡톡 두드렸다.

여호수아가 백보훈을 보며 말했다.

그런 거라면 형도 있긴 있잖아. 종말이 오면 하고 싶은 거.

구영진이 고개를 갸웃했고 백보훈의 뺨이 붉어졌다. 그의 눈

섭에 미묘한 굴곡이 생겼다. 마치 지금 그 이야기를 꺼내야 해? 하고 항의하는 듯했다. 백보훈이 한숨을 내쉬며 짧게 대답했다.

방을 갖고 싶어.

백보훈은 천천히 말을 이었다.

나만 알고, 나만 있을 수 있는 방. 창밖 풍경이 보이는 조용한 곳. 바다 같은 곳이면 더 좋겠지만, 남의 펜션 같은 데서 최후를 맞는 건 좀 그렇잖아?

백보훈의 말에 주하나가 웃음을 터뜨리며 말했다.

어차피 종말이 오면 다 끝인데 남의 영업장 걱정은 무슨.

죽으면서까지 원망을 듣고 싶지 않아. 홀가분하고 가뿐하게 맞고 싶어. 그러자면 방 보증금 2백만 원 정도는 모아놔야겠지? 답답한 집에서 고요한 종말은 꿈도 못 꿀 테니까.

세 사람을 차례로 보던 백보훈은 자신이 한 말을 스스로 낯설어하는 듯한 표정이었다. 경계심으로 굳어졌던 그의 표정이 조금 느슨해졌다. 그렇게 보니 백보훈은 덜 자란 어른처럼 보였다. 반면 여호수아의 입술은 한쪽으로 올라가 있었다. 이제 이야기를 마무리하고 싶다는 듯 그가 구영진을 향해 말했다.

너 이 황당한 얘기 계속할 거야?

여호수아의 얼굴에 어느새 웃음기가 사라져 있었다. 그는 테이블 위에 놓인 커피우유에 빨대를 꽂으며 그것을 쪽 소리가 나게 빨았다. 잠자코 그것을 지켜보던 구영진이 대답했다.

어느 부분이 그렇게 황당해?

너는 우리가 뭘 걱정하는지 전혀 모르는 것 같아.

그게 뭔데?

여기 있는 사람들이라면 모두 두려워하는 거.

이제 그만 정신을 좀 차리라는 말투였다. 여호수아가 정색하며 말을 이었다.

나는 종말 같은 건 하나도 겁 안 나. 오히려 더 이상 그걸 믿지 못하게 된 내가 무서운 거지.

잠시 침묵이 흘렀다. 이번에는 주하나가 구영진의 곁으로 바짝 다가서며 여호수아에게 응수했다.

겁난다면서 넌 왜 기도를 안 하는데? 기도 안 하고 딴짓하는 거 다 봤어.

아니거든?

그럼 뭔데?

나 스스로를 속이는 게 싫어서 안 했던 거야.

주하나는 가늘게 눈을 뜨며 여호수아를 바라봤다. 그러고는 의미심장한 미소를 지으며 고개를 끄덕였다.

아 그래? 그럼 네가 먹는 커피우유는?

커피우유?

학교에서 카페인은 금지잖아. 쾌락을 추구하는 거니까. 근데 커피우유는 되는 거야?

여호수아는 손에 쥐고 있던 커피우유를 내려다봤다.

이건 그냥 우유야.

커피우유지. 커피가 들어 있는 우유!

고개를 갸웃하던 백보훈과 구영진이 맞네, 커피가 들어가 있네, 하고 맞장구쳤다.

고작 그런 걸로도 자신을 속이면서.

여호수아는 뭔가에 한 대 맞은 사람처럼 눈을 깜빡였다. 주하나가 말을 이었다.

어차피 뭘 하든 종말에 지장만 없으면 되는 거 아냐? 종말에 대해 우리 생각을 쓴다고 달라질 건 없잖아. 그냥 허무하게 사라지는 것보다 낫기도 하고.

여호수아는 주하나를 응시하다가 느리게 대답했다.

정말 그럴까? 내 생각을 밝히면 나도 너처럼 전교생에게 사탄 취급당하지 않을까? 너 그것 때문에 괴로운 거 아니었어?

그러자 주하나가 깊게 한숨을 내쉬었다.

구영진의 눈에 공중재림의 증인은 그저 서로를 위협하는 것으로 스스로의 불안을 해소하려는 딱한 사람들처럼 보였다. 백보훈이 상황을 정리하려는 듯 말했다.

〈증인들〉에 유서를 싣고 싶다는 말은 이해했어. 그걸 익명으로 쓰자는 거지?

구영진과 주하나는 동시에 고개를 끄덕였다.

진정성을 가지고 '오늘의 유서'를 써보고 싶어요. 오늘을 잘 기록해두고 싶다고요. 이건 해로운 거 아니잖아요.

주하나는 어느새 구영진의 말에 적극적으로 고개를 끄덕이고 있었다.

비증인이던 나 같은 사람이 그 기록에 함께하면 〈증인들〉의 신뢰도 더 높아질 거예요. 제가 선배와는 다른 방식으로 종말을 기록하면요? 선배는 하늘에 계신 분이 정해준 그대로, 나는 내 방식대로.

너의 방식이라.

저는 일기를 여러 가지 형식으로 써왔거든요. 소설처럼도 쓰고 시처럼도 쓰고, 때론 유서처럼도 써요. 그러니까 우리는 다양한 형식으로 가득 찬 개인의 종말을 기록하게 되는 거죠.

구영진을 물끄러미 바라보고 있던 주하나가 조용히 중얼거렸다. 눈물은 이미 다 말라 있었고 자기도 모르게 뱉은 말이었다.

야, 너 지금 되게 사이비 교주 같아.

백보훈이 작게 웃음을 터뜨렸고 뜻밖의 일이 벌어졌다.

좋아. 그럼 그렇게 합의 보자.

그가 고개를 끄덕이며 '오늘의 유서'를 〈증인들〉에 실어보자고 했다. 대신 조건을 붙였다. 누구의 유서인지 철저히 익명을 사용할 것과 유서의 유효기한만은 2012년 12월 21일로 정해두자는 거였다.

일단 우리 넷이 먼저 써보는 거야. 어때?

가만히 지켜보던 여호수아가 인상을 찌푸리며 백보훈을 만류했다.

선배, 갑자기 왜 그래?

백보훈은 통보인지 비아냥인지 모를 말투로 대답했다.

너도 같이해. 겪어보면 뭐가 진실인지 너도 알게 되겠지.

구영진과 주하나는 고개를 숙여 감사 인사를 했다. 그렇게까지 기뻐할 일은 아닌데 싶었지만 이상하게도 같이 해보자는 백보훈의 말이 발바닥을 간지럽히는 느낌이었다.

백보훈은 고개를 한번 끄덕이더니 다시 천천히 말을 이었다.

대신 공평하게 이곳 아이들이 가진 종말에 대한 믿음을 편견 없이 보는 거야. 그리고 그것들을 편집 없이 신문에 싣는 거고. 알겠니?

네.

구영진이 주하나의 손을 맞잡았다. 주하나가 어색하게 미소를 지어 보였다.

백보훈이 지시한 것은 간단했다. 주하나에게는 유서를 투고할 수 있는 이메일을 관리하는 일을 맡겼다. 구영진에게는 투고된 유서 관련 인터뷰를 하거나 종말에 관한 소식 정리를 부탁했다. 마지막으로 여호수아에게는 사진 찍는 일을 줬다. 중

간중간 구영진의 엉뚱한 이야기에 웃음소리가 번갈아 났다. 구영진도 주하나도 사람들과 대화하며 웃고 있는 것이 오랜만이었다.

〈증인들〉에는 '오늘의 유서'라는 코너가 생겼다. 일종의 롤링페이퍼라고 해도 무방한 자유로운 형식의 코너였다. 네 사람의 종말 기록 프로젝트에는 '자종위', 즉 자기주도적 종말 위원회라는 이름도 생겨났다. 자종위는 '자기주도적 종말을 시작하며'란 글을 〈증인들〉에 실으며 그 활동을 시작했다.

> 자기주도적 종말을 시작하며
>
> 자기주도적 종말이란 피할 수 없는 종말의 시대에 자신에게 최적화된 종말을 준비하는 데 도움을 주고자 기획되었다. 오늘 나의 유언을 솔직하게 밝힘으로써 하루를 반성하고 내일의 신성한 종말을 준비하는 것을 목적으로 정했다.
>
> 그러므로 자기주도적인 종말의 나날이 되기를.
> 두려움 없이 오늘 나의 유서를 모두에게 알리기를.
> 부디 마지막처럼 오늘에 충실하기를.

행동 강령 아래에는 프로젝트에 참여 신청을 한 사람들의 이니셜이 적혀 있었다. 주하나 주하나, 하고 부르거나 여호수아

여호수아, 하고 부르는 것만으로 구원이 보장될 것만 같은 이름들. 하지만 그 믿음은 점점 옅어지고 있었다. 더 이상 그런 이름으로 불린다고 해서 구원받을 거라는 기대를 품지 않았다. 적어도 구영진과 주하나는 그랬다.

구영진과 주하나는 자주 그리고 공공연하게 기도 시간에 꿇고 있던 무릎을 쭉 펴고 앉았다. 방언에 빠진 사람의 얼굴을 보며 저희끼리 키득거리기도 했다. 그들은 교회 사람들이 자꾸만 드라마틱한 종말을 시시하게 만든다고 생각했다. 과정은 드라마틱하되 어떤 결론에도 절대 뻘쭘하지 않은 종말. 그러니 기왕이면 자기주도적인 종말을 맞이하자는 식이었다. 종말의 순간 남기고 싶은 주하나의 첫 유서는 이랬다.

부디 저를 별 좋은 놀이동산에 묻어주세요.

반면 구영진은 이렇게 남겼다.

가장 신나는 일들로 가장 어두운 내 끝을 기록하고 싶음. 그 반대도 상관없음.

자기주도적 종말을 위해서는 자기주도적 경험 역시 필수였다. 그리하여 '오늘의 유서'에는 종말이란 단어와 자연스럽게 연결되는 사건이나 사고, 감정이나 회한이 섞여 있었다. 어떤 것도 보태거나 의도적으로 축소하지 않으려고 노력했음에도 불구하고 유서는 늘 소설에 가까웠다. 문학 작품에 시(詩)적 허용이 있듯이 구영진과 주하나, 여호수아, 백보훈이 이어 쓴 '오늘의 유서'에는 시(時)적 허용이 존재했다. 무엇보다 놀라운 것은 백보훈의 첫 번째 유서였다. 그는 자신의 고충을 털어놓는 것으로 유서의 첫 문장을 시작했다.

> 나는 물이 새는 반지하 교회를 시작으로 교회 근처 월세와 전세방을 전전하던 어린 시절을 보냈다.

백보훈의 유서에 따르면 자신을 키운 것은 8할이 눈치였다. 그래서인지 그는 유난히 주변 사람들의 반응을 살폈고, 특히 어머니에 대한 언급에는 이상할 만큼 예민하게 반응했다. 구영진은 그것을 단번에 알아차렸다. 그것은 자신과 비슷한 종류의 약점이었다.

백보훈은 어머니를 절대 거스르지 않았다. 아니, 거스를 생각조차 하지 못했다. 하지만 그 복종이 그를 지켜준 적은 없었다. 오히려 그 속에서 그는 조금씩 깎이고 금이 갔다. 그럼에도 그는 어머니를 원망하지 않았다. 다만 원했다. 마지막에는 미안하다는 사과를 받고 싶었다. 구영진은 그 마음을 너무 잘 알 것 같았다. 그래야만 자신이 틀리지 않았음을, 정말 사랑받았음을 믿을 수 있을 것 같은 마음을.

6

1999년은 종말의 전성시대라고 해도 무방했다. 뉴스에 나오는 사건들을 보고 주하나는 자주 어리둥절했다. 예언은 아직 시작되지 않았는데 사람들의 일상은 이미 종말을 맞은 듯했다. 스물세 명이나 되는 유치원 아이들이 화재로 목숨을 잃었다. 사고라고 말할 수가 없었다. 5백 명 넘게 들어가는 건물이 고작 20분 만에 잿더미가 되었기 때문이다. 공사비를 아끼기 위해 날조한 인간의 탐욕이 불쏘시개로 쓰였다. 가짜 설계도면, 가짜 허가서, 가짜 인간들이 유독가스를 뿜어내며 거대한 화마가 된 것이다.

주하나는 구영진과 나란히 앉아 뉴스 화면을 멍하니 바라보고 있었다. 점호가 끝난 뒤 유일하게 허용된 TV 시청 시간이었다. 시커멓게 탄 건물과 호프집 내부 모습이 차례로 비춰졌다. 누군가의 무책임한 행동으로 인해 누군가에게는 결코 잊히지 않는 기억이 참혹한 상처로 남았다. 뉴스 화면 아래 자막으로 흐르는 이름들은 익숙한 듯 낯설었다.

인천 호프집에서 불이 났대.

주하나가 말했다.

술값 못 받을까 봐 출입문을 잠갔다나. 불이 나니까 자기 혼자 도망쳤대. 죽은 애들 다 우리 또래라더라.

구영진은 더 말하지 않았다. 주하나는 그가 말없이 눈을 깜박이며 화면을 응시하는 모습을 보았다. 마치 슬픔과 허무, 두려움 같은 것들이 그의 속눈썹에 매달려 있는 것 같았다. 어떤 말로도 이 순간을 설명할 수 없었다. 화면에 비친 사건의 잔해와 두 사람 사이의 침묵이 기묘하게 이어졌다.

어떻게 사람이 저럴 수 있을까?

주하나가 조그맣게 중얼거렸다.

구영진이 눈길을 돌리지 않은 채 대답했다.

내버려두면 더 나빠지는 게 사람인 것 같아.

두 사람은 오래된 나무가 천천히 썩어가는 것처럼 방치된 마음과 무관심이 만들어낸 결과를 떠올렸다. 한순간에 부서진 생명들과 너무 늦어버린 구원의 가능성들. 텅 빈 마음의 잔해가 가슴 한구석을 차갑게 스쳤다. 기도실 아이들도 술렁이기는 마찬가지였다. 아이들 중 누군가 중얼거렸다.

벌써 환란이 시작된 거 아닐까?

넋이 나간 얼굴들에 조그맣게 파장이 이는 것 같았다.

맞아. 환란이 시작됐나 봐. 그러니까 자꾸 죄 없는 아이들이 죽지.

아이들은 두 손을 가슴 앞으로 모으고 웅성거렸다. 이윽고 뉴스 속 사건은 2012년 종말과 관련지어 이상한 방식으로 해석되기 시작했다. 그것은 마치 하나님이 세상에 종말을 가져오기 위해 활동을 개시한 것처럼 들렸다.

제일 먼저 아이들이 죽어 나갔다는 게 그 증거야. 저번에 유치원생들이 있던 곳에 불이 난 것도 그렇고.

누군가 말하자 또 누군가 맞장구쳤다.

맞아. 그 애들은 죄가 없으니까 성소에 먼저 들어간 거지.

황당하고 끔찍한 논리에 주하나의 얼굴이 절로 일그러졌다. 얼핏 미개(未開)라는 단어가 떠올랐다. 몸이 부들부들 떨릴 만큼 참기 힘든 소음이었다.

야! 죽은 애들을 놓고 그게 할 소리니?

주하나는 자기도 모르게 소리쳤다. 수군거리던 아이들이 일제히 그를 돌아봤다. 그 시선에는 놀라움과 불쾌함 그리고 경멸이 섞여 있었다.

그러는 너희들은 왜 아직 안 죽었어? 매일 밥 먹고 기도만 하는데. 그렇게 순결하고 깨끗한데!

목소리가 떨렸고 숨이 가빠졌다. 겨우 삼켰던 분노가 다시 목구멍까지 차올랐다. 하지만 그보다 더 아프게 아이들의 차가운 눈빛이 가슴에 비수처럼 박혔다. 그 눈빛은 주하나를 순식간에 과거로 끌고 갔다. 기도 시간마다 눈을 감고 믿음이 부족하지 않게 해달라고 애타게 속삭이던 어린 자신이 그려졌다. 신을 믿지 못하는 자신의 마음을 자책하며 그 부족함을 더 깊이 숨기기 위해 애썼던 순간들. 지금 눈앞의 이 아이들처럼 자신도 그 신앙의 틀 안에 갇혀 있었다는 사실이 뼈아프게 다가왔다. 손이 덜덜 떨렸다. 그리고 예감했다. 자신이 공중재림 증인의 일원으로 느낀 최후의 감정은 수치심이 되리라는 걸. 그 수치심을 끝으로 더 이상 아무것도 증거하지 않을 거라는 걸. 주하나의 목에서 비명이 터져 나왔다. 영문 모르는 아이들의 입이 크게 벌어졌다. 놀란 듯 서 있던 구영진이 주하나의 어깨를 붙잡았다.

하나야, 진정해.

이어 구영진은 어깨를 들썩이며 흐느끼는 주하나를 이층침대로 이끌었다. 그러고는 조용히 커튼을 치고 이불을 덮어주었다. 구영진은 자신의 방으로 돌아가는 대신 커튼 밖 소란스러운 소리가 사라지기를 기다렸다. 주변이 서서히 조용해졌다. 잠시 뒤 기숙사의 모든 빛이 소등되었다. 기도실이 어둠 속에 잠겼다. 구영진이 속삭였다.

우리 기도동산에 다녀올까?

소등했는데?

주하나는 조용히 주변을 살폈다. 아이들은 모두 침대로 돌아갔고 어디선가 얕게 코 고는 소리도 들려왔다.

기도동산인데 뭐 어때. 거기 다녀왔다고 하면 종교부장도 아무 말 못 하던데?

구영진이 주하나의 손을 잡고 이렇게 덧붙였다.

얼른 가자. 감시하러.

뭘?

하나님이 자꾸만 우리를 놓치는 거 같지 않아? 제발 그러지 말라고 빌어보자.

어둠 속에서 구영진의 눈이 반짝거렸다. 주하나는 조용히 몸을 일으켜 옷장에서 가장 단정해 보이는 옷을 꺼냈다. 검은색 셔츠 두 개를 꺼내 구영진과 하나씩 나눠 입었다. 발뒤꿈치를 치켜들고 고양이처럼 기도실을 빠져나왔다. 달이 밝았다. 밤공기가 차가웠다. 풀벌레 소리가 주하나와 구영진의 뒤를 따랐다. 뒷문을 나서 느릿느릿 기도동산으로 올랐다. 은빛으로 반짝이는 산책로를 따라 올라가자 크고 작은 장식으로 꾸민 기도자리가 눈에 들어왔다. 작은 십자가들이 꽂혀 있는 기도 자리들은 영원한 침묵에 잠긴 무덤 같았다. 기도동산 정상에 오르자 달빛 아래 그림자를 길게 늘어뜨린 커다란 십자가가 허수아비처럼 보였다. 구영진이 숨을 고르며 말했다.

우주가 텅 비어 있는 것 같아.

주하나는 십자가를 등지고 바위에 기대앉았다. 밤의 찬 기운이 등으로 스며드는 듯했다. 손을 뻗어 작은 돌 하나를 집어 들었다. 손안에서 가만히 돌을 굴리다 언덕 아래 어둠을 향해 던졌다. 탁, 탁. 돌이 땅 위를 구르며 아래로 떨어지는 소리가 희미하게 들렸다. 주하나는 그 소리를 듣고서야 숨을 내쉬었다.

왜 그래?

무서워서.

자꾸만 뉴스 속 시커멓게 탄 건물이 떠올라서 가슴이 뛰었다. 그렇게 생각해보면 아무래도 구영진의 말이 맞는 것 같았다. 우주는 텅 비어 있고, 전지전능한 신이 거기 있다면 그는 직무유기 상태였다. 주하나는 어둠 속에 앉아 십자가를 돌아봤다. 그것을 올려다보며 눈을 깜빡이는데 무엇인가가 훅, 하고 눈에 들어갔다. 눈 안에서 이물감이 느껴졌다.

눈에 뭐가 들어간 것 같아. 눈을 못 뜨겠어.

옆에 있던 구영진이 어디 좀 봐, 하며 얼굴 가까이 다가왔다. 구영진이 양손으로 주하나의 얼굴을 감싸 쥐고 눈을 들여다봤다. 그는 희미한 달빛에 기대 주하나의 눈동자를 이리저리 살폈다. 그러고는 눈을 향해 후, 하고 입바람을 불었다. 희미하게 사탕 냄새가 났다. 뭔가 멋쩍은 기분이 들어 주하나가 고개를 돌리자 구영신은 다시 그의 머리통을 잡아 고정했다.

가만히 좀 있어. 속눈썹이 들어간 것 같아.

그리고 다시 한번 입바람을 불었다. 눈가가 시큰하더니 눈물이 고였다.

그렇지. 울면 티끌이 빠져나올 거야.

주하나는 머쓱해서 눈을 계속 깜빡였다. 뺨에 닿은 구영진의 손이 따뜻했다.

너 손 되게 따뜻하다.

주하나가 말하자 구영진이 쑥스러운 듯 씩 웃었다. 그때였다. 언덕 아래쪽에서 인기척이 들렸다. 놀란 주하나와 구영진이 바위 뒤에 몸을 숨겼다. 그림자 두 개가 다가오고 있었다. 남자와 여자. 달빛 아래 식별할 수 있는 것은 그게 다였다. 십자가 앞에 잠시 멈춰 선 그림자는 서로에게 몸을 기댔다. 살짝 입을 맞춘 것도 같았다. 보이는 것은 그림자뿐인데도 서로를 향한 갈망이 느껴졌다. 두 사람을 응시하던 주하나의 입에서 헉, 하는 소리가 새어 나왔다. 주하나는 재빨리 자신의 입을 막았다.

왜?

구영진이 입 모양으로만 말했다. 주하나는 아무것도 아니라고 천천히 고개를 저었다. 먼발치에 있던 그림자는 한참 동안 어둠 속에서 서로에게 몰두했다. 불규칙한 숨소리가, 다급하게 닿고 떨어지는 입술과 뺨이, 드문드문 달빛에 드러났다 사라졌다. 잠시 뒤 그림자가 산 아래로 완전히 멀어지자 구영진이 말했다.

이럴 줄 알았어.

이럴 줄 알았다니?

여기 기도동산 말이야. 기도만 하는 곳이 아니었어.

주하나는 그림자가 사라진 동산 아래쪽을 물끄러미 바라봤다. 나올 듯 말 듯 한 재채기처럼 그림자의 윤곽이 기억 속 누군가의 모습과 겹칠 듯 겹쳐지지 않았다.

혹시 아는 사람이야?

주하나는 다시 한번 고개를 내저었다.

*

1999년 11월, 가을부흥회가 한창일 때 주하나의 부모는 완전히 이혼했다. 소송은 어머니의 승리로 끝났다. 이대로라면 종말 전에 소송을 끝내지 못할 위기를 느낀 아버지가 재산의 일부를 포기한 것이다. 그것만으로도 주하나는 행복했다. 이혼 소송이 끝났다는 것은 아버지란 위협에서 벗어나 편하게 본가로 외박이 가능해졌다는 뜻이었다. 특히 아무도 없는 본가에서 혼자 시간을 보내는 것이. 마음이 뒤숭숭하다는 이유로 어머니는 기도원에서 숙식을 해결하며 자주 집을 비웠다. 주하나는 온전히 혼자 있게 되는 날을 외박 데이로 정했다.

주하나는 종말에 대한 책을 찾아보거나 성경책을 뒤적이다가 배가 고파지면 냉장고를 파먹었다. 남은 음식을 커다란 양푼에 몽땅 털어 넣고 고추장에 비벼 먹었다. 외박 동안은 그렇게 철저히 혼자였다. 그러다 외로워지면 구영진을 불렀다. 혼자 버틸 수 있을 만큼 버티다 구영진을 찾았다는 것이 더 정확한 표현이었다. 이제 구영진과는 음식을 나누고, 비밀번호를 공유하고, 서로의 고통을 돌보는 사이가 되었다. 고통을 공유한다는 것은 의심 없이 서로 빗장을 풀고 물러지는 일이었다. 따뜻한 햇살을 받아 달콤하게 익는 과일처럼 기대로 충만한 마음을 품는 일이었다.

구영진을 집으로 초대한 날이었다. 구영진을 위해 함께 볼 비디오도 준비해뒀다. 그의 취향을 고려해 최진실이 나오는 영화 〈마요네즈〉를 골랐다. 하지만 막상 열어 본 플라스틱 케이스에는 영 엉뚱한 것이 들어 있었다. 주하나와 구영진은 혹시나 하는 마음에 비디오를 재생했다. 입이 얼얼하도록 매운 떡볶이를 먹으며 최진실의 등장을 기다렸다. 하지만 화면에는 지구 반대편 사막 어딘가에서 벌어진 기괴한 광경이 나올 뿐이었다. 무엇인가가 깨지고 부서지는 듯한 시끄러운 록 음악 속에서 사람들이 'Forget about tomorrow!'라고 적힌 피켓을 들고 환호하고 있었다.

영상에는 파도처럼 일렁이는 관객의 손에 몸을 던지는 사람들과 가슴을 풀어 헤치고 춤을 추는 여자가 있었다. 여기저기서 솟구치는 불길, 그 불길 속에서 입을 맞추고 몸을 비비는 무리도 있었다. 술과 약에 절은 멜로디가 강렬한 비트에 맞춰 사막을 질주했다. 흔들리는 카메라 앵글 속 사람들은 물건을 부수고, 훔치고, 용변을 보고, 노골적인 욕설을 외쳤다. '우드스톡 1999.' 화면 아래쪽에 작게 쓰여 있는 타이틀을 보고 주하나는 그것이 록 페스티벌 실황이라는 것을 알았다.

Forget about tomorrow!

주하나와 구영진은 영상에서 눈을 떼지 못했다. 화면 속 사람들이 잊고 싶은 건 오늘이나 내일이 아닌 것 같았다. 어쩌면 자기 자신인 것 같았다. 〈Peace sells〉라는 제목의 노래가 귓가를 울렸다. 가만히 음악을 듣던 구영진은 컴퓨터로 '우드스톡 1999'에 대한 자료를 찾아 주하나에게 보여줬다. 다음과 같은 키워드가 떠 있었다.

물 4달러, 맥주 4달러, 4만 명 물보다 술, 셰릴 크로, 젖꼭지, 림프 비즈킷, 공격적, 37도 폭염, 사막 한가운데, 화장실 고장, 일사병 난무, 크라우드 서핑, 부상자 속출, 메탈리카, 난민수용소, 위생 관리 개판, 레드 핫 칠리 페퍼스, 노 시크릿 아티스트, 메시아 없음, 분노와 짜증, 복통, 약탈, 경찰, 주방위군 출동, 피스 셀스, 평화를 삽니다, 세상은 개판 5분 전.

떡볶이가 너무 매운 탓인지, 폭동에 가까운 록 페스티벌 영상 때문인지 주하나와 구영진은 한동안 혀를 내밀고 헥헥거렸다.

뭐 마실 것 없어?

구영진이 물었다. 주하나는 망설이며 물병을 가리켰다.

물.

물 말고는?

구영진이 다시 물었을 때, 주하나는 선뜻 답하지 못했다. 영상에서 사람들은 더러운 바닥에 앉아 웃고 소리치며 불꽃이 치솟는 무대 위로 물병을 던지고 있었다. 그들은 무엇인가가 깨지고 부서지는 것에 무감각한 사람들처럼 보였다. 주하나는 화면 밖 자신과 그들 사이에 보이지 않는 선이 있다는 걸 느꼈다. 평소라면 그 선을 넘을 생각조차 하지 않았을 텐데 오늘은 조금 달랐다. 그 선을 넘어보고 싶다는 충동이 가슴속 깊은 곳에서 솟아났다. 한 번도 느껴보지 못한 감정이었다. 주하나는 고개를 돌려 옆에 앉은 구영진을 바라봤다. 지금이라면 그 선을 넘을 수 있을지도 모른다는 생각을 했다. 그 순간, 머릿속에 아버지의 위스키 병이 떠올랐다. 그것은 옷장 깊은 곳에 숨겨져 있었고, 절대로 손대면 안 되는 물건 중 하나였다. 하지만 어쩐지 그 병이 손을 뻗어 잡을 수 있을 만큼 가까운 것처럼 느껴졌다. 주하나는 자리에서 천천히 일어났다.

아버지가 마시던 게 있어.

오! 주하나.

구영진이 흥미롭다는 듯 눈을 반짝였다. 주하나는 옷장으로 향하면서도 멈칫거렸다. 정말 이래도 되는 걸까? 머릿속에서 경고음이 울렸지만 등 뒤에서 들리는 록 음악의 거친 리듬과 사람들의 뜨거운 환호성이 그것을 뒤덮었다. 이건 단순히 위스키 병을 꺼내는 일이 아니었다. 그동안 걸어보지 않은 새로운 길로 한 발 내딛는 순간일지도 몰랐다.

두 사람은 위스키에 혀를 담갔다. 혀끝에 찌릿한 통증이 느껴졌다. 주하나와 구영진은 남은 떡볶이 국물에 밥을 볶으며 취중 우정을 확인했다.

내가 학교에서 완전 사탄 취급당해도 나랑 친구해줄 수 있어?

당연하지. 세상이 끝나는 마당에 뭘 못 해?

그러다 학교에서 쫓겨나도?

응.

쫓겨나서 갑자기 개종을 하면?

야, 보증만 빼고 다 해준다.

숨 쉴 틈 없이 쏟아지는 질문에 구영진은 네가 물에 빠지면 같이 뛰어들어줄게, 하고 쉽고 간단하게 말했다.

근데 너 수영을 할 줄 알아?

아니.

주하나는 냄비 바닥을 긁고 있는 구영진을 물끄러미 봤다. 콧잔등에 땀방울이 송골송골 맺혀 있었다.

연말이 다가오자 이번에는 밀레니엄버그(Y2K)로 인한 종말론이 홍수처럼 쏟아졌다. 특히 대혼란의 이유를 납득할 수 없었다. 고작 숫자 때문이라고 했다. 1900년과 2000년을 구분하지 못하는 컴퓨터가 전기를 끊고 금융 시스템을 교란하며, 그 혼란의 틈으로 전 세계 급진 우파가 핵전쟁을 일으킬 것이라는 시나리오가 주였다. 은근히 종말을 기대하는 사람도, 그것을 두려워하는 사람도 결국 달려간 곳은 마트였다. 쌀과 라면, 밀가루가 동났다. 공포의 대왕이 하늘에서 내려오리라던 노스트라다무스의 예언까지 합세하자 구원을 모토로 건 종교 단체들이 새로운 신자를 맞이하느라 바쁜 시간을 보내고 있었다.

주하나는 기숙사와 동아리방을 오가며 매일 일기와 다름없는 유서를 썼다. Y2K와 종말 그 자체보다 이 흉흉한 분위기의 세기말을 지내고 있는 기분을 세세하게 기록했다. 뉴스와 신문에서 듣고 본 사건과 사고를 찾아 꼼꼼히 메모했다. 잘 알지도 못하는 컴퓨터 오류 때문에 세계가 멸망하는 것보다 컴퓨터 연결이 안 돼서 기록해야 할 것을 제대로 하지 못하는 게 더 불안했다.

유서를 쓰는 일은 누군가에게 고자질을 하는 느낌과도 복수를 하는 느낌과도 비슷했다. 주하나는 알 수 없는 해방감을 느꼈다. 어딘가에 가는 뿌리를 한 올 내린 기분이었다. 한 문장 한 문장이 이어질 때마다 단단하게 굳어 있던 마음에서 싹이 트는 것처럼 간질간질했다.

주하나는 매일 이메일로 도착하는 '오늘의 유서'를 정리하는 일도 맡아서 했다. 유서를 보내온 학생들은 단순히 자신의 종말을 상상하는 데 그치지 않고 현재의 두려움이나 기대 혹은 직면한 현실적인 문제까지 솔직하게 털어놓았다. 평소에는 드러나지 않던 학생들의 내면을 들여다보자는 취지가 잘 유지되고 있는 듯했다. 유서 속 이름은 모두 이니셜을 사용했지만 주하나는 그중에서도 여호수아의 것을 단번에 알아볼 수 있었다.

1999년 11월 5일, 오늘의 유서 by A

K를 봤을 때 라울과 바울이 떠올랐다. 신은 조심스럽고 신앙심 깊었던 라울이 아니라 조급하고 불성실했던 바

울을 선택하셨다. 신은 늘 의외의 사람을 택하신다. 그래서…… 오늘도 기도는 패스.

—혼란스러운 A가 K에게

주하나의 시선에 'K'라는 말이 걸려 오래 머물렀다. 그 애가 누구인지에서 시작된 생각은 그가 그 애에게 느끼는 감정이 무엇인가 하는 것까지 이어졌다. 기분이 이상했다. 정확히는 나빴는데, 그건 설명하기가 구차했다.

그렇게 정리된 유서는 매주 교내 신문 〈증인들〉에 실렸다. 그것은 뜻밖의 관심을 끌었다. 성화고 아이들 대부분은 2012년의 종말을 믿고 있었고, 유서라는 형식에 쉽게 몰입했다. 교문 밖을 점령한 세기말 분위기도 아이들의 관심을 모으는 데 한몫했다.

1999년 12월 31일 금요일, 그날 성화고의 교문 밖은 내일이 있는 자와 없는 자로 나뉘었다. 밀레니엄버그로 인한 종말론 때문이었다. 컴퓨터 시스템이 연도를 인식하지 못해 기술적 문제가 발생할 것이고, 그로 인해 전력, 통신, 금융 등 주요 시스템이 마비되어 결국 문명의 종말로 이어질 것이라는 공포가 확산된 결과였다. 하지만 대입을 앞둔 고3들은 문명의 종말을 은근히 바랐다. 종말이 온다면 시험도, 성적도, 실패에 대한 두려움도 무의미해질 테니까. 성화고에서도 교문 밖의 소란스러운 분위기에 학생들이 휩쓸리지 않도록 철저한 단속이 이루어졌다. 밀레니엄버그라는 가짜 종말을 경계하라는 교목의 특별 지시가 있었다. 외부 활동 금지와 2012년 12월 21일 종말을 위한 특별 부흥회가 그것이었다. 하지만 등잔 밑이 더 어두운 법이었다. 부흥회에 참석해야 하는 〈증인들〉의 네 사람은 각자의 알리바이를 확보해 몰래 동아리방에 모이기로 했다. 백보훈의 생일이었다.

동아리방에 도착한 주하나는 준비한 과자와 음료를 테이블 위에 펼쳐놓았다. 먼저 와 있던 여호수아 앞에 커피우유를 조심스럽게 놨다. 테이블 중앙에 크림이 폭신한 케이크를 놓자 엎드린 자세로 뭔가를 끄적이던 여호수아가 그것을 힐끔 쳐다봤다. 주하나는 작게 미소 지으며 말했다.

이거 네가 좋아하는 거잖아.

여호수아는 짧게 고개를 끄덕였지만, 곧바로 다시 고개를 숙이고 펜을 움직였다. 그의 반응이 무미건조했다. 주하나는 가슴 한쪽이 살짝 무거워지는 걸 느꼈다. 문이 열리고 구영진이 들어왔다.

다들 마지막 인사는 하고 온 거야?

구영진은 특유의 가벼운 농담을 던졌다. 방 안의 공기가 한층 가벼워졌다. 주하나는 대답하려다 말고 다시 여호수아를 봤다. 그리고 멈칫했다. 이상하게도 방금까지 느슨하게 벌어져 있던 그의 입가에 묘한 긴장감이 맴돌았다. 쉽게 설명할 수 없는 복잡한 얼굴이었다. 여호수아는 구영진을 응시하며 생각에 빠진 듯했다. 그 시선이 주하나를 불편하게 만들었다. 정말 여호수아가 구영진을 좋아하고 있는 게 아닐까? 주하나의 미간이 일그러졌다. 잠시 가방을 뒤적이던 구영진이 뭔가를 꺼내 테이블 위에 놓았다. 주하나는 그것이 무엇인지 단박에 알아봤다. 반쯤 남은 위스키 병이었다. 언젠가 둘이 몰래 맛봤던 바로 그 술이었고, 취한 김에 기념으로 간직하라며 구영진 손에 쥐여준 기억이 떠올랐다.

야! 이걸 학교에 가져오면 어떡해?

주하나가 기겁하며 말했다.

오늘 여기에 꼭 필요할 것 같아서.

주하나는 놀란 얼굴로 여호수아의 눈치를 살폈다. 그 순간 또다시 동아리방 문이 열렸다. 백보훈이었다. 주하나는 미처 숨기지 못한 술병을 들고 안절부절못하고 있었다. 하지만 그 광경을 지켜보던 백보훈의 눈빛이 의외였다. 불같이 화낼 줄 알았는데 태연했다. 구영진이 비밀을 털어놓듯 말했다.

사실, 우리 이거 같이 마셨어.

주하나는 당연히 '우리'가 자신과 구영진이라고 생각했다. 하지만 구영진의 시선이 엉뚱하게도 백보훈을 향해 있었다. 주하나가 구영진을 향해 우리? 하고 되묻자 백보훈이 그래, 우리, 하고 대답했다. 주하나와 여호수아가 동시에 백보훈을 봤다.

그렇게 된 지 좀 됐어.

백보훈의 표정이 복잡미묘했다.

주하나는 도무지 사태 파악이 되지 않았다. 그러자 백보훈이 수줍게 미소 지으며 말했다.

우리…… 사귀어.

그의 고백은 숙연함마저 감돌았다. 구영진이 쑥스러운 듯 고개를 푹 숙였고 백보훈은 그 모습을 사랑스럽다는 듯 보았다. 그러고는 구영진의 어깨 위에 가만히 손을 올렸다. 말로 다 할 수 없는 것을 전해야 할 때 하는 둘만의 의식 같았다. 쓰다듬는 것처럼, 감싸안는 것처럼, 조심조심한 손길이었다. 백보훈의 고백이 이어졌다.

내가 저기 저 자리에서 고백했어.

백보훈은 동아리방의 낡은 소파를 가리켰다. 주하나와 여호수아의 시선이 그쪽으로 향했다. 백보훈은 어느 밤이었어, 하고 이야기를 시작했다. 그 밤은 너무 힘든 밤이었고 마침 옆에는 구영진이 있었다고 했다.

여호수아, 네 말이 맞아. 아버지는 종말이란 협박으로 돈을 벌고 있어. 나는 모르는 척 그걸 열심히 도왔지.

구영진이 안타까운 눈빛으로 백보훈을 올려다봤다.

그래서?

여호수아가 따지듯 물었다.

내가 할 수 있는 게 뭐가 있겠어. 그냥 어딘가에 숨고 싶은데 갈 데가 없더라고. 그래서 동아리방에 왔지. 소파에 앉아 있는데 마침 영진이가 오더라고. 저 술병을 들고.

그렇게 말하는 백보훈은 마침내 자신을 옭아매던 끈에서 풀려난 것처럼 자유로워 보였지만 여전히 발끝에 남아 있는 불안의 흔적이 그의 주변을 맴도는 듯했다.

아, 오늘 진짜 지구가 망했으면 좋겠다.

그렇게 말한 백보훈은 멍하게 구영진을 바라봤다. '우리 사귀어'와 '망했으면 좋겠어'가 함께 있는 얼굴. 그때부터 구영진에게 마음을 기대게 되었다고, 섣불리 고백했다가 동아리마저 엉망이 될까 봐 걱정했었다고 말했다. 하지만 이제는 그마저도 노력하고 싶지 않다고. 주하나는 조용조용 숨을 내쉬며 백보훈과 구영진 사이를 번갈아 보았다. 여호수아가 당혹감을 숨기지 못한 채 이마를 짚었다. 그는 무엇인가에 단단히 화난 사람처럼 보였다. 주하나는 그것이 몹시 신경 쓰였고, 이상한 불안감에 휩싸였다. 그간 아무 말도 해주지 않은 구영진 때문에 화가 난 건지, 백보훈의 고백이 문제인지 헛갈렸다. 분위기가 한없이 무거워지자 구영진이 위스키 병을 흔들며 말했다.

그건 그렇고 우리 축하해야지.

백보훈이 구영진의 손에서 위스키 병을 가져가며 말했다.

더 웃기는 얘기해줄까? 사실 나 집에서도 마신 적 있어. 그게 아버지 술이라는 게 함정이지만. 여호수아, 너 알지? 우리 아버지가 얼마나 금욕을 강조했는지. 근데 우리 아버지 알코올중독이야. 술 마시면 개가 되지. 근데 마셔보니까 알겠더라. 개가 되면 회개가 훨씬 쉬워.

주하나는 무엇인가가 어긋난 것 같은 백보훈의 표정을 물끄러미 바라봤다. 그러고 보니 그가 쓴 유서가 떠올랐다.

> 머지않아 너는 모든 것을 잊게 될 것이고
>
> 머지않아 모두가 너를 잊게 될 것이다.
>
> —마르쿠스 아우렐리우스의 말을 떠올리며

이건 아버지가 한 말인데, 하며 백보훈이 말을 이었다.

긴 호수를 생각해보라더라.

호수?

응. 수도꼭지에 달린 호수. 물을 틀면 호수에 물이 돌잖아. 신앙의 크기는 호수의 굵기고 물은 돈이래. 돈이 돌아야 믿음도 굵어질 수 있는 거라고. 호수에 물이 돌지 않으면 믿음은 썩는 거라고 했어. 믿음을 썩히지 않으려면 투자가 필요하고.

투자, 라고 말할 때 백보훈의 시선이 바닥으로 떨어졌다. 주하나는 뭔가 위로가 되는 말을 해주고 싶었지만 아무 말도 할 수 없었다. 백보훈은 술잔을 채우며 천천히 고개를 들었다. 그의 눈빛이 무엇인가 말하지 못한 것들이 가득 찬 듯 깊고 어두웠다.

오늘이라도 진짜 종말이 왔으면 좋겠어. 내가 가짜였다는 게 너무 부끄럽고, 힘들어.

그는 혼잣말인 듯 중얼거렸다.

근데…….

그는 조금 떨리는 목소리로 덧붙였다.

내가 이렇게 사라져도 될까? 아무것도 남기지 못한 채, 아무 의미도 없이.

백보훈은 손에 들고 있던 빈 종이컵을 세게 움켜쥐었다. 주하나는 백보훈의 두려움을 완전히 이해하지는 못했지만 어렴풋이 느낄 수 있었다. 종말이 끝난 뒤 아무것도 남지 않아 새롭게 시작할 가능성조차 사라진 상태. 구원의 과정만 있을 뿐 그 끝에 구원이 없을지도 모른다는 허무한 기분이라는 걸.

그 후 동아리방에는 생소한 풍경이 이어졌다. 술잔을 나누는 구영진과 백보훈, 그 두 사람을 응시하는 주하나와 여호수아. 불편한 얼굴로 앉아 있던 여호수아가 탁, 소리를 내며 자리에서 일어섰다.

형, 진짜 괜찮은 거야?

백보훈이 어색하게 웃었다.

뭐가?

너무 갑자기 변했잖아.

현실을 의심하고 부정하는 게 구약의 세계관이라면서. 지금까지 믿었던 것들이 몽땅 가짜가 아닌가 의심해보라면서!

그래. 그런데…….

네가 나한테 불쌍하다고 했던 말 생각해봤어. 정말 그런 거 같더라. 당장 내일 종말이 오면 불쌍한 인간은 지금 뭘 얼마나 가진 사람이 아니더라고. 그보다는 나처럼 아무것도 기대할 게 없는 사람이더라고. 그저 시키는 대로 생각 없이 살아온 쓸모없는 인간.

백보훈은 자신을 지켜보는 세 사람과 다른 시차를 가진 사람처럼 느리게 술잔을 채웠다. 어느새 위스키 병은 비어 있었다. 백보훈을 물끄러미 보던 구영진이 말했다.

너무 멀리 말고 오늘만 넘겨요, 나처럼.

오늘만 넘긴다는 게 뭔데?

여호수아가 따지듯 물었다.

적어도 오늘 즐거웠으면 손해는 아니라는 뜻.

구영진은 말끝에 억지로 눈웃음을 지었다. 그러고는 갑자기 뭔가 떠오른 듯 시선을 기둥에 걸린 시계로 돌렸다.

우리 카운트다운 할 시간이야!

구영진이 시계를 가리키며 11시 59분, 하고 외쳤다.

팔, 칠, 육, 오, 사, 삼, 이, 일!

동아리방 안이 잠시 소란해졌다.

12시. 고요한 창밖에 눈이 내리고 있었다. 혹시나 했던 종말은 단 1초 만에 역시나로 끝났다. 아무도 사라지지 않았고 아무 일도 일어나지 않았지만 오히려 그 사실 때문에 엄청난 사건이 일어난 것 같았다.

아, 망했다. 아직 세상이 안 망했어!

구영진은 동아리방 한쪽에 걸려 있던 새 달력을 툭 뜯어냈다. 종이가 바닥에 떨어지는 소리와 함께 여호수아의 시선이 미묘하게 날카로워졌다. 주하나는 여호수아의 모습을 찬찬히 살폈다. 구영진의 무심한 행동과 여호수아의 미묘한 반응, 그 사이에서 무엇인가가 조금씩 어긋나는 것을 느꼈다. 둘 사이에 불편한 기운이 감돌고 있다는 것을 직감했다. 하지만 정작 구영진은 그런 시선을 의식하지 못한 듯 여전히 웃는 얼굴로 달력 종이를 둥글게 말아 손에 들고 있었다.

주하나는 마음이 복잡했다. 백보훈의 이야기가 남긴 여운 때문이었다. 믿음이란 대체 무엇일까. 백보훈이 느꼈을 그 막막한 허무감과 좌절이 자신에게도 스며드는 듯했다. 그리고 또 다른 감정도 있었다. 여호수아. 여호수아의 유서가 떠올랐다. 라울과 바울. 아무것도 주저하지 않는 사람. 구영진. 막연한 의심이 머릿속을 어지럽혔다. 나와 구영진, 그 사이에 여호수아가 있는 건 아닐까. 그의 감정을 확신할 수 없었지만 방금 여호수아와 구영진 사이의 미묘한 불편함을 떠올리면 마음이 복잡해졌다. 눈물이 날 것 같았다. 더 깊이 들어서면 뭔가에 찔려 상처받을 것만 같은 마음. 도망치고 싶다는 표현이 정확할지도 몰랐다. 하지만 무엇으로부터? 주하나의 이마와 뺨이 뜨거워졌다.

7

구영진이 처음 성화고에 전학 왔을 때 그는 자신이 왕따라는 사실을 당연하게 받아들였다. 폐쇄적인 학교 분위기가 자신과 맞지 않는다고 여겼고, 그 때문에 스스로를 이방인이라고 여겼다. 겉으로는 쿨한 척했지만 사실은 마음 둘 곳이 없어 괴로웠다. 주변의 차가운 시선 속에서 그는 혼자만의 시간에 익숙해지기로 마음먹었다. 그렇게 겨우 적응하는 구영진을 보며 사람들은 모두 사감인 윤 덕분이라고 했다. 그건 어느 정도 사실이었다. 윤은 바쁜 와중에도 구영진에게 최선을 다했다. 팍팍한 기숙사 생활을 다정히 살폈고, 어머니를 잃은 상처를 덜어주기 위해 애썼다. 하지만 구영진이 진짜 위로를 받는 대상은 따로 있었다. 바로 최진실이었다. 엄마의 장례식 이후로 그는 구영진이 슬픔에 잠길 때마다 옆을 지켜주었다. 구영진은 윤도 종교부장도 보지 못하는 곳에서 최진실을 만났다. 주하나에게도 보이지 못했던 속마음을 그 앞에서 털어놓았다. 엄마를 떠올릴 때 느껴지는 죄책감, 아버지에 대한 원망, 뼛속 깊이 박혀 있는 외로움까지. 최진실은 구영진의 가장 깊은 슬픔 속에 존재하는 위안이었다. 적어도 주하나를 만나서 '오늘의 유서' 프로젝트를 시작하기 전까지는 그랬다.

밀레니엄버그가 번데기 상태로 말라버린 뒤, 〈증인들〉에는 신입 부원이 부쩍 늘어났다. 열 명 남짓이던 인원이 어느새 스무 명을 넘겼다. 놀라운 건 그 중심에 구영진이 있었다는 것이다. 어느덧 구영진 특유의 쾌활함과 솔직함이 좋다고 말하는 아이들도 생겨났다. 그에게 호기심을 가진 사람도 많아졌다. 구영진은 처음으로 자신의 목소리를 내고, 다른 사람들의 이야기에 귀를 기울일 수 있었다. 마음속에 쌓여 있던 고립감이 조금씩 사라졌다.

한동안 '오늘의 유서'에 투고된 글에는 1999라고 썼다가 2000으로 고쳐 쓴 흔적이 자주 보였고 전보다 조금 더 다채로운 이야기들로 채워졌다. 그중에는 금지된 것에 관한 내용도 있었다.

캔커피 몇 개, 외부에서 가져온 비디오테이프 한두 편, 페페

로니피자 한 조각. 사소한 일탈이었고 구영진은 그저 작은 흠집 정도를 냈다고 생각했다. 그는 아이들 중 몇몇과 캔커피를 나눠 마셨고, 최진실이 나오는 비디오 몇 편을 함께 봤을 뿐이다. 그러나 아이들은 그 작은 흠집을 통해 그동안 억눌렀던 호기심을 쏟아내기 시작했다. 동아리방에 놓여 있는 관은 캔커피를 몰래 비치해두는 비밀 상자가 되었다. 비디오는 최진실 드라마를 넘어 홍콩 느와르 장르까지 범위를 넓히며 아이들 사이를 자유롭게 오갔다. 혼란스러운 광경이었다. 동아리방은 점차 조용한 반항을 시도하는 비밀스러운 아지트로 변해갔다.

금지된 물건들은 모두 구영진의 손을 거쳐 동아리방으로 들어왔다. 그 배후에는 윤의 도움 아닌 도움이 한몫했다. 윤은 학생들의 교문 밖 출입을 엄격히 단속하는 입장이었지만 구영진에게만은 유독 관대했다. 구영진이 그의 작은 비밀을 알고 있었기 때문이다. 주로 몰래 술을 마시는 것과 흡연을 하는 것, 새벽 외출 시에 그의 알리바이가 되어주는 것들이었다.

〈증인들〉로 보내지는 아이들의 유서는 점점 더 많아졌다. 그 속에는 예상치 못한 솔직하고 유머러스한 이야기들이 담겨 있었다. 구영진과 주하나는 마주 앉아 그 글을 읽으며 자주 웃음을 터뜨리곤 했다.

2000년 1월 4일, 오늘의 유서 by K

> 밤에 라면을 끓여 먹은 냄비를 설거지하다가 눈물이 났다. 라면 칼로리가 얼마인지 생각났기 때문이다. 공중재림의 날 입을 새 옷을 준비해뒀는데. 이렇게 관리를 안 하면 어떻게 옷에 몸을 맞춘단 말인가. 밤새 악몽에 시달렸다. 아침에 일어나자마자 감기약을 먹었다. 마음이 힘들 때 감기약을 먹는 것은 도움이 된다.
>
> —약물 중독 돼지로 살다 죽다

그런가 하면 유서라기보다 애초에 구영진을 염두에 두고 쓴 러브레터도 있었다.

> 2000년 2월 7일, 오늘의 유서 by M
>
> K와 친해지고 싶었던 M. 소심한 성격의 M이 종말했다. 이 유언을 읽고 있을 K. 네가 말을 걸어와도 나는 매번 제대로 된 답을 하지 못했다. 밤새 잠을 이룰 수 없다. 아, 주님은 왜 공중재림을 앞두고 내 마음을 시험하시는 걸까.
>
> —나의 종말에 K의 애도를 바라며

동아리방이 비밀 아지트가 되는 동안 백보훈은 집으로 돌아가지 않겠다고 떼쓰는 일이 많아졌다. 사춘기를 빠져나오지 못한 아이처럼 그는 구영진에게 뜬금없이 이런 선언을 했다.

앞으로 나는 프로처럼 망할 거야. 자기주도적인 종말이 뭔지 내가 보여줄게.

하지만 평생 모범생으로 살아온 백보훈에게 망하는 것은 쉬운 일이 아니었다. 영하 10도가 넘는 한파에 아무런 준비도 없이 가출한 것만 봐도 그랬다. 얇은 패딩 하나만 걸치고 집을 나온 그는 돈이 없어 겨우 하루를 밖에서 버텼다. 코감기에 몸살까지 얻어 결국 집으로 돌아갔다. 부모와 첨예한 대치를 각오했지만 그는 주방 식탁에 놓인 쪽지 하나를 발견하고는 허탈해졌다. 아버지 어머니가 지방 부흥회로 며칠 집을 비운다는 메모였다. 오토바이를 타겠다는 결심도 비슷했다. 그가 선택한 오토바이는 탈선과는 거리가 너무 먼 스쿠터로, 타는 것보다 뛰는 게 더 빨라 보이는 폐차 직전의 것이었다. 모두의 만류에도 불구하고 백보훈은 망하는 것을 멈추지 않았다. 그는 어설픈 방법으로 자기 자신을 망가뜨리는 데 나름의 총력을 다했다. 그 소식은 얼마 지나지 않아 백보훈 어머니의 귀에도 들어갔다. 순진한 백보훈이 사탄 같은 구영진의 꼬임에 넘어가 정신을 못 차린다는 소문이었다. 백보훈의 어머니는 아들에게 골프채를 들었다가, 눈물로 호소했다가 끝내는 협박하기에 이르렀다.

자꾸 이런 식이면 구영진인가 뭔가 하는 애를 가만둘 수가 없구나.

하지만 백보훈은 어머니의 질책을 가볍게 제압하듯 낡은 오토바이에 시동을 걸었다.

구영진 역시 백보훈이 걱정되긴 마찬가지였다. 너무 갑작스러운 변화가 당혹스러울 지경이었다. 백보훈은 더 이상 구영진의 손을 잡거나 입을 맞추며 떨지 않았다. 입을 맞출 때 자연스럽게 혀를 밀어 넣을 줄도 알았다. 얼굴을 감싸던 손으로 봉긋하게 잡히는 가슴을 더듬는 모험을 펼치기도 했다. 그는 여전히 목사라는 진로 말고는 생각해본 적이 없었기 때문에 자주 회개했다. 일종에 루틴이 된 회개를 위해 술을 마셨고, 죄 사함을 받은 뒤에는 무거운 숙취에 시달렸다.

어떤 날은 주하나와 여호수아 앞에서 자신이 음탕한 생각으로 고통받고 있음을, 그것을 기도로 극복하고 싶다는 고백을 하기도 했다. 때문에 백보훈의 기도 주제는 점점 더 신의 일과는 먼 쪽으로 간절해졌다.

들키지 않게, 딱 한 번만.

구영진과의 첫 경험을 치를 수 있게 해달라는 기도였다. 백보훈은 너무 간절한 나머지 통성기도 시간에 자신도 모르게 '구영진'과 '한 번만'이라는 단어를 외친 적도 있었다. 그날 그는 교목실 옆 기도실에 갇혀서 성경 구절 150개를 외우는 벌을 받았다.

구영진은 '첫 경험'을 하기엔 아직 준비가 안 됐다는 말로 백보훈의 애원을 거절했다. 그러나 솔직하게는 자신의 '첫 경험'은 이미 지났고, 그것을 백보훈에게 들키고 싶지 않았다.

구영진의 첫 경험 상대는 전학 오기 전 고등학교에서 만난 선배였다. 그의 별명은 재물포. 재 때문에 물리 포기, 라는 별명을 가진 사람이었다. 수학과 물리에 관한 한 모든 경쟁을 의미없게 만드는 수재였지만, 정작 시험에서는 그 능력을 발휘하지 못했다. 고3이 되어 대입을 일찌감치 포기한 것도 그 때문이었다. 선배는 졸업 후 취업을 염두에 두고 학교 근처에서 자취를 했다. 반지하방 천장에 핀 곰팡이와 누렇게 때가 전 베개가 가장 먼저 떠오르는 곳이었다.

재물포가 구영진에게 처음으로 키스를 했을 때, 구영진은 입을 꾹 다물고 열지 않는 것으로 나름의 의사 표시를 했다. 하지만 끝내는 애걸복걸하는 그를 받아줬다. 허둥지둥 블라우스 안에 손을 넣고 팬티를 내리는 동안 그는 몇 번이나 자신을 떠나지 않겠다는 구영진의 다짐을 받아냈다. 자신이 하려는 것은 진짜 사랑이고, 진짜 사랑은 원래 이렇게 물리적인 운동을 동반한다고 중얼거리며 구영진을 이불 위에 눕혔다. 긴장한 탓에 시체처럼 뻣뻣하게 누워 있던 구영진은 몇 번이나 삽입에 실패하고 쩔쩔매는 재물포가 초짜라는 것에, 실은 자신만큼이나 애송이라는 사실에 마음이 느긋해졌다. 심지어 자신의 배 위에서 헐떡이는 그를 보다가 갑자기 웃음을 터뜨렸다. 언젠가 그가 했던 장황한 설명이 떠올랐기 때문이다.

1미터는 5세 아이의 평균 키야. 어른의 양팔 길이 혹은 누군가의 큰 보폭 정도고. 1센티미터는 10의 마이너스 2제곱미터고. 엄지손톱, 벌, 땅콩 정도의 크기지. 10의 마이너스 4제곱으로 내려가면 바늘이나 곤충의 다리 굵기에 도달해. 여기서 1백 배를 더 줄이면 10의 마이너스 6제곱미터. 세포 속의 커다란 분자, DNA의 크기가 되는 거고. 가장 작은 원자인 수소 원자의 지름은 10의 마이너스 10제곱, 원자핵의 크기는 10의 마이너스 15제곱이고, 양성자나 중성자의 지름은 10의 마이너스 16제곱미터야. 그러니까 이렇게 작고 작게 줄이고 줄여서 닿을 수 있는 가장 최소의 크기는 10의 마이너스 35제곱미터야. 이 한계에 이르면 크기 그 자체가 무의미해지는 거야. 영진아, 세상은 그런 거야. 상대적으로 크거나 아주 작은 거.

구영진은 재물포가 일으키는 규칙적인 반동에 흔들리며 크기에 대해 생각했고, 곧 허무해지고 말았다.

집으로 돌아온 구영진은 화장실 문을 잠그고 오래도록 샤워했다. 첫 경험에서 이렇다 할 만족감을 느끼지 못한 그는 다리 사이로 샤워기의 물줄기를 가져다 댔다. 그러고는 상상 속에서 자신만을 기다리는 드라마의 연인을 불러냈다. 비디오테이프에 녹화해놨던 드라마 〈별은 내 가슴에〉를 다시 보던 시기였다. 외모와 다르게 상상 속 연인은 구영진을 거칠게 다루었다. 귀와 목, 입술에 키스한 그가 구영진을 벽으로 세차게 몰아붙였다. 그의 목을 감싼 구영진의 귓가에 뜨겁게 날뛰신 숨결이 느껴졌다. 구영진은 절정에 올랐다. 그리고 생각했다. 자신의 실질적인 첫 경험은 절대 재물포가 아니라고.

구영진과 백보훈은 기도동산에서 자주 목격되었다. 백보훈의 오토바이 뒤에 탄 구영진에 관한 목격담이 심심찮게 들려왔다. 그렇게 둘은 서로의 폐허에 정착했다. 이제 성화고에서는 두 사람에 관한 소문을 모르는 사람은 없었다.

백보훈의 탈선이 극에 달하던 어느 날, 그의 어머니는 구영진을 식사 자리에 초대했다. 백보훈의 본가는 아파트 단지로 겹겹이 둘러싸인 신도시 한복판에 있었다. 백보훈의 집에 들어섰을 때, 구영진은 현관 벽에 빽빽하게 걸려 있는 십자가들에 압도당했다. 자로 잰 듯 대칭을 이루면서도 각각의 색과 모양이 다른 십자가. 얼핏 기괴한 미술품을 보는 기분이었다. 백보훈의 어머니는 자신이 해외 선교를 나갈 때마다 하나씩 사 모은 것이라는 설명과 함께 그리스 십자가와 가톨릭 십자가, 정교회 십자가, 기펠크로이츠와 불의 십자가, 켈트 십자가 등의 특징과 이력을 자세히 알려주었다.

백보훈의 어머니는 규칙을 눈으로 이야기하는 사람이었다. 움직이지 않는 입 모양에 비해 눈빛은 수시로 많은 의미를 담고 있었다. 좋아, 계속, 그만과 같은 말이었다. 집에 들어선 순간부터 백보훈은 그 눈빛을 의식했다. 별다른 오해 없이 어머니의 눈빛 대부분을 이해했다. 구영진의 눈에 그런 백보훈의 모습은 안쓰러울 지경이었다. 사랑받기 위해서 인내심을 발휘하지만 그 인내가 꼭 사랑의 형태로 보상되지 않는다는 걸 백보훈은 아직 모르는 것 같았다. 구영진에게 백보훈의 어머니가 물었다.

아버지가 영화 쪽 일을 하시다 지금은 무역업을 하신다지?

그것은 백보훈의 어머니가 주변을 수소문해 알아낸 정보일 거였다. 물론 틀린 정보였지만 구영진은 가만히 고개를 끄덕였다. 영화감독을 꿈꿨던 것도 맞고, 사슴고기를 수입한 것도 사실이니까.

사감 선생님은 잘 계시고?

구영진은 또 한 번 고개를 끄덕였다. 신앙심 깊기로 소문난 윤의 조카라는 사실이 새삼 다행스럽게 느껴졌다. 구영진은 백보훈의 어머니와 주고받는 대화에서 아버지가 해외에서 사업을 하고 있다고, 어머니 역시 아버지와 함께 외국에 있다는 거짓말을 했다. 거짓말을 하며 약간의 두려움이 스쳤지만, 그 감정은 곧이어 또 다른 거짓말에 묻혀 희미해졌다. 결국 구영진은 자신이 만든 오해를 굳이 바로잡을 필요가 없다고 생각하기에 이르렀다. 아무도 해를 입지 않는 거짓말은 금세 사라져버릴 거라고 스스로를 설득하며 마음을 다잡았기 때문이다.

백보훈의 어머니가 두 사람을 위해 특별한 채식 요리를 준비했다. 그는 뭔가 할 말이 있는 듯한 수심에 찬 얼굴로 올리브오일에 잘 버무린 시금치샐러드와 콩고기스테이크를 내왔다.

우리 보훈이가 요만할 때였던가?

백보훈의 어머니는 허리쯤에 손을 올려 보이며 말했다.

아주 영이 맑은 목사님이 계시거든. 그 목사님이 보훈이를 보더니 이런 말씀을 하셨어. 이 아이는 사명을 가진 아이라고.

사명이요?

구영진은 미소를 지으며 백보훈을 바라봤다.

응. 그 목사님이 꿈에서 우리 보훈이를 봤다는 거야. 보훈이가 서 있는데, 주님이 애 머리에 손을 얹고 계셨대.

와.

건설 업계가 실적 압박이 대단해서 우리 보훈이 아버지가 고생하던 시기였거든? 공중재림의 증인이라는 소문이 나면서는 사람들에게 멸시와 모욕을 받고 있었고. 그런데 목사님의 예언을 들은 뒤부터 사업이 잘됐지. 주님의 은혜로 돈을 좀 벌었어. 은총으로 모인 재물이니까 여기 증인들을 위한 수련원을 지을 계획이고. 그것 때문에라도 우리 보훈이는 신학대학에 꼭 가야 해. 그렇지 아들?

백보훈의 어머니는 눈썹을 치켜뜨며 자신의 아들을 향해 좋지? 하는 눈빛을 보냈다. 그러자 백보훈이 마지못해 고개를 끄덕였다.

식사 내내 백보훈의 어머니는 백보훈의 아버지가 사회에서 받은 종교적 차별을 무용담처럼 늘어놓았다. 주로 토요일에 예배가 있는 공중재림의 증인으로서 직장 생활을 하며 성일을 지키는 것이 얼마나 힘든지, 사회의 선입견이 어떤 불이익을 초래했는지에 관한 것이었다. 성일을 지키는 것이 환란의 첫 번째 관문이라고 강조한 백보훈의 어머니는 백보훈의 미래에 일어날 일이라도 되는 듯 그를 안쓰러운 눈빛으로 바라봤다.

구영진이 종합해본바, 백보훈의 집안은 '증인'들 중에서도 손꼽히는 부자였다. 공중재림의 증인 교단에 중책을 맡고 있는 그의 부모는 거의 모든 예배와 모임에 지원을 아끼지 않았다. 하지만 구영진은 알고 있었다. 그들이 어떤 식으로 비워낸 주머니를 다시 채우는지. 백보훈의 고백을 통해서였다. 그들은 교단과의 관계를 이용했다. 예배와 모임에 거액을 기부하며 신앙심을 과시했지만, 동시에 교단 운영에 필요한 물품이나 서비스 계약을 자신들이 소유한 회사와 연결하는 식이었다.

식사가 끝난 뒤 백보훈의 어머니는 구영진의 앞접시에 과일을 올려주며 자연스럽게 '예비된 길'에 대한 이야기를 꺼냈다.

하나님의 사랑이 진실한 이유가 뭐냐 하면 나이와 외모, 직업과 부를 따지지 않는다는 거야. 그 모든 기준을 초월한 사랑으로 우리를 위한 천국을 예비하셨지. 거기가 우리가 마땅히 있어야 할 곳이야.

백보훈의 얼굴이 조금씩 붉어지기 시작했다.

그렇다면 우리가 어떻게 해야 할까? 최선을 다해서 그 자격을 얻어야겠지? 사랑받을 자격에서 뒤처지면 안 되니까.

자격이요?

구영진이 물었다.

그렇지. 주님께 쓰임 받기 위해서는 서로 방해되는 일은 피하는 게 좋아.

익숙한 동시에 지겨운 말이었다. '사랑받을 자격에서 뒤처지면 안 된다'는 말은 구영진에게 제자리뛰기의 문제가 아니라 높이뛰기의 문제처럼 느껴졌다. 백보훈의 얼굴빛이 급격히 어두워지더니 그가 소리쳤다.

제발 그만하세요!

잠자코 있던 백보훈의 반항심에 마침내 시동이 걸렸다. 그의 어머니는 잠시 말을 멈추고 미세하게 눈썹을 찌푸렸다. 어두운 빛이 그의 눈에 스치듯 잠깐 머물렀다.

보훈이가 어쩌다 저렇게 변했는지 나는 정말 모르겠는데. 우리 영진이는 그 이유를 잘 알고 있겠지?

구영진은 어색하게 고개를 끄덕였다. 알아들었다는 뜻이었다. 다만 아들에게 예비된 축복에 더는 얼쩡거리지 말라는 말을 저토록 친절하고 따뜻한 얼굴로 할 수 있다는 게 신기할 따름이었다. 백보훈의 어머니는 이제 자리를 마무리하겠다는 뜻으로 손을 뻗어 구영진의 손을 잡았다.

우리 영진이를 위해서 기도하고 싶어.

백보훈의 어머니가 조용히 눈을 감았다.

이렇게 예쁘고 착한 구영진 양과 함께 식사를 허락하여 주심에 감사합니다. 아버지 하나님, 이 두 사람이 미래를 위해 자신에게 주어진 길만 묵묵히 갈 수 있도록 축복해 주시옵소서! 구원의 날 공중재림을 맞을 수 있도록 참된 지혜를 허락하여 주시옵소서!

구영진은 기도 속에 박혀 있는 날카로운 얼음 조각들을 느꼈다. 축복의 말 속에서 혼자만 소외된 기분이었다. 그는 이에 낀 콩고기를 혀로 더듬으며 자신이 어떤 존재인지를 생각했다. 순간적으로 울적해졌고 눈물이 나올 뻔했다. 느닷없이 이들의 매끄러운 식탁에 흠집을 내고 싶다는 욕망이 일었다. 이 부드럽고 보송보송한 모욕을 되갚아주고 싶다는 생각을 했다. 아멘, 아멘, 소리를 들으며 구영진은 슬쩍 눈을 떴다. 백보훈이 구영진을 보고 있었다. 웃음이 터지려는 입술을 꽉 깨물었다. 백보훈이 다시 한번 바보처럼 씩 웃었다. 기도를 끝낸 백보훈의 어머니가 그를 향해 매섭게 눈을 흘겼다.

구영진과 백보훈에 관한 소문은 백보훈의 어머니가 그어놓은 선을 가볍게 넘어섰다. 덩달아 여호수아와 주하나에 관한 소문도 별책부록처럼 따라붙었다. 여호수아는 구영진과 백보훈 사이의 삼각관계에 얽히게 되었고, 주하나는 그 모든 상황을 직접 목격한 증인으로 소비되었다. 하지만 그것은 전혀 사실이 아니었다. 특히 여호수아에 관한 소문은 더욱 엉뚱했다. 실제 벌어진 일은 따로 있었다.

어느 날 구영진은 기숙사 앞에서 여호수아를 만났다. 그는 구영진을 기다리고 있었다고 했다.

무슨 일이야? 나를 다 기다리고.

처음에는 그냥 한번 캐보자는 마음이었는데.

뭘?

지금은 확인을 좀 해야겠어.

뭐가?

모르는 척이야? 정말 모르는 거야? 너희 이모 말이야.

우리 이모?

아무리 생각해도 짚이는 데가 없는 질문이었다. 여호수아가 한참 동안 구영진을 응시했지만 구영진은 달리 해줄 말이 없었다. 짜증이 치밀었다.

대체 왜 그래? 할 말이 있으면 똑바로 해. 우리 이모가 뭘?

여호수아가 다짜고짜 물었다.

너희 이모 만나는 사람이 있어?

네가 그걸 왜 물어?

알고 싶으니까.

그러니까. 그게 왜 알고 싶은데?

있냐고 없냐고!

여호수아가 버럭 소리를 질렀다. 구영진은 황당하고 놀라 한 발짝 뒤로 물러섰다. 여호수아는 분명히 평소와는 다른 모습이었다.

나한테 해줄 말이 없어?

글쎄 무슨 말을 해달라는 건데?

구영진의 반응에 여호수아는 깊은 한숨을 내쉬더니 휙 돌아서서 남자 기숙사 쪽으로 걸어가기 시작했다. 구영진은 어이없는 얼굴로 그의 뒤통수를 향해 외쳤다.

야! 근데 우리 이모가 누굴 만나든, 그게 잘못이야?

여호수아가 걸음을 멈췄다. 그는 고개를 돌리지 않은 채 낮은 목소리로 말했다.

네 이모가 우리 엄마랑 친구였던 건 알아?

알아, 하고 대답했지만 구영진은 여전히 영문을 알 수 없었다. 여호수아가 말을 이었다.

우리 엄마가 어쩌다 암에 걸렸는지, 왜 그렇게 힘들어했는지 알고 있냐고!

여호수아는 잠시 그렇게 서 있다 세차게 고개를 저었다. 그러고는 천천히 가던 길을 갔다. 구영진은 여호수아를 붙잡을 수 없었다. 그의 말 어딘가가 희미하게 잡히는 것 같았다. 이모가 만나는 사람이라. 구영진은 조그맣게 중얼거리다 입을 꾹 다물었다.

너희 죄 흉악하나 눈과 같이 희겠네.

주홍빛 같은 내 죄. 주홍빛 같은 내 죄.

구영진이 여호수아와 헤어져 막 기숙사 옆 사택에 들어설 때였다. 라디오에서는 세속 교회의 찬송가가 흘러나오고 있었다. 윤은 옷장을 정리하며 찬송가를 따라 불렀다.

아무 방송이나 막 들어도 돼?

구영진이 물었고 윤이 대답했다.

찬송가인데 뭘. 찬송가의 주님은 다 같은 주님이지. 채널이 다를 뿐. 너 좋아하는 최진실 드라마를 생각해봐. 〈사랑을 그대 품안에〉 〈질투〉 다 다른 주인공이 나오잖아. 근데 거기 나오는 최진실은 그냥 최진실이지.

오랜만에 듣는 윤의 엉뚱한 이야기였다.

그나저나 나는 이 찬송이 그렇게 슬프더라.

구영진은 고개를 갸웃하며 말했다.

주홍빛으로 죄를 짓는 거면 그건 좀 예쁜 죄인가?

원피스 하나를 꺼내 매만지고 있던 윤이 장난스럽게 눈을 흘겼다.

너 요즘 사고 안 치고 잘 있는 거지? 이모 곤란하게 하면 안 된다.

잘 지내고 있어.

동아리 활동도 잘하고?

그럼.

만족스러운 얼굴이 된 윤은 다시 찬송가를 흥얼거렸다. 그 모습이 어딘가 들떠 보였다. 구영진의 눈에는 그렇게 보였다. 그렇지 않다면 어떻게 저런 찬송가를 유행가처럼 부를 수 있을까.

요즘 이상해. 마음이 왜 싱숭생숭한지 모르겠어.

이모 연애해?

윤은 코웃음을 치며 연애는 무슨, 하고 얼버무렸다. 하지만 뭔가 수상했다. 거짓말을 하다 들통난 사람처럼 윤의 귓불이 빨개졌다. 윤은 싱글이고, 연애를 한다고 해서 부끄러울 일이 없을 텐데.

그럼 혹시 여호수아네랑 무슨 일 있었어?

윤은 흥얼거리던 콧노래를 잠시 멈췄다.

왜?

윤은 조용히 구영진을 바라봤다. 그 눈빛에는 일종의 경계심이 깃들어 있었다. 구영진은 무언가 더 물으려다 그만두었다. 지금의 윤은 분명히 평소의 윤이 아니었다. 그가 감추고 있었던 말캉하고도 복잡한 무엇인가가 불현듯 노출된 느낌이었다.

8

어떤 사람에게는 누군가만이 열 수 있는 마음이 있는 것 같았다. 백보훈이 딱 그랬다. 주하나가 보기에 구영진을 만나기 전 백보훈은 스노볼 속의 눈사람 같았다. 아무리 흔들어도 그 안에서 꿈쩍 않는 사람. 그런데 구영진을 만난 후 그는 달라졌다. 마치 스노볼 밖으로 나온 눈사람처럼. 이제 그는 자신이 있던 자리를 계속해서 흔들어보고 있었다. 그러면서도 정작 자신이 서서히 녹고 있다는 것을 모르는 사람 같았다. 그렇게 변해가는 백보훈을 보며 주하나는 구영진이 가진 힘을 실감했다. 구영진은 그런 사람이었다. 다 알면서도 모르는 척 넘어가게 만드는 사람, 어떤 말이든 무작정 믿고 싶게 만드는 사람. 그리고 그 순간 주하나는 깨달았다. 백보훈이 구영진을 보며 느낀 감정이 무엇이었는지. 왜냐하면 자신도 여호수아를 보며 같은 감정을 느끼고 있었기 때문에.

구영진과 공동 타락을 시작한 백보훈은 더는 쾌락이 세상을 망친다는 유의 주장은 하지 않았다. 두 사람을 묘한 눈빛으로 바라보던 여호수아도 이제는 그들만의 자기주도적 종말을 인정하는 듯했다. 주하나는 그렇게 그들과 함께 어울렸다. 누가 먼저랄 것도 없이 돌아가며 크고 작은 우울에 빠졌고 그러면서도 우울이 나쁘지 않다고 생각했으며, 심지어는 그것을 유서로 기록해 미처 깨닫지 못했던 의미를 찾아냈다. 숭고함과 비루함이 뒤섞인 기분으로 네 사람은 곧잘 혼란스럽고도 즐거웠다.

그렇게 겨울이 지나갔다. 봄이 왔고, 대부흥회를 앞둔 기간이라 학교 전체가 이른 봄 아지랑이처럼 들떠 있었다. 아이들은 수업이 끝나면 모두 강당으로 몰려들었다. 주하나는 막 교목실 청소를 끝내고 동아리방으로 가는 길이었다.

야! 고개 좀 들고 다녀.

고개를 들어보니 여호수아가 서 있었다. 얼굴이 좀 붉은가 싶어 살피려 하자 이번에는 여호수아가 고개를 떨궜다. 그가 물었다.

어디 가는 길이야?

동아리방.

너는 부흥회 준비 안 해?

지금 내 마니토가 사랑에 빠져서 함께 준비할 사람이 없어.

아.

여호수아는 그 사실을 깜빡 잊고 있었다는 듯 고개를 주억거렸다.

시간 좀 내줄 수 있어?

시간?

응.

주하나는 여호수아와 나란히 음악실 뒤 솔밭으로 향했다. 여호수아는 아이들의 통행이 많은 길을 피해 일부러 그 길을 택한 것 같았다. 학교를 벗어나 호수로 올라가는 길목에 들어서자 그가 걸음을 멈췄다. 벤치에 자리를 잡더니 가방에서 커피우유를 꺼내 주하나에게 밀었다. 밤나무 아래 막 싹을 틔운 풀들이 비릿한 냄새를 풍기고 있었다.

맨날 커피우유야?

그래도 이게 아무나 마실 수 있는 게 아니다.

무슨 말이야?

빨대 한번 꽂아봐.

주하나는 삼각형 모양의 커피우유 한쪽 면을 향해 빨대를 꽂았다. 빨대가 형편없이 구겨졌다.

봐. 어렵지?

여호수아는 능청스럽게 웃으며 새 빨대를 꺼냈다. 그러고는 탁, 소리 나게 삼각형 꼭지 언저리에 구멍을 냈다.

와.

삼각형의 무게중심을 생각해봐. 그곳에 빨대를 꽂으면 돼. 거길 잘 겨냥해봐.

주하나는 고개를 끄덕였다. 이상했다. 삼각형의 꼭짓점을 떠올리는 그의 머릿속에 구영진과 백보훈, 여호수아의 얼굴이 겹쳐 그려졌다. 자신이 그들 사이 어딘가에 빨대를 꽂고 있는 것 같은 기분에 휩싸였다. 여호수아가 갑자기 주하나에게 바짝 다가왔다. 그러더니 눈을 빤히 들여다봤다.

근데, 너 눈동자가 진짜 동그랗다. 원래 그랬나?

눈, 눈동자?

주하나는 뭐라고 대꾸할 수 없었다. 어색하게 말을 얼버무렸지만 머릿속은 온통 조금 전 여호수아의 말과 표정이 반복 재생되고 있었다. 의미 없는 그의 말과 눈빛이 주하나의 마음 어딘가를 꽉 움켜쥐고 있는 것 같았다. 주하나는 커피우유를 한 모금 마신 뒤 그의 표정을 살폈다. 여호수아가 어떤 이야기를 꺼낼지 상상이 안 됐다. 가슴이 요동쳤다.

나 신학대학 가는 거 그만두려고.

주하나는 가만히 고개를 끄덕였다. 상상 속에 전혀 없던 시나리오는 아니었지만 어쩐지 실망스러운 마음이 밀려왔다.

왜?

종말론자가 대학 가는 거 너무 노골적이잖아.

여호수아는 뻣뻣하게 굳어 있는 주하나의 표정을 보고 개구쟁이처럼 웃었다. 그러고는 장난스럽게 어깨를 툭 쳤다.

우리 아버지가 대학만 가면 종말이고 뭐고 다 끝나는 것처럼 말하잖아. 내가 신학대학을 졸업하기만 하면 성화고 교목실을 바로 비워줄 건가봐.

주하나는 잠시 생각에 잠겼다. 여호수아는 왜 이런 이야기를 하는가. 이런 종류의 이야기가 다른 의미가 될 가능성은 있는가, 하는 생각들이 두서없이 떠오르다 사라졌다. 주하나는 여호수아의 얼굴을 찬찬히 살폈다. 그제야 그의 한쪽 뺨이 이상할 만큼 붉다는 것을 알아차렸다.

너 혹시 누구한테 맞았어?

응. 새삼스러운 일은 아니지.

설마 목사님이?

여호수아는 아무 일도 아니란 듯 고개를 끄덕이며 가볍게 대답했다.

나는 우리 엄마가 암에 걸린 게 주님의 어떤 뜻이라고 생각했거든? 근데 그게 아니야. 다른 이유가 있었어.

이유?

응. 우리 엄마가 암에 걸린 진짜 이유.

그렇게 된 이유가 있어? 그게 뭔데?

아빠가 오랫동안 바람을 피운 것 같아. 아직 확인은 못 했지만.

주하나는 자신도 모르게 손으로 입을 막았다. 갑자기 어느 밤이 떠올랐기 때문이다. 기도동산이었고, 달이 밝았으며, 바위 뒤에 숨어 두 개의 그림자를 본 밤이었다. 구영진과 기도동산에 올랐던 날 봤던 두 사람. 머릿속에서 식별이 불가능했던 어떤 장면이 점차 선명해졌다. 되짚어보니 둘 중 하나는 너무나 눈에 익은 실루엣을 가진 사람이었다. 그날 그림자 속에 숨어 있던 남자의 얼굴이 그였을지 모르다가, 그일 것이었다가, 그가 확실해졌다. 머릿속에서 본능적으로 경계하던 사람. 여호수아의 말이 아니었다면 내내 기억해내지 못했으리라. 입속의 혀처럼 굴다가도 효용성이 떨어지면 노골적으로 태도를 바꾸는 사람. 바로 성화고 교목이자 여호수아의 아버지였다.

혹시…….

주하나는 혼잣말처럼 중얼거리다 입을 닫았다. 그 일에 대해 이야기하려면 교목 옆에 있던 여자에 대해서도 말해야 했다. 하지만 주하나가 아는 것은 거기까지였다. 묘령의 여자에 대해서는 아무것도 확신할 수 없었다.

그 후부터 대화는 바람 빠진 테니스공처럼 힘없이 이어졌다. 여호수아는 엉뚱하게 다른 것에 대해 투덜거리기 시작했다. 유서를 쓰는 것은 별로고 자신이 쓴 글이 신문에 남는 것은 더더욱 별로라고 했다. 그가 투덜거리는 내내 주하나는 혼란에 빠져 아, 혹은 아, 그래? 소리만 반복했다. 그리고 더욱 궁금해졌다. 왜 이런 이야기를 자신에게 하는 것인지.

왜 내게 이런 얘기들을 해주는 거야?

이런 얘기라니?

너는 네 얘기는 잘 안 하잖아. 혹시 구영진 때문이야?

응?

여호수아의 눈빛에 당혹감이 스쳤다.

구영진 얘기라고도 할 수 있지.

주하나는 쿵, 하고 무엇인가 묵직한 것이 배꼽 위로 떨어지는 소리를 들은 것 같았다.

실은 아까 구영진을 기다리고 있었어. 정확하게는 만났는데 못 만난 거나 다름없지만.

왜?

이름을 부르는데 걔가 멀리 백보훈이 보이자마자 달려가는 거야. 엄청 환하게 웃으면서.

아.

주하나는 순간 급격하게 어두워지는 여호수아의 눈빛을 보았다. 심장이 순식간에 얼어버리는 느낌이었다. 주하나는 억지로 입술을 바짝 끌어 올려 쓴웃음을 지어 보였다. 눈물이 쏟아질 것처럼 코끝이 시큰했다.

아, 그랬던 거구나.

그리고 슬로모션처럼 백보훈과 구영진을 바라보던 여호수아의 눈빛이 떠올랐다. 질투와 원망, 갈망과 슬픔이 섞여 있는 것 같은 복잡한 눈빛. 그러니까 여호수아는 구영진을 짝사랑하고 있는 듯했다. 주하나는 그제야 자신이 진짜 삼각관계에 놓여 있음을 확신했다.

알곡과 쭉정이가 떠올랐다. 주하나는 여전히 여호수아가 내보이는 지지부진한 마음들 중에서 유효한 알곡과 쭉정이를 골라내고 있는 것 같았다. 그렇게 오랜 기대 끝에 빈껍데기만 움켜쥐고 있는 기분. 가슴속에 빨간색 빗금이 그어지는 것 같았다. 구영진이 하는 말들에 고개를 끄덕이고 웃던 것이 실은 모두 여호수아 때문이었다. 여호수아와 구영진 사이의 거리를 가늠하기 위해서 주하나는 그들의 주변을 어슬렁거렸을 뿐이었다. 갑자기 몸에서 열이 나는 듯했다. 뜬금없이 구영진이 자신을 거짓말쟁이로 만든 것만 같았다. 여호수아가 말했다.

이제 동아리방으로 가자.

거긴 왜?

너 동아리방에서 구영진 기다리려는 거 아니었어? 나도 걔한테 할 얘기가 있고.

주하나는 어색한 얼굴로 자리에서 일어났다. 마음에 이상한 모양의 파문이 일었다. 여호수아가 일어나 동아리방 쪽으로 발걸음을 옮겼다. 주하나는 그의 뒤를 따랐다. 물고기가 된 기분이었다. 맛있는 먹이를 기대했는데 꼼짝없이 커다란 바늘을 삼킨 물고기.

아무리 기다려도 구영진과 백보훈은 오지 않았다. 두 사람을 기다리던 주하나는 마음이 불덩이처럼 타오르는 걸 느꼈다. 여호수아가 구영진을 좋아한다는 확신이 머릿속을 가득 채웠다. 구영진을 바라보던 여호수아의 눈빛, 무심히 던진 그의 말 한마디 한마디가 전부 증거처럼 느껴졌다. 틀림없었다. 여호수아는 구영진을 좋아한다. 그런데 왜 하필 구영진일까. 불같은 질투가 마음속을 휘젓고 지나갔다. 머릿속이 원망과 슬픔으로 엉망이 되어가고 있었다. 더는 자신이 할 수 있는 게 없다는 생각에 마음이 새까맣게 타들어가는 것 같았다. 그때였다. 구영진과 백보훈이 숨겨둔 술병이 생각난 것은.

두 사람을 기다리던 주하나와 여호수아는 새로운 '경험'을 '공유'하기로 합의했다. 무엇보다 주하나의 기분이 엉망이었다. 주하나는 구영진과 백보훈이 숨겨둔 술병을 꺼내 왔다. 그리고 두 개의 컵에 술을 조금씩 따랐다.

이거 엄청 독한 거 아니야?

여호수아가 냄새를 맡으며 얼굴을 찌푸렸다.

한 번에 마시면 괜찮을걸.

주하나는 잔을 들어 올리며 웃었다. 둘은 호기롭게 술을 한 번에 털어 넣었다. 목구멍이 타들어가는 듯한 알싸한 느낌에 여호수아는 얼굴을 찡그리며 기침을 했다. 주하나는 웃음을 터뜨렸지만 곧 뜨겁게 밀려오는 열기에 고개를 저었다.

이게 맛있는 거라고?

여호수아가 입술을 닦으며 투덜댔다.

글쎄. 그래도 뭔가 기분은 좀 나아지는 것 같아.

주하나가 손에 든 잔을 내려다봤다. 잠시 뒤 여호수아는 몸을 웅크린 채 졸고 있었다. 주하나는 술기운에 조금 멍해진 얼굴로 그를 내려다보다가, 그의 어깨를 가볍게 두드렸다.

일어나. 구영진은 안 올 모양이야.

여호수아가 끙, 소리를 냈지만 쉽게 일어나지 못했다. 주하나는 그의 조용한 숨소리를 들었다. 그다음엔 여호수아를 조금 더 거칠게 흔들어 깨웠다. 그의 팔을 잡고 일으키려 하는데 그가 반대로 주하나의 팔을 잡아끌었다. 주하나의 몸이 여호수아 쪽으로 쓰러졌다. 이대로라면 둘 다 기도실행이 될지도 몰랐다.

조금만 더 기다려보자.

여호수아는 주하나를 자신의 옆으로 끌어당겼다. 그 바람에 주하나의 몸이 여호수아의 가슴 쪽으로 기울었다. 주하나는 비스듬히 그에게 몸을 기댔다. 그가 정말 눈을 감고 있는지 여러 번 확인했다. 눈을 감고 있는 그의 얼굴을 보자 아픈 마음이 더

욱신거렸다.

생각해보니 그간 세 사람 사이에서 자신의 역할이 무엇이었는지 그제야 분명히 알 것 같았다. 구영진을 중심으로 시소처럼 오르락내리락하는 백보훈과 여호수아의 대화에서 중심을 잡는 것. 주하나는 늘 두 남자의 의견에 대해 구영진의 입장을 대신 전하곤 했다. 구영진이라면 백보훈 쪽 말이 더 맞는 것 같다거나, 이번에는 여호수아가 더 구영진의 생각에 가깝다는 식으로. 한심한 이야기지만 그럼에도 좋았던 것이 있었다. 쓰레기 처리를 위해 소각장 근처에 갈 때는 여호수아가 늘 주하나의 뒤를 따라왔다. 실은 자리를 좀 비켜주었으면, 하는 백보훈의 노골적인 눈빛 때문에 쫓겨난 것에 가까웠지만. 덕분에 주하나와 여호수아는 상대적으로 함께 있을 기회가 많았다.

여호수아와 주하나는 자주 소각장 주변을 걸었다. 버려진 나무판자가 많았고, 그 위에서는 곰팡이인지 버섯인지 헛갈리는 것들이 자라고 있었지만 괜찮았다. 오히려 여호수아와 걷는 그 길이 너무 짧은 것만 같아 아쉬웠다. 좋았던 때를 회상하는 주하나의 입에서 쓸쓸한 웃음이 새어 나왔다.

왜 자꾸 웃어?

여호수아가 눈을 감은 채 물었다.

네 마음을 알 것 같아서.

주하나가 천천히 느리게 말했다.

내 마음이 어떤데?

조금씩 짙어지는 어둠 속에서 주하나는 여호수아를 오래 바라봤다. 여호수아가 향하는 마음과 자신이 향하는 마음이 엇갈려 있다고 생각하니 또 한 번 허탈한 웃음이 났다.

왜 또 웃어?

주하나는 대답 없이 그의 하얗고 말간 이마와 반듯한 입술에 눈을 맞췄다. 어둑한 조명에 비친 여호수아의 얼굴이 웃는 것 같기도 우는 것 같기도 했다.

9

모텔방은 그런 곳이었다. 구영진의 마음과 백영훈 마음의 공통분모 같은 곳. 부당한 시선으로부터 숨을 수 있는 곳이고, 자식을 쥐락펴락하는 부모에 맞서는 곳이며, 죄책감과 설렘이 공존하는 곳이었다. 두 사람은 그곳에서 비로소 낙원에 이르렀다. 모텔의 모든 창문이 막혀 있었기 때문에 그들의 낙원은 바깥세상으로부터 완벽히 밀봉된 느낌이었다.

구영진은 은은하게 두유 냄새를 풍기는 백보훈의 몸이 좋았다. 단단한 팔이 맨살에 맞닿을 때, 이를테면 그의 긴 손가락이 가슴을 살짝 건드리기만 해도 구영진의 팔에는 오소소한 소름이 돋아났다. 그의 기쁘고 다급한 마음이 미세한 떨림으로 전해지면 구영진은 어린아이처럼 천진하게 속삭이고 싶었다. 너를 사랑해. 그러면 정말 사랑에 빠진 것 같았다. 그렇게 달콤한 마음속에서 한 마리 가오리처럼 느릿느릿 헤엄치는 기분이 됐다. 지구 최초의 남과 여, 아담과 이브가 그랬듯 백보훈과 살을 맞대고 있으면 진짜 선과 악이 무엇인지 어렴풋이 알 것도 같았다. 사랑을 느끼는 인간이 무엇으로부터 자유로워질 수 있는지도. 바로 미래에 대한 두려움이었다.

어린 연인은 침대에 누워 서로에게 듣고 싶은 말들을 속삭였다. 백보훈은 신학대학이 아니라 더는 어느 대학도 희망하지 않는다고 고백했다. 애초부터 그의 꿈은 생성 과정에 한계가 있었고 자신의 의지와는 전혀 상관없다는 점에서 불가하다고 했다. 이제 백보훈이 구영진에게 언급한 미래는 현실적이고 구체적이었다. 고풍스러운 호텔 레스토랑이 있고, 값비싼 발레 공연이 있었다. 빨간 자동차를 타고 충동적으로 떠나는 여행이나 작고 앙증맞은 보석 반지도 있었다. 은밀한 만남과 키스, 포옹과 속삭임이 백보훈을 점차 다른 사람으로 만든 것이다. 백보훈이 말했다.

나 이제부터 유서 말고 다른 걸 써보려고.

뭘 쓰려고?

계획 일지.

왜?

나는 이제 너와 함께할 수 있는 미래에 대해 쓰고 싶어.

그렇게 말한 백보훈은 아무 말없이 구영진을 바라보다가 그의 머리칼을 손으로 마구 흐트러뜨리며 말을 이었다.

나도 너처럼 아무 생각 없이 살면 좋겠지만.

구영진이 황당하다는 표정을 지어 보이자 그가 상자 하나를 내밀었다. 상자 속에는 새 모양의 진주 귀걸이와 통장이 들어 있었다. 구영진은 진주 위에 금으로 된 부리와 꼬리를 가진 귀걸이를 보며 말했다.

이게 뭐야?

선물.

어디서 났어?

그게 중요해?

청혼하는 사람처럼 백보훈은 한쪽 무릎을 굽히고 구영진의 손바닥 위에 진주 귀걸이를 올려놓았다.

통장은 뭐야?

백보훈은 통장을 펼쳐 보이며 자신이 생각하는 졸업 후의 계획에 대해 구체적으로 설명했다.

돈을 벌 거야.

어떻게?

세차장에서 차를 닦는 일도 있고, 식당에서 배달을 하는 일도 있고.

그걸 해서 뭘 하고 싶은데?

우리가 살 집을 마련해야지.

백보훈은 자신의 말이 결코 허황된 것이 아니라는 증거로 통장 이야기를 했다. 그것은 어머니가 백보훈의 이름으로 든 적금인데 만기가 2012년 이후라는 게 함정이었다.

종말 이후가 만기네.

너무 웃기지?

이렇게 중요한 걸 나한테 줘도 돼?

백보훈은 잠시 말을 멈췄다. 그리고 다시 비장하게 말했다.

이건 공증 같은 거야. 널 배신하지 않겠다는. 그러니 너도 날 배신하지 않겠다고 맹세해.

구영진은 귀걸이를 내려다보았고 선뜻 그러겠다고 고개를 끄덕였다. 문득 걷잡을 수 없는 두려움을 느꼈는데 촉촉한 백보훈의 눈빛을 보았기 때문이다. 갑자기 그를 향한 사랑이 샘솟는 것 같았다. 구영진은 그와의 새로운 출발을 상상했다. 두 사람은 손으로 서로의 눈과 입과 귀를 가려주었다. 더 행복해지자, 하는 마음이었다.

대부분의 전도사들의 행보가 그렇듯 백보훈의 어머니는 그가 대학생이 되면 바로 결혼시킬 예정이었다. 이미 생각해둔 혼처도 있었다. 하지만 문제는 뜻밖의 곳에서 발생했다. 전혀 걱정할 필요가 없었던 자신의 아들이 문제였다. 반항 같은 건

할 줄 몰라서 단 한 번도 힘들게 한 적이 없던 아들. 하지만 아이가 급격하게 변했다는 것을 발견한 것은 최근이었다.

귀가가 점점 늦어지는 백보훈을 보면서 그의 어머니는 어떤 감정이 요동치는 것을 느꼈다. 그것은 통증에 가까웠다. 자신의 피와 살의 일부이던 것이 전혀 뜻밖의 모양이 되어 떨어져 나간 느낌이었다. 백보훈의 어머니는 잠시 회한에 잠겼고 처음으로 그 '피와 살'이 성장했다는 것을 알았다. 그것은 자주 불쾌한 기분을 유발했다. 마침내 자신이 결혼기념일 선물로 받은 진주 귀걸이의 행방이 묘연해지고 그 까닭까지 알아차렸을 때는 이성을 잃고 말았다.

오래전부터 기도로 해결할 수 있는 건 따로 있다는 걸 깨달은 백보훈의 어머니는 곧장 생각을 행동으로 옮겼다. 그는 우아한 방식을 좋아하는 사람이었지만 마귀의 꼬임에 넘어간 아들에게는 굳이 그럴 필요를 못 느꼈다. 백보훈의 어머니는 사람을 써서 구영진의 주변을 수소문했다. 몇 다리를 건너자 구영진의 아버지가 호객꾼이었다는 사실을 알아냈다. 그의 어머니는 신문을 떠들썩하게 했던 미군이 저지른 살인사건의 피해자라는 것에 경악했다. 그래도 자신이 정성스레 차려놓은 음식들 앞에서 새빨간 거짓말을 늘어놓았던 구영진이 가장 끔찍했다. 그는 곧장 성화고의 여자 기숙사로 달려갔다. 이른 여름 태풍이 몰려오고 있다는 뉴스가 TV에서 흘러나오고 있었다.

아직 해가 남아 있는데도 하늘이 컴컴했다. 주말 저녁 예배를 앞둔 무렵이었다. 윤이 갑작스럽게 사생들을 마당에 집합시켰다. 영문을 모르고 불려 나온 아이들로 기숙사 전체가 술렁였다.

윤의 뒤에는 백보훈의 어머니가 서 있었다. 중요한 발표를 앞둔 사람처럼 결의에 찬 얼굴이었다. 구영진이 눈인사로 알은체를 했으나 그는 싸늘한 표정으로 일별했다.

정렬해 있는 아이들을 향해 윤이 말했다.

남의 물건을 훔친 적 있는 사람 손 드세요.

아무도 손을 들지 않았다. 사생들의 어리둥절한 눈빛이 이곳저곳에서 서로 부딪쳤다.

청소년 출입이 금지된 음탕한 곳에 간 적 있는 사람 손!

역시 아무도 손을 들지 않았다.

공중재림의 증인의 이름을 더럽힌 사람 손 들어.

두 명이 울 것 같은 표정으로 입을 막았다.

이런 행동을 하는 것을 보거나 들은 사람 손 들어.

몇몇이 구영진 쪽으로 시선을 돌렸다. 적막이 흘렀다. 윤은 숨을 깊게 들이쉬더니 백보훈의 어머니를 향해 싸늘하게 말했다.

보셨죠? 여기에는 말씀하신 그런 사람은 없는 것 같은데요.

백보훈의 어머니는 그럴 줄 알았다는 듯이 한쪽 입술을 비뚜름하게 올리며 말했다.

그럼, 백보훈에게 오토바이를 권한 사람?

사생들은 일제히 구영진을 봤다.

신실한 주의 어린양을 음탕한 길에 들어서게 한 사람!

구영진은 자신을 향하는 시선들을 얼떨떨한 얼굴로 둘러봤다.

내 아들을 음탕한 길로 이끈 사탄 같은 아이가 여기 있다고요!

백보훈의 어머니가 참을 만큼 참았다는 듯 다짜고짜 구영진에게 달려들며 소리쳤다.

이 마귀! 사탄의 자식아!

그리고 구영진 어깨를 붙잡아 흔들며 훔친 진주 귀걸이를 내놓으라고 소리를 질렀다. 이윽고 그는 구영진의 머리채를 움켜쥐었다.

울어라! 죄인아!

아이들은 백보훈의 어머니가 구영진을 잡고 흔드는 걸 우두커니 지켜보고 있었다. 윤이 달려들어 두 사람 사이를 겨우 떼어놓았다.

이게 뭐 하는 겁니까?

분을 다 삭이지 못한 백보훈의 어머니가 거친 숨을 내쉬며 소리쳤다.

대체 사생 관리를 어떻게 한 거죠? 구영진 학생을 이 학교에 데리고 온 게 당신 맞지?

윤의 얼굴이 당혹감으로 붉어졌다.

공중재림의 증인으로서 부끄러운 짓 아닌가요? 이런 가짜를 아무런 검증도 없이 이 신성한 곳에 들이고. 마귀 씐 이 애가 내 아이를 사탄의 길에 들어서게 했다고요. 내 진주 귀걸이를 훔쳤다고요!

제발 좀 진정하세요.

윤이 흥분한 그를 만류하는데, 아이들의 등 뒤에서 목소리가 들려왔다.

그 귀걸이가 이건가요?

종교부장이었다. 그의 손에는 백보훈이 구영진에게 준 진주 귀걸이가 들려 있었다.

저것 봐. 틀림없다니까!

윤이 놀란 얼굴로 구영진을 봤다. 구영진이 손사래를 치며 말했다.

훔친 게 아니에요! 선물 받은 거예요.

우리 보훈이가? 그 말을 누가 믿겠니? 우리 아들이 신실하다는 건 우리 증인들이라면 다 아는 사실이야. 그 애는 주님께 사명을 받은 아이라고!

저기…… 뭔가 오해가 있었나 본데. 먼저 영진이 얘기를 좀 들어보시죠.

윤이 말하자 백보훈의 어머니는 경멸의 눈빛으로 그를 노려봤다.

내가 다 알아보고 하는 소리야! 피는 못 속인다더니. 똑같은 족속이라 이거지?

뭐라고요?

윤 사감, 잘 들으세요. 당신도 이 문제에서 책임이 가볍지 않아. 지금 이건 실수와는 차원이 다른 문제란 뜻입니다. 여긴 영적으로 구원받을 사람들이 모인 곳이고 더는 이렇게 문란한 꼴을 가만두고 볼 수 없어요.

문란이라니요?

구영진 학생 아버지가 사기꾼이라는 거, 어머니가 미군에게 몸을 팔다 죽었다는 거 언제까지 숨길 작정이었어요?

구영진의 입이 벌어졌다. 가슴이 방망이질 치기 시작했다. 윤의 얼굴도 사색이 됐다. 불길한 예감이 구영진의 몸을 휘감았다. 아이들이 웅성거리기 시작했다.

울어! 울으라고 이 더러운 죄인들아!

백보훈의 어머니가 소리치기 시작했다.

갑자기 어디선가 기도 소리가 들려왔다. 서 있던 몇몇이 손을 모으고 눈을 감았다. 아이들이 통성기도를 시작했다. 한 아이가 바닥에 주저앉아 흐느끼며 기도했다.

회개하라! 이 더러운 죄인아!

기숙사 마당은 순식간에 거대한 통성기도장이 되었다. 아이들에게 둘러싸인 구영진은 치명적인 병을 옮기는 병균이 된 기분이었다. 백보훈의 어머니는 구영진의 어깨를 꽉 쥐고 그의 귀에 대고 소리쳤다.

얘, 이제 알겠니? 넌 죄인이야! 우리를 타락의 길로 이끄는 마귀!

입을 벌린 채 멍하게 서 있던 구영진의 몸이 파르르 떨렸다. 두 팔에는 소름이 돋아났다. 구영진은 백보훈의 어머니를 차가운 눈빛으로 응시했다. 그리고 그다음 순간이었다. 구영진이 웃음을 터뜨렸다. 미친 것처럼 배를 잡고 깔깔거리며 웃기 시작했다. 그를 지켜보는 사람들이 일제히 입을 다물었다.

드라마퀸 납셨네.

구영진이 무기력한 얼굴로 중얼거렸다.

뭐? 뭐라고?

드라마퀸 납셨다고!

너 미쳤어?

네. 미쳤어요. 근데 아줌마! 아줌마 무슨 막장 드라마 찍어요?

구영진이 악을 쓰며 계속 소리쳤다.

아줌마 돈 많다면서요? 순진한 건가? 보통 드라마에선 돈다발이라도 들고 이 난리를 치던데. 돈다발 같은 건 준비 안 했어요?

너 생각보다 더 형편없는 애구나?

충격에 휩싸인 백보훈의 어머니는 이마를 짚은 채 구영진을 노려봤다. 윤도 놀라기는 마찬가지였다. 회개를 종용하던 입에서 흘러나오던 기도 소리가 뚝 끊겼다. 두 사람의 흥미진진한 대치 상황을 엿보는 아이들의 눈 속에 호기심이 아른거렸다.

제가 형편없다고 했어요?

그럼 아니니?

그러는 형편 있는 아줌마는요?

뭐?

보훈 선배가 그러던데요? 아줌마 돈 많다고. 적금을 그렇게 열심히 들고 있다고요. 백보훈 선배 이름으로 아파트도 하나 장만해두고.

너 무슨 소리를 지껄이는 거니?

2012년 종말이 올 거라면서, 어떻게 적금 만기가 2013년이에요?

두 사람을 지켜보던 시선들 사이로 웅성거림이 시작됐다.

종말을 믿는 사람이! 재림을 기다린다는 사람이! 어떻게 적금 만기가 2013년이냐고요. 그래도 돼요? 전 재산을 팔아 교회에 헌납한 사람들 돈을 그렇게 함부로 써도 돼요?

너 제정신이니?

나 백보훈 선배한테 똑똑히 들었어요. 종말이 지나면 자기는 아파트가 생긴다던데요? 나중에 결혼해서 같이 살자고 하던

데요?

백보훈 어머니의 얼굴은 이제 새빨갛다 못해 검은빛이 돌았다. 곧 쓰러질 사람처럼 비틀거리는 그를 윤이 부축했다. 윤의 부축을 받으며 백보훈의 어머니가 악다구니를 썼다.

저, 저, 뱀 같은 년! 순진한 애를 꾀어서는 어디서 그런 말도 안 되는 거짓말을 하게 만들어? 경고하는데 내 아들 근처에 얼씬도 하지 마!

발악하는 백보훈의 어머니를 노려보며 구영진은 어금니를 꽉 깨물었다. 경험상 이 대목에서 눈물을 보이는 건 옳지 않았다. 몸이 부들부들 떨렸다. 수치가 구영진의 몸 구석구석을 훑는 것 같았다. 웅성거리는 아이들 사이에서 누군가 구영진의 어깨를 감쌌다. 주하나였다. 주하나는 구영진을 데리고 기숙사 마당 밖으로 나갔다. 아이들 중 하나가 두 사람을 향해 침을 뱉었다.

저 이단 마귀들!

불경한 것들! 우리 증인들을 이렇게 욕보이고!

두 사람의 등 뒤로 사나운 말들이 쏟아져 나왔다. 바닥에 주저앉아 억울하다고 통곡하기 시작한 백보훈 어머니의 저주 담긴 악담이 낮은 울타리를 넘고 있었다.

두 사람이 기숙사에서 멀어질 때까지 비난의 소리는 멈추지 않았다. 구영진과 주하나는 나란히 기도동산으로 향했다. 사방이 어둑해지기 시작했다. 둘은 기도동산 꼭대기 십자가 옆 넓은 바위에 앉았다. 숨을 고르던 구영진이 고개를 푹 숙였다. 그의 발끝으로 굵은 눈물이 뚝뚝 떨어졌다. 구영진은 탁탁, 소리를 내며 눈물이 떨어진 자리를 발끝으로 찼다. 땅 위에 조그맣게 구멍이 파였다. 탁탁, 하면 구멍이 커졌고, 커진 구멍을 더 열심히 파며 중얼거렸다.

다행이다.

뭐가?

종교부장이 진주 귀걸이만 찾았나 봐. 통장은 못 보고.

통장?

응. 백보훈이 그것도 선물이라고 줬거든. 적금 만기일이 종말 이후인 통장.

사람들한테 그거 확 보여주자.

그건 안 돼.

왜?

그럼 백보훈이 너무 힘들어질 거야.

그러면 너는?

그러게.

십자가를 비추는 가로등이 켜지자 날벌레들이 날아들기 시작했다. 벌레가 눈앞을 어지럽힐 때마다 구영진은 짤막한 비명을 질렀다. 주하나도 벌레를 쫓다 함께 비명을 지르게 되었다.

벌레 때문이라면 벌레 때문이었고 아니라면 또 아니기도 했지만 결론은 같았다. 비명만큼 적절한 언어가 또 있을까. 구영진은 그런 생각을 했고 비명 지르기는 그렇게 시작됐다. 구영진이 사력을 다해 비명을 지르면 주하나가 맞장구치듯 소리쳤다. 두 사람은 서로에게 달려드는 벌레를 향해 비명을 지르며 한동안 그곳에 있었다.

그날 이후 구영진은 가는 곳마다 사람들의 눈길을 끌었다. 그의 등 뒤에는 늘 수십 개의 눈과 입이 따라다녔다. 백보훈의 어머니가 기숙사를 휘젓고 간 뒤 썩은 물처럼 고여 있던 소문이 한꺼번에 터져 나온 것이다.

어디든 구영진을 둘러싼 공기는 싸늘했다. 그의 생활이 고달파졌음은 말할 것도 없었다. 온갖 욕설이 적힌 쪽지를 받는 일과 들으란 식의 비아냥은 귀여울 정도였다. 학생들 사이에는 구영진을 '음란 마귀'로 정하고 퇴치를 비는 기도까지 유행하고 있었다. 세상 그 어떤 균이나 병보다 끈질긴 생명력을 가진 것은 추문(醜聞)이었다. 썩은 냄새는 구영진의 뒤를 악착같이 따라붙었다.

주하나의 눈빛도 어딘가 낯설었다. 아니, 익숙했던 무언가가 사라져버린 것 같았다. 예전 같았다면 그는 이미 다가와 있었을 것이다. 곁에 앉아 조용히 말을 걸거나 아무 말 없이도 그 자리에 머물렀을 것이다. 하지만 지금은 달랐다. 주하나는 여전히 같은 자리에 있었지만 이상하리만치 손이 닿지 않는 사람처럼 느껴졌다. 구영진은 그것이 무엇 때문인지 선뜻 말할 수 없었다. 단순히 자신의 기분 탓인지, 아니면 주하나가 부쩍 다른 아이들과 어울리기 시작한 것을 눈치채고도 애써 모른 척해왔던 탓인지. 그가 변했다고 단정하기엔 어쩌면 스스로가 불안에 짓눌려 그런 마음을 만들어낸 것일지도 몰랐다. 그렇지만 아무리 스스로를 타이르고 합리화해보려 해도 여전히 의식의 한편에서 분명하게 느껴지는 감각이 있었다. 주하나의 시선이 오래 머물지 않고 말과 행동 사이에 망설임이 스며 있다는 것. 멀어지고 있다는 확신과 그 확신이 사실인지조차 헷갈리는 혼란 속에서 구영진은 그저 가만히 서 있을 수밖에 없었다.

구영진은 한없이 무기력해졌다. 때때로 이상한 일들을 벌였다. 그것 중 하나가 교단이 금지한 음식을 먹는 일이었다. 철저히 채식 위주의 식단을 강요하는 그곳에서 구영진은 제육볶음과 햄이 올라간 피자, 치킨, 마른오징어와 참치캔을 들여와 먹었다. 종교부장이 발작에 가까운 비난을 했지만 소용없었다. 구영진은 오히려 길길이 날뛰는 그를 보며 알 수 없는 안도를 느꼈다. 그는 음식을 입속에 욱여넣으며 포식자를 상상했다. 먹히는 게 아니라 강인한 이빨을 드러내고 잡아먹는, 남의 뼈와 살을 오도독 씹는 맹수를. 구영진은 온종일 맵고 비릿한 것들의 냄새를 맡으며 코를 벌름거렸다. 그리고 적었다. 구영진의 '오늘의 유서'에는 씹고 뜯은 모든 것이 기록됐다. 구영진이 삼킨 온갖 일들을 주하나와 백보훈, 여호수아는 그 유서의 기록을 통해 목격했다.

10

흰옷을 입은 아이 하나가 물속을 향해 천천히 걸어갔다. 아이가 교목의 팔을 잡자 교목은 아이의 뒤통수를 손으로 받치고 그를 물속에 담갔다 일으켰다. 아주 짧고 간단한 수장(水葬)이었다. 축축한 바람이 부는 6월, 호숫가에 모인 성화고 신입생들은 긴장한 탓에 발을 동동거리며 제 차례를 기다리고 있었다. 그리고 모두 그 이야기를 했다. 학교에 퍼진 소문. 소문이 생장점을 뚫고 있었다.

백보훈과 구영진, 그거 진짜야?

아이들은 주하나에게 눈빛을 반짝이며 물었다. 모든 순간 주하나를 따돌리던 아이들이 언제부터인지 그에게 말을 걸어오기 시작했다. 대체 너는 왜 구영진과 친하게 지내? 하며. 그들은 마치 주하나와 구영진이 왕따를 계기로 친구가 되었다는 것을 모르는 사람처럼 굴었다.

걱정을 가장한 말들이 주하나의 주변으로 하나둘 모여들었다. 하지만 이상한 것은 따로 있었다. 주하나의 마음이었다. 그들의 관심이, 느슨해진 경계가 나쁘지 않았다. 그것을 친절함이라고 부를 수 있다면 아주 오랜만에 느껴보는 호의였다. 구영진과 여호수아 사이의 미묘한 기운을 느낄 때마다 솟는 질투심을 아이들의 입이 시원하게 긁어주는 것 같았다. 계절이 미끈거리고 축축한 여름으로 넘어가고 있었다. 계절이 변하듯 주하나의 마음도 그렇게 변해갔다.

어느 순간부터 주하나는 구영진을 과녁 삼는 것에 묘한 쾌감까지 느끼고 있었다. 그러면서 이제부터는 자신도 화살이 되고 싶다는 생각을 했다. 누군가 자신을 두려워해주면 좋겠다는 마음이 생겨났다. 잘 자고 일어난 아침처럼 느슨한 평온을 유지하고 싶었다. 그 상반된 감정이 하도 생경해서 주하나는 아이들 속에서도 곧잘 울적해졌다.

처음에는 구영진의 눈을 의식해 아이들과 비밀스럽게 어울렸다. 하지만 조금 지나자 그마저도 신경 쓰지 않게 되었다. 원래 거기, 그들에 속해 있던 사람처럼 굴었다. 그 때문일지도 몰랐다. 주하나는 필요 이상으로 구영진의 옆을 고집했다. 소문의 진실을 알고 있는 유일한 사람은 바로 자기 자신뿐이어야 했으므로. 백보훈과 구영진, 그거 진짜야? 하고 물으면 주하나는 그렇지 뭐, 하고 말을 얼버무리는 것으로 소문을 긍정했다. 주하나는 잘 알고 있었다. 소문의 진실은 애초부터 중요하지 않다는 것을. 백보훈과 구영진이 '그런' 곳은 과학실이었다가, 강당이었다가 이제는 음악실로 변했을 뿐이었다. 얼마 뒤 주하나의 귀에 살을 잔뜩 붙인 소문 하나가 들려왔다.

구영진이 임신했대.

신입생들의 침례식에 참석한 아이들은 구영진이, 구영진이, 하며 웅성거렸다. 성화고에서는 벌어질 수 없는 어마어마한 일이 아이들의 입과 입 사이에서 벌어지고 있었다. 몇 번이나 사실이 아니라고 말해야 했지만 주하나는 끝내 아무 말도 하지 않았다. 애써 자신의 마음을 외면했을 뿐이다.

주하나는 멀리 호숫가 입구를 바라봤다. 구영진이 자신을 보고 있었다. 주하나는 기다렸다는 듯 구영진에게 걸음을 옮겼다. 주하나는 구영진의 옆모습을, 눈에 띄게 불어난 배를 물끄러미 보았다. 그즈음 구영진이 살이 찐 것은 사실이었다. 특히 아랫배가 그랬다. 교단에서 금지한 음식을 엄청나게 먹은 탓이라 여겼지만 그게 전부처럼 보이지 않았다. 돌이켜보니 생리가 늦어진다고도, 가슴이 단단해지고 아프다는 이야기도 했던 것이 떠올랐다. 주하나는 호수 건너 아이들이 자신과 구영진을 힐끔거리는 것을 의식했다. 이상한 충동이 일었다. 너 그거 알아? 주하나가 구영진에게 다가서며 말을 걸었다.

뭐?

이 호수에 물뱀이 사는 거.

정말?

응. 예전에 들은 얘긴데 저기 바위 보이지? 거기서 임신한 여자 하나가 물에 빠져 죽으려고 했대. 종밀이 오는데 아이를 낳는 게 무섭다고 유서를 쓰고. 여자가 호수에 막 뛰어들려고 하는데 물에서 뱀이 스윽 헤엄쳐 오더니 발 앞에 똬리를 딱 틀더래. 그걸 본 여자가 죽는 걸 포기했대.

겨우 뱀 때문에?

어.

누구한테 들은 얘긴데?

몇 년 전 돌아가신 할머니한테.

구영진은 힘없이 고개를 끄덕였다.

근데 나는 뱀 때문에 그럴 수도 있다고 생각해. 성경에도 나와 있고.

뱀?

응. 성경에서 뱀은 무지의 경계를 뜻하거든. 인간에게 선과 악을 알려준 게 뱀이잖아.

그래서?

뱀이 여자에게 경고한 거지. 무거운 죄를 짓지 말라고.

구영진은 아무 말도 하지 않았다. 그저 가만히 고개를 끄덕였다. 그리고 잠시 뒤 이렇게 말했다.

무거운 죄가 뭔데? 임신한 거? 아니면 죽으려고 한 거?

응?

주하나는 아무것도 모른다는 표정으로 구영진의 얼굴을 봤다. 그의 얼굴에는 처음과는 다르게 웃음기가 사라지고 없었다.

할머니 얘기까지 듣고 보니 갑자기 궁금해지네.

뭐가?

동정녀 마리아가 남자 없이 혼자 임신했다는 거.

주하나는 빈정대는 구영진을 봤다. 그러자 구영진이 있잖아, 하고 호수 반대편을 가리켰다. 침례 순서를 기다리던 또 다른 아이가 막 물에 잠겼다 물 밖으로 나오는 순간이었다.

저기 저 건너편 아이들이 생각하기에 내 죄는 엄청 무겁겠다. 그치? 호수에 가라앉아서 다시 떠오르지 못할 만큼.

구영진은 침례식이 한창인 호수를 손으로 가리키며 큭큭 소리 나게 웃었다. 그러더니 가방에서 카스텔라 봉지를 꺼내 뜯었다. 카스텔라를 크게 한입 베어 문 구영진이 말을 이었다.

이제 너도 그쪽으로 기운 거냐?

응?

구영진은 주하나를 놀리듯 말했다.

농담이야.

무슨 그런 농담을 해. 나는 걱정돼서 하는 말이잖아. 너 지금 소문이 어떤 줄이나 알아?

구영진은 낄낄거리며 주하나와 호수 건너편 아이들을 번갈아 봤다. 그리고 이번에는 당혹감으로 벌게진 주하나의 목을 팔로 감싸안았다. 목에 닿는 팔의 온도가 낯설었다. 열이 있는 사람처럼 뜨거웠다. 주하나의 등에서 식은땀이 흘렀다.

주하나는 허둥거리며 구영진의 시선을 피했다. 이럴 때는 어떻게 해야 하냐? 너라면 알 것 같았는데, 하는 중얼거림이 흐릿하게 들려왔다. 그리고 깨달았다. 결국 자신이 온 힘을 다해 구영진을 할퀴었음을. 그런데 왜? 하는 물음에는 여호수아가 선명하게 떠올랐다. 온몸의 긴장이 풀어진 듯 다리가 휘청거렸다. 하지만 주하나는 끝까지 최선을 다해 구영진을 속이고 싶었다.

너 정말 괜찮은 거지?

무슨 뜻이야?

호수에 막 뛰어들고 그러는 거 아니지?

그러자 구영진은 비장한 느낌마저 드는 얼굴로 이렇게 말했다.

설마.

주하나는 불현듯 불길한 기분에 휩싸였지만 이럴 때일수록 싱거운 말로 재빨리 불길함을 헹궈내야 한다고 생각했다.

미안. 내 말은 아이들 얘기 너무 신경 쓰지 말라는 뜻이었어.

구영진은 주하나를 향해 힘없이 웃었다. 마치 지금까지 한 거짓말에 전부 속아주겠다고 말하는 것처럼. 깊은 눈망울 속에는 수치심과 서운함이 뒤엉켜 있었지만 구영진은 입으로 영 다른 말을 했다.

잔물결이 되게 반짝반짝하네. 우리 호수를 이렇게 자세히 본 적이 없었잖아. 그치?

그러네.

주하나와 구영진은 한동안 축축한 바람을 맞으며 침례식을 구경했다. 빛을 등지고 선 아이들이 물속에 잠겼다 떠오르는 것을 물끄러미 바라봤다.

너 먼저 내려가라. 나는 조금만 더 있다 갈게.

구영진은 그렇게 말했지만 여전히 할 말이 많은 사람의 얼굴이었다. 주하나는 잠시 멀뚱하게 서 있다 고개를 끄덕였다. 불길한 예감이 스쳤지만 머릿속에는 엉뚱한 그림이 떠오르고 있었다. 욕조에 출렁이는 물, 그 위에 떠 있는 노란색 러버덕. 아무리 물속에 처박아도 기어코 떠오르던 선명하고 끈질긴 오리 새끼. 구영진이 호수에 빠지는 일은 없을 거라고 주하나는 스스로를 안심시켰다. 잠시 뒤 그는 구영진만 남겨두고 산 아래로 걸음을 옮겼다. 어쩐지 눈가가 시큰거렸다.

그리고 그 일이 벌어졌다.

주하나가 소식을 들은 것은 기숙사에 도착하고 몇 시간이 흐른 뒤였다. 낮잠이 쏟아졌고, 잠깐 이상한 꿈을 꾸고 깨어나니 등이 축축했다. 감기몸살인지 온몸이 욱신거렸다.

구영진이 죽었대.

주하나는 갑작스러운 소리에 눈만 깜빡였다. 아직 잠에서 깨지 않았다고 생각했다. 아이들이 떠드는 소리가 계속해서 들려왔다.

구영진이 죽었대, 진짜 죽었대!

구영진이 자살을 시도했다고 했다. 구영진이 발견된 곳은 호수 근처 수풀 속이라고 했다. 교목의 등에 업혀서 병원으로 가는 것을 여러 아이들이 목격했다고, 교목의 등이 온통 피투성이였다는 내용이었다. 주하나는 코웃음을 쳤다. 잠에서 완전히 깰 때까지 절대 그럴 리가 없다고 확신했다. 불과 세 시간 전이었고, 그 시간은 주하나가 아주 잠깐 낮잠에 빠진 시간이었다.

이건 너무 비현실적이지 않은가. 카스텔라를 우적이던 구영진의 입이 떠올랐다. 주하나는 기도실 아이들의 웅성거림을 무시하고 공동 욕실로 향했다. 세수를 하고 싶어서였다. 하지만 일이 심각하게 돌아가고 있다는 불길함은 욕실을 나와서도 계속되었다. 기숙사의 심상치 않은 분위기 때문이었다. 사감인 윤도 구영진도 보이지 않았다. 잠시 뒤 기숙사 스피커에서 종교부장의 목소리가 들렸다.

1호실 2학년 구영진 학생에게 안타까운 사고가 있었습니다. 다들 무사를 비는 기도를 부탁드립니다.

주하나는 그대로 얼어붙었다. 삐, 하는 이명과 함께 목소리가 멀어졌다.

그러니까 죽은 게 맞다는 거야?

이게 무슨 일이야…….

다들 종교부장 말 들었지? 우선 기도부터 하자.

머리에 구멍이 뚫린 기분이었다. 어느 순간 정신을 차리고 보니 휘적휘적 팔과 다리가 저 혼자 움직여 1호실을 향하고 있었다. 주하나는 1호실 문을 벌컥 열었다.

영진이가 어떻게 됐는데요? 아니죠?

종교부장은 깊이 한숨을 내쉬었다. 그리고 주하나를 차갑게 노려봤다.

일이 이렇게 될 줄 몰랐어? 이단자들에게 이런 벌이 내릴 줄!

몸이 돌처럼 딱딱해지는 기분이었다. 눈두덩이 묵직해졌다. 주하나의 입에서 꺼억꺼억 참아서 꺾인 울음이 새어 나왔다. 그가 종교부장을 향해 악을 썼다.

진짜 죽었냐고! 대답이나 해!

입을 벌리고 말없이 서 있던 종교부장의 눈가에 비웃음이 맴돌았다.

지금 병원에 있어.

주하나는 종교부장의 얼굴을 매섭게 노려봤다.

마귀 짓을 하면 어떤 벌을 받는지 똑똑히 보여주고 싶어서 아이들한테는 말을 안 했을 뿐이야.

그 후 주하나가 종교부장에게 퍼부었던 말들은 다시 말로 옮기기 힘든 것이었다. 대부분은 처음 해본 말들이었다. 욕이라고 해야 할지, 저주라고 해야 할지 모를 것들을 내뱉고 주하나는 세차게 방문을 닫아버렸다. 아찔한 기분이 되어 기도실을 향해 몸을 돌리던 순간이었다.

퍽, 콰광!

기숙사 출입구 쪽에서 천둥소리 같은 굉음이 들렸다. 주하나는 놀라 제자리에 멈춰 섰다. 그건 다른 아이들도 마찬가지였다. 무엇인가 빠르고 단단한 것이 벽과 충돌해 산산조각 나는 소리였다. 기숙사 벽돌 한쪽이 무너져 있었다. 사고가 난 것 같았다.

이윽고 기숙사 문밖을 살피러 나간 아이 하나가 비명을 지르기 시작했다. 동시에 1호실 문이 열렸다. 종교부장이 주하나를 밀치고 기숙사 밖으로 뛰어갔다. 몇몇 사생들이 다급하게 그의 뒤를 따랐다. 다시 비명 소리가 들렸다.

악!

오토바이!

오토바이?

응.

사람이 쓰러졌어!

저거…… 백보훈 아니야?

백보훈, 백보훈 선배야!

어떡해!

사감 선생님! 아니 119! 119!

주하나의 귀에 백보훈이란 이름이 밀려왔다. 그는 넋이 나간 얼굴로 그 자리에 멈춰 섰다. 발걸음이 쉽게 떨어지지 않았다. 하지만 움직여야 했다. 밭은 숨을 내쉬며 아이들 무리를 헤치고 걸었다. 그 너머로 팔다리가 기묘하게 꺾인 사람이 널브러져 있었다. 반쯤 땅에 박힌 머리가, 머리 밑으로 고인 피 웅덩이가 보였다. 그 옆으로 낯익은 운동화 한 짝이 떨어져 있었다. 백보훈의 것이 틀림없었다.

사고가 왜, 어떻게 일어난 것인지는 알 수 없었다. 그러나 아이들은 몇 가지 단서로 사건의 경위를 추측했다. 백보훈이 과속을 했다는 것과 술을 마셨을지도 모른다는 것, 그리고 이 모든 사건의 시작에는 구영진의 사망 소식이 있었다는 거였다.

창문 밖에서 번쩍이던 앰뷸런스와 경찰차의 경광등이 어둠 속으로 사라졌다. 종교부장은 아이들이 동요하지 않도록 단속에 단속을 거듭했다. 주하나는 뻣뻣하게 굳은 몸을 이끌고 이불 속으로 숨어들었다. 그것 말고는 할 수 있는 게 아무것도 없었다. 들려오는 말소리들이 가슴을 옥죄었다. 조그맣고 둥근 성대를 떠난 아이들의 말들이 점점 더 몸집을 불렸다.

성화고 기숙사에서는 한 편의 드라마가 펼쳐지고 있었다. 드라마에서 구영진은 소돔과 고모라의 후예였다. 그의 죄는 쇠처럼 무겁고 칠흑처럼 어두워서 시시각각 모든 것을 삼킬 만큼 사악했다. 백보훈은 그의 어둠에 사로잡힌 희생자 중 하나였다. 희생자의 죄는 어둠을 사랑한 것, 그뿐이었다. 그런 백보훈이 죽어가고 있다. 안타까움과 슬픔, 가련함과 처량함은 모두 그의 역할이었다. 주하나는 관 속에 누워 살아 있는 자들의 이야기를 듣는 기분이었다. 거짓말에 소문이, 그 소문에 다시 거짓말이 더해지는 동안 몇몇 아이들은 뜬금없이 자신들의 무사함에 감사기도를 했다.

갑자기 벌컥 기도실 문이 열렸다. 누군가의 호들갑스러운 목소리가 들려왔다.

백보훈, 응급수술 들어간대요. 머리를 심각하게 다쳤다나 봐. 그런데…….

기도실 문을 연 아이는 잠시 말을 멈추고 심호흡을 했다. 놀랄 일이 더 있다는 뜻이었다.

백보훈이 갑자기 저렇게 된 게 아버지가 교회에서 파면 결정이 나서 그런 거래.

오 아버지! 주여!

종교부장은 탄식하며 물었다.

대체 그게 무슨 소리야?

구영진 말이 맞았나 봐요. 종말을 부인하고 그간 교회 돈을 몰래……. 교목실에 백보훈 이름으로 된 통장을 가져다 놓은 게 구영진이래.

충격으로 일그러진 종교부장은 몸을 부들부들 떨었다.

귀와 입을 씻고 우리 기도하자. 이 죄인들은 어떻게 용서를 받을까…….

탄성이 흐느낌으로 흐느낌이 다시 기도로 이어졌다. 공기가 더욱 무겁게 가라앉았다. 그때였다.

선배. 그런데 자살은 용서가 안 되는 거 아닌가요?

그러자 누군가 맞장구를 쳤다.

아무리 그래도 그건 절대로 구원될 수 없는 죄잖아요. 구영진을 위해 기도하는 건 좀 그렇지 않아요?

주하나의 심장이 터질 듯 뛰고 있었다. 목숨이 위태로운 사람에게 저런 말들을 지껄일 수 있다는 게 놀라웠다. 하지만 그보다 더 자신을 짓누르는 것은 통장이었다. 그 통장은 구영진이 교목실에 가져다 놓은 것이 아니었다. 주하나 자신이 한 일이었다. 그는 그저 알리고 싶었을 뿐이었다. 교회 안에 이단은 자신의 아버지 하나뿐이 아니라는 것을. 백보훈의 아버지도 종말을 부정했고, 그것을 숨기고 있었다는 것을. 썩고 문드러진 인간은 어디에나 존재한다는 것을.

구영진이 숨겨둔 통장을 손에 넣었을 때, 그는 망설이지 않았다. 교목실로 향하며 자신이 무엇을 하고 있는지 분명히 알고 있었다. 하지만 그 행동 뒤에 어떤 일이 벌어질지는 깊이 생각하지 않았다. 단지 불공평하게 느껴지는 모든 것에 대항하고 싶었다. 숨이 막혔다. 그저 화살이 되고 싶었다. 불공평하다고 느꼈던 모든 것을 겨냥해 작은 균열을 만들고 싶었을 뿐이었다. 하지만 그 균열이 이렇게까지 번질 줄은 알지 못했다. 주하나는 입술을 깨물었다. 손이 떨리고 있었다. 구영진이 숨겨둔 통장을 교목실에 가져다 놓은 건, 그러고도 구영진에게 말하지 않은 건 너무나 단순한 그 이유 때문이었다.

어떻게 이런 일들이 가능한가, 주하나는 느리게 몸을 일으켰다. 이층침대 주변을 둘러싼 커튼을 젖히고 바닥에 앉아 자살과 구원에 관해 논쟁을 벌이고 있는 아이들을 매섭게 노려봤다. 두 팔에는 이미 소름이 돋아 있었다.

야……. 이 미친것들아!

까맣고 단단한 눈동자들이 주하나를 올려다봤다. 너무 낯선

말이라 욕인지도 모르는 표정이었다.

너희처럼 추악하고 징그러운 존재들은 구원받을 수 있니? 그거 확실해?

주하나는 아이들을 하나씩 노려봤다. 그리고 종교부장의 서늘한 눈과 마주쳤다.

넌 왜 아닌 척해? 너도 우리를 비난할 입장은 아니지. 구영진이 어떤 애인지 네가 앞장서서 알려줬잖아. 그래놓고 왜 갑자기 구영진 편에 서?

자신을 바라보는 아이들과 눈이 마주칠 때마다 주하나는 몸에서 예민한 촉수가 돋아나는 느낌이었다. 종교부장의 말은 사실이었다. 순수함으로 위장한 눈들 속에, 사건을 잔인하게 요약하고 판정하던 눈들 속에 주하나 자신이 있었다. 방금 한 말들이 수치스러웠다. 그 순간이었다. 갑자기 주하나의 몸이 완강하게 왼쪽으로 기울어짐을 느꼈다. 온몸의 피가 왼쪽으로 소용돌이치는 것 같았다. 이층침대에 앉아 있는 자신의 눈앞으로 바닥이 훅, 하고 달려드는 느낌이었다.

쿵.

주하나는 바닥으로 고꾸라졌다. 그다음부터는 입에서 이상한 말들이 흘러나왔다.

땅이 흔들렸어. 너희들 지구가 자전하는 건 알지? 갈릴레이가 종교재판까지 받으면서…… 알려줬잖아……. 지구가 얼마나 빨리 도는지 아느냐고…….

몸이 뻣뻣하게 굳어가고 있었다. 팔과 다리가 이상한 모양으로 휘나 싶더니 곧 정신이 아득해졌다. 누군가 비명을 질렀고 누군가는 공포에 사로잡혀 울기 시작했다. 주하나는 새는 발음으로 무슨 뜻인지 모를 말들을 지껄였다.

지구가 너무 빨리 돌고 있는데…… 하나님이 정말 우릴 볼 수 있나?

경악으로 일그러진 아이들의 표정이 흐릿해졌다. 그 후로 주하나는 아무 소리도 들을 수 없었다. 온몸이 붉게 달아오르는 것 같았다. 참을 수 없는 구토가 몰려왔다. 와락, 목구멍에서 시큼하고 뜨거운 것이 쏟아졌다. 아이들이 또다시 비명을 지르며 주하나의 곁에서 멀어졌다.

11

구영진이 눈을 뜬 곳은 병원이었다. 그는 누운 채로 조금 전에 자신에게 일어났던 일들을 되짚어봤다. 졸다 깨어 부스스한 윤이 보호자 침대에 앉아 있었다.

영진아!

구영진은 아무 말도 하지 않고 두 눈을 깜빡였다.

무슨 일이 있었던 거니?

구영진은 침례식 참석을 위해 기숙사를 나섰던 것을 떠올렸다. 그날은 학교 옆 산 중턱에 있는 호수에서 신입생의 침례식이 예정된 날이었다.

드르륵.

구영진의 머릿속에 커터칼이 떠올랐다. 커터칼은 왜 챙겨서 나왔던가. 문득 그것이 눈에 보였고, 잠깐 주하나가 떠올랐고, 또다시 아, 인터뷰, 하며 주머니에 커터칼을 넣었다.

그다음은 인터뷰만 생각했다. 〈증인들〉에 싣기로 한 인터뷰. 인터뷰어는 여호수아의 아버지인 교목이었다. 한낮이라면 조금 더울 수 있겠지만 야외에 나가기 나쁘지 않은 날씨였다. 교복 치마의 지퍼를 올리던 구영진은 문득 치마가 너무 조인다는 생각을 했지만 그냥 기숙사를 나섰다. 학교 뒷산을 오르며 이따금씩 주머니 속에 든 커터칼로 드르륵, 드르륵, 하는 소리를 냈다.

드르륵.

호수를 향해 산으로 오르는 길, 백보훈이 쭈뼛거리며 자신의 뒤를 따랐다. 눈이 마주치자 그가 힘없이 미소를 지어 보였다. 어딘지 긴장한 얼굴이었다. 입술에 힘을 준 채 자꾸만 어색하게 웃었다. 바로 얼마 전까지 달콤한 미래를 속삭이던 얼굴이 아니었다. 백보훈이 말했다.

귀걸이 일은 미안해.

아냐.

그런데, 하고 백보훈은 잠시 말을 멈췄다. 잘못한 일을 감추고 있는 사람처럼 어딘지 불안해 보였다.

통장을 돌려줬으면 해서.

통장? 왜?

아버지가 교단에서 파면됐어.

백보훈은 고개를 숙인 채 아무 말도 하지 않았다.

혹시 내가 통장 얘기를 해서 그렇게 된 거야? 그건 절대 아니야. 내가 그 얘기를 하긴 했지만 내 말을 믿는 사람은 아무도 없었어.

거짓말.

정말 아니라니까! 일부러 그런 것도 아니었어. 나도 모르게 그만…….

그런데 왜! 통장이 왜 여호수아 아버지 손에서 나와?

뭐라고?

통장을 교목이 가지고 있다고.

그럴 리가……. 통장은…… 통장은, 하던 구영진의 머릿속에 주하나가 스쳐 갔다. 교목실 청소를 담당하는 주하나의 얼굴이. 그리고 어렴풋이 자신이 통장을 가지고 있다는 걸 말했던 게 기억났다. 설마, 설마, 설마, 구영진의 마음이 바싹 타들어갔다.

여호수아의 아버지가 교단에 그걸 알렸어. 증거로 통장도 제출했고. 아무리 그래도 그렇게까지 하면 안 되는 거였어.

더는 할 말이 없었다. 통장이 여호수아 아버지의 손에 들어갔다면 루트는 간단했다. 구영진은 주머니 속의 커터칼을 만지작거렸다.

드르륵.

백보훈이 중얼거렸다.

결국 내가 모든 걸 망쳤어. 우리 가족도, 너도, 내 미래도. 못난 걸 인정하는 건 생각보다 쉬운 거 같아. 내가 다 미안해.

구영진은 심장이 발끝으로 내려앉는 기분이었다. 기억들이 뿌리째 뽑혀 거대한 회오리 속으로 빨려들어가는 것 같았다. 그기 했던 반짝이던 말들이 순식간에 붕, 하고 괴, 했다. 싸늘하게 식은 그의 얼굴을 보며 구영진은 순간순간 숨쉬기를 멈췄다. 백보훈이 힘없이 구영진으로부터 멀어져갔다.

드르륵, 드르륵.

구영진의 시야에 닿은 모든 것이 흐릿하게 맺혔다 사라졌다. 호수로 향하며 구영진은 흐르는 눈물을 손등으로 닦아냈다. 그리고 주하나를 찾았다. 찾아서 묻고 싶었다. 아니라는 이야기를 듣고 싶었다. 그러지 않으면 지금이라도 호수에 뛰어들지도 몰랐다.

다행히 호숫가에는 주하나가 먼저 도착해 있었다. 주하나는 아이들에게 둘러싸여 있었다. 밝은 표정으로 아이들과 이야기를 나누는 모습이 낯설었다. 손으로 가려진 입, 뭔가를 은밀히 전하는 입, 즐거움으로 크게 벌어지는 입이 보였다. 원래 자신의 자리를 찾은 듯 주하나는 자연스럽게 입꼬리를 올렸다. 개가? 어머? 정말? 어떻게? 하는 단어들이 공기 속으로 날아왔다. 그들은 누군가를 미워하는 것으로 무료함을 견디는 것처럼 보였다.

구영진은 호수 입구의 나무에 등을 기댔다. 무엇에라도 기대지 않으면 안 될 것 같았다. 참으려고 했는데 또다시 굵은 눈물방울이 후드득 떨어졌다. 얼른 눈물을 훔쳤다. 멀리서 주하나가 다가오고 있었다.

어디 갔었어? 기숙사에 없길래 먼저 올라왔지.

나 물어볼 게 있어.

뭔데?

너 나한테 해야 할 말 없어?

해야 할 말?

주하나는 고개를 갸웃하며 아니, 하고 가볍게 대답했다. 구영진은 그런 주하나를 보며 문득 그가 자신의 고통과는 한 발짝 멀어진 사람처럼 느꼈다. 그의 거짓말은 눈빛 하나로 너무 쉽게 드러났다. 다급하게 표정을 감추려는 말들이 낯설었다. 이제는 주하나의 그런 모습을 자주 보게 될 것 같다는 예감에 가슴이 욱신거렸다. 두 사람이 보낸 한 시절 역시 시시하게 끝나는 느낌이었다. 구영진은 더 묻지 않고 멍하게 침례받는 아이들을 바라봤다.

드르륵, 드르륵, 드르륵.

그랬는지도 몰랐다. 주하나가 꺼낸 이야기는 느닷없고도 이상했다. 호수에 사는 뱀 이야기였다. 뱀과 임신한 여자, 그 여자와 원죄, 원죄와 성경, 그리고 그가 물었다.

너 정말 그래?

'정말'이 알고 싶은 건지, '그래?'가 알고 싶은 건지. 구영진은 어떤 대답을 해야 할지 몰라 잠시 고민했다. 어설픈 연애를 하다가 임신했다는 거? 아니면 임신을 해서 둘 사이가 끝났다는 거? 그것도 아니면……. 구영진이 되물었다.

너야말로 정말 그래?

뭘?

나한테 더 할 말이 없냐고.

주하나는 다시 한번 시침을 뗐다. 그 말을 듣자 구영진의 입안에 침샘이 폭발이라도 한 것처럼 혀뿌리가 맹렬하게 음식을 갈망했다. 그는 들고 있던 카스텔라 한 움큼을 뜯었다. 새어 나오는 침을 막듯 빵 덩어리를 입속에 쑤셔 넣었다. 구영진은 자신도 모르게 소리쳤다.

너야말로 정말 그러냐고!

그리고 남은 카스텔라를 한입에 밀어 넣었다. 주하나는 구영진의 우걱거리는 모습을 가만히 지켜보다 아무 말도 없이 호숫가를 떠났다. 구영진은 떠나는 주하나의 뒷모습을 오래 바라봤다.

드르륵, 드르륵, 드르륵.

구영진은 한동안 그렇게 서 있었다. 호수 위로 까맣게 모여드는 날파리를 봤다. 날파리 떼처럼 흘깃거리는 눈빛이, 노골적인 뒷담이, 구영진의 눈과 귀를 맴도는 것이 소름이 돋을 만큼 징그러웠다. 머릿속이 어지러웠다. 그러다 다리가 저절로 움직였다. 비틀거리며 걷다 보니 낯선 오솔길이었다.

나무들이 우거진 숲 방향. 그곳은 길이 아니었고 허리 높이로 자란 덤불이 빼곡히 들어찬 곳이었다. 구영진은 자신이 왜 그 길로 향했는지 알지 못했다. 하지만 한눈에 보기에도 그곳은 비극과 아주 잘 어울리는 공간이었다. 길에서 충분히 멀어진 깊이. 시간이 한참 흘러 해가 사라진다면 아무도 자신을 찾을 수 없을 거였다.

그는 천천히 가방을 내려놓고 작은 수건을 꺼내 풀 위에 깔았다. 그 위에 앉아 깊은 숨을 내쉬었다. 그리고 조그맣게 중얼거렸다.

진실이 언니…….

평소 같았으면 최진실이 나타났을 것이다. 드라마 속 장면의 누군가로 구영진의 곁에 앉아 웃으며 또 왜? 하고 물었을 것이다. 구영진이 슬플 때마다 그가 곁에 있었으니까. 하지만 이상한 일이었다. 오늘은 그를 불러도 아무런 답이 없었다. 주변에는 나뭇잎이 흔들리는 소리와 낮게 깔린 어둠뿐이었다. 최후에는 혼자 남겨질 거라는 사실이 점점 더 명확해졌다. 구영진은 멍하게 앉아 있다가 가방에서 카세트를 꺼냈다. 플레이 버튼을 누르자 〈Forever〉가 흘러나왔다. 가장 좋아했던 곡이었지만 이상하게도 아무런 감흥이 없었다.

구영진은 조용히 커터칼을 꺼내 들었다. 몇 번인가 멜로디에 맞춰 드르륵, 드르륵 하고 커터칼 소리를 냈다. 자신의 손목을 가만히 내려다봤다. 푸른 핏줄에 좁고 얕게 맥이 뛰고 있었다. 구영진은 자신의 손목 위에 커터 날을 가져갔다. 충동적으로 손에 힘을 주었다. 생각보다 얕은 선이 생겨났다. 선 위로 선홍빛 피가 방울방울 맺혔다. 조금 더 깊이 파고들어볼까? 조금 더 치명적인 상처를 내볼까? 그러기 위해 구영진은 오른손에 힘을 실었다. 높이 치켜올린 칼날을 왼쪽 손목을 향해 빠르게 그었다. 저릿하고 뜨거운 통증이 손목 깊숙이 파고들었다.

그 이후의 기억은 흑백필름처럼 빛과 어둠으로 나뉘었다. 어둠 속 누군가의 고함, 늦은 오후의 빛 아래 흰색 와이셔츠, 그 전체를 붉게 물들인 피. 어둠 속 비릿한 냄새, 거친 숨소리, 온몸을 뒤흔드는 진동. 동아리 활동 중이던 학생 무리 사이를 가로질러 구영진을 업은 교목이 어딘가로 달리고 있었다. 곧이어 앰뷸런스 소리가, 사람들의 웅성거림이 웅웅거렸다. 사라진 잔상들이 구영진의 머릿속에 머물렀다. 구영진에 관한 소문은 다시 급물살을 타기 시작했다.

구영진이, 구영진이…….

꿈에서 완전히 빠져나오지 못한 얼굴로 구영진은 병원 천장을 응시했다. 자신이 끝내 살아 있다는 걸 자각했을 때는 자리에서 일어나 비명을 지르고 싶었다. 그는 자신이 망가졌다고 느꼈고, 회복할 수 없다고 생각했고, 그러니 제발 종말이 오길 바랐다. 그다음 버텨야 할 세상은 상상만으로도 끔찍했다. 윤이 깨어나 울고 있는 구영진을 조용히 불렀다.

대체, 왜 말을 안 한 거니?

구영진은 윤의 말에 조용히 고개를 돌렸다. 많은 것이 함축된 말이었다.

그런 말도 안 되는 소문을 듣고도 왜 아무 말을 안 한 거냐고! 임신한 거 아니잖아. 왜 말을 안 했어!

다시 생각해보니 윤이 말하는 건 하나도 중요하지 않았다. 세상이 끝나버렸는데 그게 무슨 소용이란 말인가. 하지만 이상한 일이었다. 세상이 끝났는데 배가 고팠다. 어디선가 음식 냄새가 풍겨왔다. 구영진의 입속에 침이 고였다. 참을 수 없는 허기가 밀려왔다.

이모 밥 줘.

윤이 식은 죽을 가져다주었다. 미지근한 죽을 삼키며 구영진은 생각했다. 언제부터였을까. 백보훈이 변한 건 언제부터였을까. 그에게 첫 경험을 허락한 날로부터 얼마나 지난 시점이었을까. 마치 새로운 대륙을 발견한 사람처럼 틈만 나면 서로의 몸을 더듬던 것이 아른거렸다. 그 사이사이 깨질 것이 두려웠던 그의 맹세와 다짐들도. 그리고 구영진의 배가 부풀어 오르기 시작한 것이다. 배는 분명 비어 있었으나 소문은 그런 거였다. 두려움과 불안은 멀쩡한 사람의 배를 부풀어 오르게 했다. 아직도 자신의 뱃속 어딘가에 그 소문이 남아 있는 것만 같았다.

윤은 소문이 그저 소문이었음을 확인하고는 그것을 주님의 은혜라고 일축했다. 하지만 정작 주님의 은혜를 입은 쪽의 생각은 달랐다. 구영진은 하나님이 성질이 못된 남자친구 같다고 생각했다. 부탁할 때, 간청할 때, 정확한 목적이 있을 때만 사랑을 주다가 불행한 일이 닥칠 때는 모든 잘못을 온전히 상대방의 몫으로 돌려놓는. 구영진의 몸에 바늘 굵기만 한 구멍들이 뚫리는 기분이었다. 풍선의 바람이 새듯, 자신을 채우던 것들이 천천하고 지루한 속도로 빠져나가는 것 같았다.

윤은 기숙사 사감으로서 어쩔 수 없는 조치라고 했다. 수면제를 먹고 잠이 들고, 다시 약을 챙겨 먹고, 아물지 않은 상처를 들춰 보는 구영진에게 그는 엄중한 표정으로 말했다.

이 시간 이후로 백보훈을 만나지 마.

구영진은 가만히 고개를 끄덕였다. 아무래도 상관없었다. 백보훈도 주하나도 더는 가 닿을 수 없을 정도로 멀어진 것 같았다.

윤은 단호하게 덧붙였다.

그리고 너는 이 학교를 떠나야 할 거야.

윤의 얼굴에 짙은 그늘이 내려앉았다.

형부가 오기로 했어. 짐은 정리해서 따로 보낼게.

윤은 병실을 나가려다 말고 구영진을 돌아봤다. 그리고 말했다.

넌 아마 끝까지 모를 거야. 너 때문에 내가 뭘 잃게 되었는지.

윤의 눈가에 눈물이 고여 있었다. 영영 복구되지 않는 것이 그에게도 있는 듯 보였다.

이모, 미안해.

윤은 가만히 고개를 저었다. 더는 아무 말도 하지 말라는 뜻이었다.

구영진이 끊긴 신경을 잇고 상처를 봉합하고 윤의 절연 선언을 듣고 있는 사이, 성화고에 퍼진 소문은 내장을 드러낸 채 속수무책으로 썩고 있었다. 구영진이 병원으로 실려 간 지 겨우 하루가 지난 시점이었다.

이 모든 비극의 공통분모는 구영진의 임신이었다. 구영진은 이미 성화고에서 벌어진 일련의 비극적 사건의 알파와 오메가가 되어 있었다. 소문의 뿌리는 피투성이의 구영진이 교목의 등에 업혀 응급실로 향했다는 단순한 사실이었다. 유난히 창백했던 구영진의 얼굴을 기억해낸 누군가가 구영진의 뒷모습에 '과다출혈'과 '위태로운 목숨'이라는 구체적인 상태를 덧붙였다. '위태한 목숨'은 '이미 끊어진 숨'으로, '이미 끊어진 숨은' '시체 안치실'이 되었다.

백보훈의 사고가 있기 전, 그는 어머니의 손에 이끌려 도시 외곽에 위치한 기도원으로 향하고 있었다. 구영진과 백보훈 사이의 적나라한 소문과 가족의 몰락은 이제 수습 불가의 영역에 이르렀다. 종말론에 의심을 품은 아들을 기도로 치유한다는 핑계를 댔지만, 그곳의 실체는 감금에 가까운 생활로 악명이 높은 곳이었다.

구영진의 사망 루머를 들은 것은 백보훈이 기도원에 막 도착했을 때였다. 학교를 떠나기 전 여호수아와 주먹다짐한 일이 계속 마음에 걸렸다. 두 사람이 멱살을 잡고 싸운 이유는 각자의 아버지 때문이었다. 오랜 친분이 있던 두 사람이 결국 서로를 배신하면서 그 감정의 불씨가 두 아들에게까지 번졌던 것이다. 백보훈이 기도원 입소 전 사과 전화를 했는데, 수화기 너머의 여호수아가 다짜고짜 소리를 질렀다.

지금 어딨어? 구영진에게 일이 생겼어!

여호수아는 구영진이 피투성이가 되어 병원으로 실려 갔다고 했다. 아직 확인된 바는 없다고 말했지만 백보훈의 귀는 이미 아무 소리도 듣지 못했다. 그는 망치로 머리를 얻어맞은 사람처럼 잠시 공중전화 부스에 서 있었다. 그리고 다급하게 이곳저곳에 수소문했다. 구영진이 실려 간 병원을 알아냈고 가까스로 보호자로 가 있던 윤과 통화가 이루어졌다.

누구세요?

수화기 너머로 윤 사감의 목소리가 들렸다. 백보훈은 머뭇거렸다. 윤에게 사실을 밝힐 수 없던 그는 자신도 모르게 여호수아라고 거짓말을 했다. 수화기 너머로 침묵이 흐르다 윤이 소리쳤다.

내가 경고했지!

영진이, 영진이 괜찮아요?

백보훈의 명치끝에서는 불덩이가 타고 있는 것 같았다.

그렇게 들쑤시고 다니더니 이렇게 되니까 속이 시원하니? 그래?

영진이 괜찮냐고요?

죽었어! 죽었다고!

네?

걘 죽었으니까 제발 아무것도 하지 말고 그냥 네 아빠 말이나 들어!

백보훈의 이마 한가운데 구멍이 뻥 뚫리는 것 같았다. 그는 흐느껴 울며 소리쳤다.

정말…… 정말 죽었어요?

하지만 수화기 너머로는 숨소리만 들릴 뿐이었다. 백보훈은 계속해서 물었다. 곧 뚜, 뚜, 뚜, 하는 통화 종료음만 들려왔다. 백보훈은 그 자리에 주저앉았다. 그의 어머니가 달려왔다. 넋이 나가 쓰러져 있는 백보훈을 부축했다.

왜 그래?

어머니의 물음에 백보훈은 구영진이 죽었대! 구영진이 죽었대! 윤 사감이……, 하는 말만 되풀이했다. 그 뒤로는 아무 말도 할 수 없었다. 속수무책으로 울음이 터져 나왔기 때문이다.

눈물로 흐려지는 백보훈의 눈에 멀리 시동이 걸린 오토바이 한 대가 보였다. 그는 뭔가에 홀린 듯 자리에서 일어났다. 비척비척 오토바이를 향해 달렸다. 어머니가 말릴 새도 없이 오토바이에 올라탄 그가 액셀러레이터를 당겼다. 백보훈을 부르는 소리가 등 뒤에서 멀어졌다.

눈물 때문에 길이 자꾸만 끊겨 보였다. 백보훈은 활시위를 떠난 화살처럼 속력을 높였다. 종말이 오토바이 뒤를 바짝 뒤쫓고 있었다. 잠잠하던 바람이 조금씩 거세지고 있었다. 바람에 몸을 맡긴 나무들이 쉴 새 없이 흔들렸다. 어둑한 밤을 머금은 나무는 검은 실루엣을 드리우며 휘어지다 멈추기를 반복했다.

목적지를 정할 수가 없었다. 정신이 혼미했다. 구영진이 죽었다는 말을 들은 순간부터 그는 길을 잃었다.

어디로 가야 하지?

백보훈은 갈피를 잡지 못했다. 그는 그저 차로 왔던 길들을 되짚으며 핸들을 틀었다. 그러나 이상한 일이었다. 성화고에 들어서 그가 향한 길은 이상하게도 기도동산이었다. 그 사실을 깨닫고 난 뒤에도 그는 핸들을 꺾지 않았다. 그러고 보니 어렴풋이 종말의 의미를 알 것 같았다. 고통을 고통으로 잊는 것. 잠시 후 마음속에 기이한 평화가 깃들었다. 나답게 살다가 나답게 종말하는 것. 어떻게 종말하는 것이 나다운 종말인지는 알 수 없지만 그런 게 있다면 그건 지금이 아닐까, 하는 충동이 그의 머릿속에서 점점 더 명료해졌다.

12

장마가 시작되었다. 백보훈의 사고가 있은 지 일주일이 지났다. 그에게는 뇌사 판정이 내려졌다. 빗속에서 매일 특별기도회가 열렸다. 성화고 아이들은 새벽과 점심시간, 방과 후에도 자주 빈번하게 어디서든 손을 모으고 눈을 감았다. 매일 밤 기도동산에서는 남자 사생들의 울부짖는 소리가 들려왔다. 친구를 잃기 직전인 아이들의 비난과 비탄, 저주가 뒤섞인 고함 소리가 새벽의 적막을 깨뜨렸다. 기도회에서 몇 번이나 실신을 한 백보훈의 어머니는 지푸라기를 잡듯 아무에게나 기대어 방언기도를 했다.

학교의 공식적인 발표가 있을 때까지 주하나에게는 근신 처분이 내려졌다. 주하나는 한동안 기도실 침대 속에 틀어박혀 있었다. 쥐약을 손에 쥔 채 가만히 누워 있기만 했다. 그것 말고 할 수 있는 건 아무것도 없었다. 무기력에 팔과 다리가 단단하게 묶여 있었다. 무서웠다. 돌이킬 수 있는 게 아무것도 없다는 사실이 그랬다. 구영진이 퇴원했다는 소식이 들려왔지만 그게 끝이었다. 구영진은 이미 퇴학 처리가 되었고, 그가 어디로 갔는지는 알 길이 없었다.

잠이 오지 않았다. 어둠 속에서 눈을 깜빡이며 시간이 얼른 지나기만을 기다렸다. 그런 날들이 이어지던 어느 새벽이었다.

나와! 나오라고!

창밖이 소란했다. 소리가 들리는 쪽은 사감인 윤이 머물고 있는 사택 쪽이었다. 누군가 그 앞에서 악을 쓰고 있었다. 쉰 목소리의 울부짖음 때문에 고요하던 새벽 공기가 날카롭게 찢기는 느낌이었다. 어둠 속에 누워 있던 주하나는 그 목소리를 단번에 알아봤다. 여호수아였다.

윤 사감! 나와! 나오라고!

주하나는 조용히 몸을 일으켰다. 기도실을 나가 난간에 섰다. 그리고 담 너머 어둠 속 움직임을 응시했다. 사택 문 앞에서 여호수아가 비틀거리며 소리치고 있었다.

윤 사감!

갈라지고 쉰 소리가 그의 목에서 새어 나왔다. 그는 닫혀 있는 철문을 발로 차기 시작했다.

야!

느닷없는 소리에 하나둘 불이 켜졌다. 잠시 뒤 얇은 카디건을 걸친 윤이 밖으로 나왔다. 자다 깬 윤과 퉁퉁 부은 눈의 여호수아가 잠시 서로를 봤다.

여호수아?

짐승처럼 거친 숨을 몰아쉬는 여호수아의 얼굴에 땀인지 눈물인지 모를 것들이 흘러내리고 있었다.

이게 무슨 짓이니?

말해봐!

뭘?

왜 그랬어?

그게 무슨 소리야?

백보훈이 병원에 전화했을 때 왜 그랬어! 당신이 그랬다며! 구영진이 죽었다고!

여호수아는 윤의 어깨를 거칠게 붙잡았다. 그 힘에 윤이 무너지듯 옆으로 넘어졌다. 윤이 매서운 눈빛으로 여호수아의 팔을 뿌리쳤다. 그러자 이번에는 여호수아가 윤의 멱살을 잡았다. 매달려 바동거리던 윤 역시 필사적으로 여호수아의 손목을 붙잡았다. 곧이어 윤이 바닥에 내동댕이쳐졌다. 그제야 그 광경을 보던 아이들 중 몇몇이 여호수아를 윤에게서 떼어놓았다.

왜, 왜 그랬냐고 묻잖아!

윤이 그를 매섭게 노려보자 여호수아의 절규가 이어졌다.

구영진이 죽었다고 그랬다며! 당신이!

그가 더 크게 악을 썼다. 윤은 부들부들 떨고 있는 여호수아의 얼굴을 찬찬히 들여다보더니 뭔가 잘못된 것이 생각난 듯 그에게 되물었다.

병원에 전화한 사람이 누군데?

백보훈! 백보훈이 병원에 전화했을 때 당신이 그랬다며! 구영진이 죽었다고!

전화는…… 네가 했잖아. 여호수아 네가……. 네가 전화한 게 아니었어?

사실대로 말해줬어야지! 안 죽었다고 말해줬어야지!

백보훈이 전화를? 어떻게? 백보훈 엄마가 기도원에 데려갈 거라고 했어……. 영진이가 전학 간 다음에 돌아올 거라고 했는……데. 그리고 분명히…….

선배 사고, 당신이 그렇게 말해서 난 거잖아!

너 지금 그 말, 틀림없어?

당신이 한 거짓말을 듣자마자 오토바이를 훔쳐 타고 달린 거라고!

윤은 넋이 나간 표정으로 여호수아를 올려다봤다. 그의 표정이 절망으로 일그러졌다. 윤이 혼잣말인 듯 중얼거렸다.

그러니까…… 나한테 전화한 게 네가 아니라 백보훈이란 소리지?

그래! 왜 그랬어!

윤은 한동안 넋이 나간 듯 서 있다 소리쳤다.

모르겠어? 너희 넷이 자초한 거잖아! 몰려다니면서 더러운 소문거리를 만들면서!

당신이 거짓말만 하지 않았어도…….

아니야. 백보훈을 저렇게 만든 긴 너희 셋이잖아. 구영진, 주하나 그리고 너. 용서를 빌어야 하는 건 내가 아니라 너희들이지!

여호수아는 윤의 어깨 어딘가를 노려보다가 주저앉아 엉엉 소리 내 울기 시작했다.

당신! 당신이 왜 그랬는지 내가 맞춰볼까?

윤은 사택으로 돌아서던 걸음을 멈췄다.

백보훈이 나인 줄 알고 그렇게 말한 거잖아! 당신 비밀이 들통날까 봐.

윤의 얼굴이 얼음처럼 굳어졌다.

당신이 한 더러운 짓을 아무도 모른다고 생각했지? 당신 친구였던 우리 엄마에게…… 당신이 한 짓을!

그때였다. 짝, 하고 따귀 때리는 소리가 새벽 공기를 갈랐다. 윤이 발걸음을 옮겨 여호수아의 뺨을 때렸다. 그의 고개가 돌아갔다. 웅덩이처럼 짙은 윤의 그림자가 두 사람 사이에 무겁게 드리워졌다.

잘 알지도 못하면서 아무렇게나 지껄이지 마. 나는 잘못한 게 없어.

윤은 단호하게 말하고 다시 사택을 향해 돌아섰다. 윤의 등에 대고 여호수아가 소리쳤다.

우리 아버지랑 바람난 게 들킬까 봐 그런 거잖아. 내가 구영진이랑 당신들처럼 엮이게 될까 봐. 그게 두려워서!

두 사람을 지켜보던 무리 사이에서 낮은 탄성이 흘러나왔다.

아니야? 그것 때문이잖아! 우리 엄마랑 나한테 그런 몹쓸 짓을 했으니까 나랑 구영진이 함께 어울려 다니는 게 싫었던 거잖아. 내가 구영진을 좋아하는 줄 알고. 날 멀리 떨어지게 하려고. 왜? 족보가 엉킬까 봐 걱정됐어?

두 사람의 대화를 지켜보던 주하나의 심장이 요동치기 시작했다. 그제야 그의 머릿속에 기도동산에서 봤던 두 사람의 그림자가 명확하게 떠올랐다. 십자가 앞에 서서 입을 맞추던 두 사람의 얼굴이 어둠 속에서 서서히 선명해졌다. 교목과 그림자. 아무것도 더는 지켜볼 자신이 없었다. 주하나는 질끈 눈을 감았다. 모든 것이 기이했다. 그 밤, 여호수아의 절규가 오래도록 이어졌다.

이런 게 하나님의 뜻이야? 무슨 뜻이 이런데? 도대체 어떻게 신이 이따위인데!

그의 목소리가 주하나의 귓가에 윙윙 울렸다.

*

구영진 학생이 이단적인 것을 글로 쓴 사실이 있니?

교목이 물었고 주하나가 대답했다.

네.

직접 본 적이 있니?

네.

구영진이 '오늘의 유서'를 주동했니?

네.

백보훈은 이단적인 것을 담은 글을 쓴 사실이 있니?

아니요.

그럼, 여호수아는?

없어요.

주하나의 귓가에 또 윙, 하고 이명이 일었다.

결과적으로 이 모든 걸 끌어안고 추락한 사람은 구영진이었다. 주하나는 모든 것을 그에게 떠넘기는 것으로써 타락했다. 교목이 주하나에게 이제 교목실을 나가도 좋다는 뜻으로 고개를 끄덕였다. 주하나는 멍한 얼굴로 교목실을 빠져나왔다. 복도는 불이 환하게 밝혀져 있는데도 왠지 어둑한 느낌이 가시지 않았다. 교목실 앞 의자에 여호수아가 앉아 있었다. 두 사람은 한참을 말없이 앉아 있었다. 이상하게 눈물이 나지 않아서 눈을 깜빡이는데 교목실 입구에 걸린 문구가 눈시울을 뜨겁게 만들었다.

> 너의 하나님 여호와께서 너희를 위하여 이 나라에 행하신 일을 너희가 다 보았거니와.
>
> —「여호수아」 23장 3절

주하나는 바랐다. 자신의 배신을 지켜본 신이 앞으로도 인간의 일에 끝까지 무감했으면 좋겠다고. 이윽고 머리끝에서부터 치미는 혐오에 몸서리가 쳐졌다.

지겨워.

주하나는 조그맣게 중얼거렸다.

뭐가?

사는 거.

모든 것들이 너무 생경해서 앉아서 꿈을 꾸는 것 같았다. 목과 어깨가 뻣뻣했다. 여호수아가 사진 한 장을 꺼내 주하나에게 건넸다. 호숫가를 배경으로 네 사람이 환하게 웃고 있는 사진이었다.

호수야, 나 요즘에 자주 꾸는 꿈이 있어.

뭔데?

기도실 아이들을 죽이는 꿈.

그래?

근데 웃긴 게 뭐냐 하면 악몽에서 깨어나 제일 먼저 한 일이 그 애들의 얼굴을 손으로 만져보는 거였어.

왜?

혹시 걔네들이 진짜 죽었을까 봐.

여호수아는 말없이 고개를 끄덕였다.

나도 비슷한 꿈을 꾼 적 있어.

그래?

응. 나 이제 그만둘 거다.

뭘?

학교.

왜?

하나님이 부담스러워.

주하나의 눈에서 눈물이 터져 나왔다. 울면서도 정확히 왜 우는지 알 수 없었다. 백보훈의 사고로 인한 충격 때문인지, 스스로 손목을 그은 구영진에게 느끼는 상실의 마음 때문인지. 그것도 아니면 믿음이 협박처럼 쓰이는 이 세계를 떠나겠다는 여호수아 때문인지. 다만 하나는 확신했다. 십일조처럼 각자 조금씩 자신의 불행을 떼어 서로에게 떠넘겼다는 것. 주하나는 그 어떤 것도 더는 믿지 않기로 했다. 누구에게도 미래 같은 것을 함부로 위탁하지 않기로 마음먹었다. 여호수아가 말없이 자리에서 일어섰다. 휘적휘적 복도를 빠져나가는 그의 뒷모습을 주하나는 오래 지켜봤다.

백보훈은 끝내 땅속에 묻혔다. 그간 그가 써온 '오늘의 유서'로 유언은 충분했다. 백보훈의 장례식에 구영진과 여호수아의 모습은 보이지 않았다. 장례식이 끝난 뒤, 동아리 〈증인들〉은 해체됐다. 교내 질서를 어지럽히고 이단성이 짙은 글을 배포한 것이 사유였다. 미완으로 남은 '오늘의 유서' 원고들은 학교에 압수되었다가 행방이 묘연해졌다.

교목이 사퇴하고 얼마 지나지 않아 여호수아가 전학을 갔다. 주하나는 투명인간처럼 1년을 더 버텼다. 냉소와 비관은 생각보다 익숙해지기 쉬운 습관이었다. 2001년 성화고의 졸업식은 주하나와 구영진, 백보훈과 여호수아 없이 치러졌다. 졸업 후 주하나는 구영진을 의식적으로 잊었다. 2008년 악성 루머에 시달리던 최진실이 자살했다는 뉴스를 보며 잠깐 구영진을 떠올렸을 뿐이다.

13

성화고의 사감, 윤이 죽었다. 그토록 믿었던 2012년 12월 21일의 종말을 두 달 앞둔 시점이었다. 구영진의 서른 살 생일이기도 했다. 윤은 공증재림의 증인에서 운영하는 여수의 작은 기도원에서 숨을 거뒀다. 사인은 단순 병사였다. 그곳에서 걸려 온 전화가 아니었다면 구영진은 윤의 죽음을 모르고 지날 수도 있었다.

기도원 원장은 자신이 윤과 함께 지내던 사람임을 밝혔다. 그가 구영진에게 윤과의 관계를 물었고 구영진은 겨우 이모라고 답했다. 그러자 기도원 원장은 구영진과 통화하기 전에 거쳤던 두 사람에 관해 이야기했다. 맨 처음 통화가 된 사람은 구영진의 외삼촌이었고 다른 하나는 구영진의 아버지였다. 두 사람 다 기도원에서 시신을 처리하는 것에 동의했다. 외삼촌은 외국에 거주해 당장은 올 수가 없다고 했고, 아버지 역시 피치 못할 사정이 있었다. 그러면서 알려준 것이 구영진의 번호였다. 아무래도 그 애는 제 이모와 비밀을 공유했던 사이라고 했다는 것이다. 전화나 한번 해보라고. 틀린 말은 아니었다.

윤은 안치실 냉장고 안에서 나왔다. 그가 죽은 뒤 사흘이나 지난 시점이었다. 구영진은 똑바로 눈을 뜨고 그를 내려다봤다. 윤의 휑한 정수리가 유난히 추워 보였다. 고집스럽게 다물고 있던 입이 느슨하게 열려 있었다. 윤과 겪었던 수많은 일들이 볼품없이 작고 초라하게 쪼그라든 느낌이었다.

발레 이모.

구영진은 윤 앞으로 한 발 더 가까이 다가섰다. 하얀 시트 밑으로 앙상하게 말라붙은 노인의 몸이 보였다. 구영진은 손을 뻗어 윤의 이마를 더듬었다. 생전 처음 느껴보는 서늘함이 손끝에 맺혔다. 기도원 원장은 그간 윤의 행적에 대해 몇 가지를 이야기했다. 결과적으로 윤은 끝내 성화고에서 환영받지 못한 사람이 되었다. 결혼도 하지 않고 무급으로 기숙사를 지키며 아이들을 돌보다 끝내는 믿었던 종말에도, 구원에도 이르지 못한 사람이 되었다. 한 사람의 끝이 이렇게 시시해도 되는 걸까? 구영진의 눈두덩으로 묵직한 슬픔이 몰려왔다. 하지만 구영진은 안도했다. 그래도 윤에게 간직할 비밀이 있어서 다행이라는, 촛불 같은 기억 때문이었다.

윤의 비밀은 사랑에 관한 것이었다. 구영진이 그 일에 대해 알게 된 것은 성화고에 있던 두 번째 봄이었다. 밤이었고, 미지근한 바람이 나뭇가지를 흔들었고, 밤에 우는 새가 울고 있었다. 구영진이 기숙사로 들어가다 문득 검은 그림자 하나를 봤다. 어둠 속에서 머뭇거리던 것을 응시하고 있는데, 그것이 휙 하고 기숙사 옆 사택으로 들어갔다. 문이 열려 있었고 겨우 어둠을 가시게 한 불빛이 있었다. 호기심이 일었다. 이 밤에 윤이 머무는 사택으로 들어간 그림자라니. 구영진은 조심스럽게 사택으로 다가갔다.

열린 창문 틈으로 두 사람의 모습이 보였다. 두 사람이 입을 맞추고 있었다. 다급한 손길과 어설픈 몸놀림. 하지만 그 서툶 속에서 서로를 향한 달금한 마음이 느껴졌다. 입술이 닿았다 떨어지는 사이, 숨결을 주고받는 그 사이사이의 표정이 그랬다. 구영진은 윤이 진짜 발레를 하고 있다는 생각을 했다.

쁠리에,

를르베,

앙트르샤,

삐에루트.

구영진은 윤의 몸에 그런 다채로운 동작이 있다는 것을 처음 깨달았다. 결혼 같은 건 하지 않겠다던 사람을, 하나님 말고는 그 누구도 자신의 마음에 없다던 사람을, 저토록 간곡한 얼굴로 만들다니. 윤을 만지는 남자의 눈과 코와 입이 흐릿한 불빛 아래 천천히 하나로 이어졌다. 구영진이 놀라 창에서 한 걸음 물러섰다. 아는 얼굴이었다. 게다가 그 모습은 뒤늦게 어렸을 적 영 엉뚱한 기억과도 하나로 이어졌다. 구영진이 자기도 모르게 중얼거렸다.

호텔 로비……, 레슨, 기본 자세.

그는 여호수아의 아버지이자 성화고의 교목이었다.

분명히 그였다. 그때는 몰랐지만 지금의 구영진은 알았다. 그가 윤의 친구 남편이자 성화고의 교목이고, 여호수아의 아버지라는 걸. 구영진은 그제야 여호수아의 눈빛이 이해됐다. 자신을 향해 정말 모르는 거야? 아니면 모르는 척하는 거야? 했던.

구영진은 마음속으로 그래도, 그래도, 하고 생각했다. 그래도 이모가 있어서 다행이라고. 그때를 그렇게까지 비참하게 생각하지 않을 수 있었던 이유는 바로 윤 덕분이라고. 부모가 자식에게 겨우 밥과 옷을 대주는 것으로 죄책감을 덜어내려 할 때, 인생이나 사랑 따위의 거창한 말로 아이를 속이려고 할 때, 그를 챙기던 윤의 마음은 무엇이었을까. 구영진의 마음을 아프게 한 것은 그것이었다. 고단한 일들을 감당하면서도 때때로 그것으로부터의 구원을 바라던 눈빛. 구영진은 이제는 사라지고 없는 그 눈빛을 오래 회상했다.

불 속으로 들어갔던 윤이 작은 항아리에 들어갔다. 아직 식지 않은 항아리가 따뜻했다. 항아리를 나무 상자에 담았다. 기도원 원장이 근처 수목원으로 그를 안내했다. 심은 지 얼마 되지 않아 보이는 나무에 윤의 뼛가루를 뿌렸다. 피로가 몰려왔다. 어서 집으로 돌아가 잠을 좀 자야겠다는 생각을 하고 있는데 기도원 원장이 보자기로 잘 싸인 상자를 건넸다.

이게 뭐예요?

말씀드렸지요? 이모님이 특별히 남긴 게 있다고. 자세한 건 몰라요. 자매님이 되게 애지중지하신 것밖에는. 물어보니 조카에게 돌려줘야 하는 물건이라고 했던 게 생각나서요.

상자 속에는 낡은 원고가 들어 있었다. 빛이 바랜 두툼한 종이들이 어딘지 낯설지 않은 크기와 두께를 가졌다. 그 위에 적힌 이니셜들이 구영진의 시선을 붙잡았다. 그는 한눈에 그것을 알아보았다. 오래전 〈증인들〉의 '오늘의 유서'였다. 주하나와 여호수아, 백보훈의 이니셜이 적혀 있는.

벌써 11년이 지난 이름들이었다. 그들 중 누가 어떻게 지냈느냐고 묻는다면 구영진은 구영진답게 명랑한 느낌의 약물 이름들을 댈 작정이다. 졸피뎀과 알프라졸람 그리고 설트랄린.

그러고는 너무 심각하지 않은 얼굴로 여러 가지 일을 하며 씩씩하게 약값을 벌고 있다고 말하고 싶었다. 아직은 자기주도식 종말을 포기하지 않았다고. 최근에는 의사의 권유로 발레를 시작했다고.

물론 세상의 많은 것들이 한없이 무의미해서 얼른 끝나길 바란 적도 있었다. 성화고를 빠져나온 뒤, 살아 있다는 사실이 실패한 것처럼 느껴졌고, 실패했으니 허무함이라는 벌을 받는 거라고 생각했다. 그는 상처가 선명한 손목을 자주 내려다봤다. 잠금장치가 고장 난 아파트 옥상이나 시커먼 강 한가운데를 오랫동안 떠올렸다. 그러다 우연히 종말과 가까워진 적이 있었다.

퇴근길이었다. 횡단보도를 건너던 중 후진하던 차에 부딪쳤다. 엉덩방아를 찧으며 바닥으로 넘어졌다. 별로 아프지 않았다. 바닥에 잠시 앉아 있다가 옷을 털고 일어섰다. 앰뷸런스가 도착해 병원으로 이동하는 동안에도 구영진은 차창 너머로 보이는 거리의 풍경을 봤다. 병원에 도착해 진료 순서를 기다리며 잠시 의자에 기대어 눈을 감았는데 그게 마지막이었다.

눈을 떴을 때는 한 달이 지나 있었다. 새벽이었다. 6인용 병실에서 그는 홀로 깨어났다. 가장 먼저 본 것은 자신의 벗은 몸이었다. 미라처럼 말라붙은 가슴과 팔다리. 구영진은 그 몸이 자기 것이라는 사실이 낯설게 느껴졌다. 대체 몸 안에서 무슨 일이 벌어졌던 건가. 자신은 전혀 알지 못했고, 관여하지도 못했다는 사실이 새삼스럽게 놀라웠다. 어쩐지 자신이 몸을 비운 시간 동안, 몸이 저 혼자 남아 자신을 기다려준 것 같았다. 그러다 문득 구영진은 스스로에게 물었다.

무의미하면 사라져야 하는 걸까?

살아 있음이 실패처럼 여겨지던 과거의 시간들이 전과는 다른 것으로 보였다. 오히려 그 좌절들이 쌓여 지금의 자신을 여기까지 데려왔다는 사실이 선명해졌다.

기도원 원장이 구영진의 등을 토닥이며 물었다.

근데, 무슨 유서들이 이렇게나 많아요?

구영진은 희미하게 미소를 지어 보였다. 동시에 막연하게 그리웠다. 주하나가, 여호수아가 그리고 백보훈이. 구영진은 주하나의 얼굴을 떠올렸다. 시간이 흐르면서 잊힌 줄 알았던 기억들이 다시금 선명해졌다. 어쩌면 그 애는 아직도 허무함 속에서 고통받고 있을지 모른다는 생각이 들었다. 그렇다면 간절히 말해주고 싶은 것이 있었다. 그 마음은 어쩌면 스스로를 위한 것인지도 몰랐다. 종말을 향해 나아가면서도 한없이 맑고 밝았던 자신을 되찾고 싶은 것인지도. 이상하고도 질긴 의지였다. 구영진은 유골이 뿌려진 작은 나무를 내려다봤다. 싱그러운 잎사귀에 물방울이 맺혀 있었다.

집으로 돌아온 구영진은 윤이 남긴 '오늘의 유서'를 하나하나

펼쳐 봤다. 나의 종말은 다음과 같을 것, 하는 문장에 구영진의 시선이 멈췄다. 주하나의 손글씨가 꾹꾹 눌러 적힌 페이지였다. 종이 위에 묵직한 눈물방울이 떨어졌다. 잉크가 번져 종말이라는 단어가 흐릿해졌다.

구영진은 12월 21일 자 신문 부고란에 그가 가지고 있던 첫 번째 '오늘의 유서'를 남겼다.

> 1999년 7월 20일, 오늘의 유서 by H
>
> 내내 아껴두었던 초콜릿 상자를 열 것. 사랑하는 사람을 만날 것. 첫 사과나무를 심어보고, 다른 사람을 위해 아낌없이 나를 쓸 것. 가장 하찮은 것의 소중함에 대해 생각할 것. 너에게 건네는 최후의 한마디는 사랑해. 농축되어 짧고 간결한 작별 메시지를 친구들에게 전할 것.
>
> —구영진이 주하나에게

이제 구영진은 약값과 신문 부고란의 게재료를 벌기 위해 바쁘게 움직였다. 매달 21일, 부고란에 실릴 '오늘의 유서'들을 그는 여러 번 고민해서 정했다. 유서 속 문장들을 음미하며 고통과 희망이 교차했던 어떤 날들을 회상했다. 조그맣게 반짝이는 것들을 발견했고, 그것으로 조금씩 앞으로 나아갔다.

매달 21일 부고란에는 '오늘의 유서'가 실렸다. 처음에는 주하나가 금방 알아차리고 연락을 줄 것이라고 믿었다. 새로운 유서를 준비하는 구영진의 손길은 조심스럽고도 간절했다. 하지만 시간이 흐르고도 아무런 소식이 없었다. 그렇게 7년이 지나자 그의 이름은 신문사에서 익숙한 존재가 되어 있었다. 매달 같은 날 부고란에 실리는 '오늘의 유서'를 두고 사람들 사이에서는 온갖 추측이 떠돌았다. 어떤 이는 그를 단순히 편집증적인 미친 사람이라고 여겼고, 또 어떤 이는 과거에 갇혀 살아가는 불쌍한 인간으로 여겼다. 매달 21일에 '오늘의 유서'를 애독한다는 독자까지 생겨났다. 그러나 구영진은 그런 시선에는 관심이 없었다. 문제는 이제 신문에 실을 '오늘의 유서'가 얼마 남지 않았다는 사실이었다. 그의 손에 남은 유서는 손가락으로 꼽을 수 있을 만큼 줄어들었다. 마음이 초조했다.

그럼에도 불구하고 그것을 멈출 생각은 없었다. 구영진은 마지막까지 계속할 작정이었다. 그 유서들은 자신이 여전히 살아 있음을 증명하는 일이었고, 그 증명이 끝나기 전에 그는 주하나를 꼭 만나고 싶었다.

14

2012년 12월 20일 목요일, 그러니까 종말 전날 주하나는 우연히 여호수아를 다시 만났다. 고등학교를 졸업한 지 10년이 훌쩍 지나 있었고, 두 사람은 이제 서른 살이 되었지만 둘 사이에는 아직 구영진이라는 미제(未濟)가 남아 있었다.

성화고 졸업 이후 주하나는 교단 사람과는 연락을 끊고 살았다. 어머니와 아버지 소식을 들은 것도 꽤 오래전이었다. 퇴근길에 여호수아를 만난 것이 꿈이 아닌가 싶을 정도였다. 두 사람은 우연히 마주쳤지만 그냥 헤어지는 것이 더 어색한 사이였다. 주하나와 여호수아는 가까운 술집에 자리를 잡았다. 마주 앉아 처음 꺼낸 이야기가 구영진의 안부였다.

오늘이 종말 이브네.

그러네.

구영진 소식은?

글쎄.

서로의 회사가 근처였지만 한 번도 마주치지 않았다는 것에 신기해했던 것도 잠시, 주하나와 여호수아의 대화는 자주 어색하게 끊겼다. 어색해서 술을 마신 건지, 술을 마셔도 어색함이 가시지 않은 건지 헛갈렸다. 때문에 공중재림의 증인이 종말을 몇 시간 앞둔 그날, 둘은 첫 만남에서 잔뜩 취해버렸다.

이미 알고 있던 사실이었지만 만취한 여호수아는 자신이 더 이상 공중재림의 증인이 아니라는 사실을 고백했다. 원래 여호수아였던 이름을 여호수로 개명했다고 했다. 하지만 그는 까맣게 잊은 듯했다. 고등학교 시절 주하나는 그를 여호수아, 하고 부르는 대신 호수, 라고 불렀다는 사실을. 여호수아는 그간 신을 떠나 스스로 일군 생존의 노력들을 읊어댔다.

시내가 한눈에 내려다보이는 주상복합아파트가 있었으면 좋겠어서. 나와는 모든 게 정반대인 똑똑한 아내도. 운이 좋으면 귀여운 아이도 있고 말이야. 나는 매일 정해진 시간에 일어나서 회사에 가. 그러면 지금보다 훨씬 덜 나쁜 생각을 하면서 살 수 있을 것 같아.

지금은 안전하지 않아?

주식시장이 엉망이야. 이제 날 안전하게 만드는 건 주님이 아니라 주식이거든.

주하나는 가만히 고개를 끄덕였다.

아무튼 나 지금 분 단위로 그래프 보면서 주식 한다. 피가 말라. 그때 버튼을 누르느냐 못 누르느냐에 따라 내 주상복합아파트의 운명이 달라지니까.

그럼 네 운명은?

아파트에 비하면 내 운명은 하찮지.

와. 너 정말 많이 변했구나.

변해야지. 죽을 때까지 은행의 노예로 살 순 없어. 지옥이 따로 없다니까. 그러는 너는 어때?

나도 마찬가지지. 적어도 서른이 되면 작은 방 한 칸은 있을 줄 알았어. 조금 더 욕심을 낸다면 작은 서재 정도?

주하나는 그렇게 말했다. 월세 계약이 끝나가던 차였고, 집은 아직 구하지 못한 상태인 데다, 일산에서 강남으로의 출퇴근이 지긋지긋하다는 말은 한숨으로 대신했다. 돌이켜보니 하나하나가 다 위태로워서 인생의 단계별 커트라인을 간신히 턱걸이로 버티고 있는 기분이었다. 주하나는 붉게 달아오른 얼굴로 술잔을 드는 그를 가만히 응시했다. 그늘진 얼굴의 여호수아가 잔을 비우며 말했다.

우리 오늘도 종말이 안 오면 서로 보증이라도 서줄까?

주하나는 여호수아의 엉뚱한 물음에 풉, 하고 웃음을 터뜨렸다.

서로 살아 있을 때까지 보증을 서주는 거야. 그냥 확 같이 살아버리는 건 어때? 죽으면 장례도 좀 치러주고.

까짓거! 아이도 낳아버리고?

주하나는 그의 말에 장단을 맞췄다. 여호수아가 술 한 병 더 시킬까? 하는 간단한 질문처럼 너무나 가볍게 그럼 언제부터 같이 살래? 하고 물었다. 주하나는 그의 눈을 멍하게 바라봤다.

응?

너 출퇴근하기 힘들다며.

여호수아가 아무렇지도 않게 말했기 때문일까, 주하나는 자기도 모르게 고개를 끄덕였다.

그래. 확 그래버리자.

여호수아가 카운트다운을 제안했다. 주하나는 그가 내미는 손을 맞잡았다. 그리고 술집에 걸려 있는 벽시계를 함께 봤다. 종말 15초 전이었다.

오.

사.

삼.

이.

일!

여호수아는 뭔가를 결심한 듯 탁, 하고 자리에서 일어섰다. 그렇게 보증도 서주고 장례도 치러주자던 두 사람은 결국 서로의 빈자리를 메우듯 한 침대에서 아침을 맞이했다. 마치 오래 전 끝내지 못한 이야기를 잇기라도 하듯 서로의 체온에 기대어 숨결을 나눴다. 모두 종말이 오지 않았기 때문이다.

세상은 곧 종말에 이를 것처럼 끔찍한 일들이 넘쳐났다. 구원 따위는 없었다. 생때같은 아이들이 산 채로 바다에 가라앉았는데 누구에게도 책임을 물을 수 없는 잔인한 나날이 이어졌다. 따지고 보면 교통사고인데 뭘 더 어쩌란 말인가 하는 소리를, 경제를 살려야 하는 중요한 이 시기에 작작들 좀 하라는 빈정거림이 날마다 빠르고 신속하게 생중계되었다. 누구도 요약할 수 없는 사건의 전말은 날이 갈수록 질이 나빠졌고 급기야는 온 세상이 정신병에 걸린 것 같았다. 빚과 생활고에 시달리던 세 모녀가 스스로 목숨을 끊는 일이, 땅콩 한 알로 하늘을 시끄럽게 만든 능력자가 등장하는 일이, 묵시록의 예언처럼 공공연하게 벌어졌다.

주하나와 여호수아는 종말로부터 완벽히 생존했고, 생존에 합당한 구원을 찾으려 노력했다. 주하나는 평생 자신을 구원할 사랑이라 여겼던 여호수아 대신 웹소설 피디라는 직업에서 구원의 단초를 찾기 시작했다. 하지만 구원을 바랄수록 스토리는 비루해져갔다. 잘 팔리는 웹소설 속에서 인생은 가장 돌이키기 쉬운 것이었다. 망한 삶도, 지나가버린 시간도, 심지어 죽은 애인도 살아 돌아왔다.

그래서 무엇이 되돌리고 싶었냐 하면 딱히 그런 것은 없었다. 사람들에게 환생과 타임슬립, 금지된 로맨스와 해피엔딩을 팔면서 정작 주하나는 철저히 현실적인 사람이 되어갔다. 얼마의 생활비를 유지하면서 남는 돈으로 호수와 여행을 다녔던 것도 현실적인 판단의 연장선이었다. 여호수아의 삶이 안정적인 방향으로 나아갈수록, 주하나는 즉흥적이고 충동적인 것으로 그와 함께 사는 것에 균형을 맞췄다. 그것이 관계를 만족시킨다고 자위했다.

여호수아는 부동산 투자에 집착했다. 그것이 성공하자 다음에는 그 돈을 몽땅 가상의 세계로 가져갔다. 스스로를 양 떼라 칭하며 코인 선지자들이 일러주는 항목에 족족 돈을 입금했다. 여호수아는 근거 없는 희망에 중독되어갔다. 그렇게 7년의 시간이 주하나와 여호수아 사이를 바쁘게, 어처구니없이, 뭐라고 말하기에 애매한 실적을 남기고 흘러갔다.

서른일곱을 지나던 해 봄이었다. 주하나는 여호수아가 잠시 바람 비슷한 것을 피웠다는 것을 알게 되었다. 서로가 몸을 만지고, 그것에 반응하고, 무엇인가를 속삭였던 순간들은 화석처럼 딱딱하게 굳은 지 오래였다. 여호수아는 그 일을 스스로 고백해왔다. 관계를 정리하자는 것인지, 새로 시작해보자는 것인지 헷갈렸다. 한참 동안 말이 없던 그는 길고 까다로운 회의를 마친 사람의 표정으로 제안을 했다. 결혼을 하자는 거였다. 주하나는 선뜻 그러자는 대답을 하지 못했다.

며칠 뒤 여호수아는 회사 근처 작은 레스토랑으로 주하나를 불러냈다. 무릎을 꿇더니 반지 상자를 내밀었다. 코스로 나오는 저녁 식사를 하며 두 사람은 미래에 대해 이야기했다. 아무런 감정이 일지 않았다. 이상하게 속이 더부룩했다. 집으로 돌아와서는 소화제를 두 알이나 먹었다.

하지만 이상했다. 그 이후로 주하나는 무언가 치밀어오를 때마다 지난날 여호수아의 외도를 핑계로 욕을 하고 소리를 질렀다. 여호수아는 의욕적으로 그것들을 감당했다. 꼬박꼬박 사과를 하고 재활용 쓰레기를 버렸다. 유통기한이 얼마 남지 않은 우유와 라면을 혼자 먹어치웠다. 주하나는 종종 그런 여호수아의 모습을 멍하게 바라보다 방으로 들어갔다. 그냥 이대로 조용히 사라지고 싶다는, 사는 게 지겹다는 생각을 자주 했다.

그리고 진짜 종말이라는 단어가 절로 떠오르는 사건이 벌어졌다. 코로나19가 전 세계를 덮친 것이다. 이번에는 진짜 종말이 올 것 같았다. 종말에 대한 심증은 실시간으로 어디서나 확인할 수 있었다.

주하나와 여호수아의 이별은 팬데믹으로 잠시 미뤄졌다. 한 종교 단체에서 코로나19 1번 환자가 발생했다는 보도가 연일 뉴스 헤드라인을 장식했다. 1번의 동선이 낱낱이 공개되었고 그의 동선 안에 있던 사람들이 병균처럼 다뤄졌다. 주하나 역시 어떤 기미를 느끼면 벌떡 일어나 체온을 쟀고 기준치의 체온이 넘으면 두려움에 떨며 해열제를 삼켰다. 어처구니없지만 체온이 세상의 선과 악의 기준이 되었다.

주하나와 여호수아는 서로의 눈을 피하기 위해 마스크 속에 숨었다. 한 명이 거실을 점령하면 다른 한 명은 방에서 나오지 않았고, 한 명이 식탁을 차지하고 있으면 또 한 명은 빵 봉지를 들고 서재로 들어가는 식이었다. 때문에 여호수아가 전화를 걸어오는 일은 매우 드문 일이었다. 핸드폰 화면에 뜬 그의 이름에 불길한 예감이 머리를 스쳤다. 여호수아는 방금 코로나19 양성 판정을 받았다고 했다. 같은 공간에 머물렀으니 빨리 검사를 받아보는 게 좋을 것 같다고 했다. 전화를 끊으며 일이 이렇게 되어 미안하다고 말하는 목소리가 다급하면서도 침울했다. 머릿속이 하얘졌다. 사태가 좀 나아지나 싶었는데 이번에는 변이바이러스가 퍼지고 있던 때였다. 주하나는 회사에 연락을 했다. 상황을 설명하고 재택근무를 하기로 했다.

태국에서 열리는 콘퍼런스 참가 제안을 받은 건 자가격리가 끝난 뒤였다. 콘퍼런스는 '웹콘텐츠 산업의 미래'라는 다소 장황한 주제였다. 점심시간에 청국장집으로 주하나를 불러낸 팀장은 세계적인 팬데믹 사태를 계기로 급격히 나빠진 회사 사정에 대해 오래 얘기했다.

내용인즉슨, 회사는 시내 한복판 빌딩에서 도시 외곽으로 이사할 예정이며 종당에는 '기획팀'도 게임 파트와 통합될 것이라고 했다. 이 모든 사태를 '슈퍼 전파자'를 탓하며 팀장은 어느새 밥 한 공기를 다 비웠다. 하지만 남일 같던 이야기는 거기까지였다. 그가 곧이어 주하나가 졸업한 성화고를 언급했기 때문이다.

성화고가 '슈퍼 전파자'의 종교와 연결되는 것은 간단했다. 사이비라는 공통점이 있었기 때문이다. 종교에 관한 편견이 전혀 없다고 밝힌 팀장은 주하나에 대해 퍼지고 있는 공공연한 소문을 '여론'이라고 칭했다. 그는 주하나로 인해 예상 가능한 파국의 시나리오를 이어갔다. 주하나는 자신도 모르는 사이 종교적 이유로 조직 문화에 위협이 되는 사람이 되어 있었다.

그러면서도 결론은 영 엉뚱했다. 아직은 '처자식 먹여 살릴 일이 없는' 주하나에게 다른 사람들을 위해 희생양이 되어달라는 이야기였다. 주하나는 장황한 설명의 끝이 너무 허탈해 팀장을 물끄러미 봤다. 그 빤한 눈이 민망했는지 팀장은 다급하게 콘퍼런스의 목적지가 영화 〈더 비치〉의 촬영지와 가깝다는 점을 강조했다.

어쩌면 그 때문이었는지도 몰랐다. 주하나는 문득 돌아가신 할머니의 말이 떠올랐다.

하나야, 세상에서 제일 어려운 게 뭔지 아니?

지구 종말 15분 전, 세상에서 제일 어려운 건 죽는 거라고 했던 말이 머릿속을 스쳤다. 그러자 팀장의 제안이 별다른 저항 없이 받아들여졌다. 나중에 안 사실이지만 코로나19 정점에 출장을 제안받은 사람들은 퇴사 그 자체로 문제가 될 소지가 있는, 일명 '처치'가 필요한 사람들이었다. 자의 반 타의 반 주하나는 지금의 상황을 조금 덜 비극적으로 받아들이기로 마음먹었다. 주하나는 집으로 오는 길에 커다란 여행용 트렁크를 샀다.

목적지는 피피섬이었다. 여호수아 없이 혼자 해외에 나간 것은 처음이었다. 출장이 끝나고 사표를 내는 것으로 팀장과는 말을 맞췄다. 한겨울의 서울을 떠나 한여름의 태국에 도착하기까지 모든 것이 쫓기듯 다급하게 처리됐다.

해변 가까이에 있는 호텔은 작고 아름다웠다. 주하나는 곧장 방으로 향했다. 커튼을 걷고 침대에 누워 창밖을 바라봤다. 발목 높이의 풀이 가득한 공원이 보였다. 아니, 공원이라기보다는 온통 초록으로 뒤덮인 언덕처럼 보였다. 바람이 불 때마다 수풀 사이로 무언가가 드러났다. 자세히 보니 작은 십자가들이었다. 풀의 키보다 작고 낮은 십자가들이 언덕 곳곳에 숨어 있었다. 주하나는 마스크도 벗지 않은 채 그것을 응시했다. 희미한 기억 속에서 성화고의 기도동산이 떠올랐다. 그는 창밖이 어두워질 때까지 그대로 눈을 감고 있다가 잠들었다.

다음 날, 주하나는 해변 카페에서 한 남자를 만났다. 느슨한 눈매의 남자는 로달람비치에 몇 달째 머무는 중이라고 했다. 스노클링에 빠져 몇 달을 머문 이유를 '바닷속에서는 마스크를 쓸 필요가 없기 때문'이라고 밝혔다.

남자는 매력적이었다. 밝고 유쾌했으며 아무것도 숨기는 것이 없는 사람처럼 투명했다. 그 얼굴이 어딘지 낯설지 않다는 생각을 하는데 불쑥 그가 주하나의 이름을 물었다. 주하나는 우물쭈물하다가 무심코 이렇게 대답했다.

영진이요. 구영진.

주하나는 어색하게 웃으며 구영진의 흐릿한 얼굴을 떠올렸다. 구영진이라면, 그 애라면. 피피섬에서는 많은 사람들이 밴을 개조해 캠핑카처럼 사용한다는 남자의 말을 들으며 주하나는 구영진을 생각했다.

이름을 구영진이라고 소개한 주하나는 남자와 함께 시간을 보냈다. 그가 영진 씨, 하고 자신을 부를 때마다 알 수 없이 가슴이 뛰었다. 평소라면 엄두도 못 낼 일이었다. 모르는 남자를 따라나서고, 그가 머무는 밴을 구경하고, 시원한 맥주를 나눠 마시는 일. 하지만 구영진의 이름을 훔쳐 어떤 선을 넘기까지 고작 네 시간이 걸렸다. 네 시간이라는 건 물리적인 기준이고 실은 구영진이라고 대답한 순간부터 주하나는 쾌활하고 과감하고 자유로운 사람이 되어 있었다.

모르는 남자의 말에, 그의 숨결과 손길에 주하나는 거침없이 반응했다. 소파에서, 작은 간이침대에서, 밴의 좁은 바닥에서. 호수에게는 한 번도 허락하지 않았던 방식으로 그와 관계를 가졌다. 끝까지 가고 싶다는, 스스로를 넘어서고 싶다는 욕망이 밭은 숨으로 터져 나왔다. 섹스를 끝낸 다음에는 그와 나란히 누워 창밖을 바라봤다. 붉은 석양이 차오르고 있었다. 남자가 벗어놓았던 옷을 입으며 말했다.

산책 갈래요?

산책이요?

그냥 산책이 아니에요.

어디로 가는데요?

아주 멋진 곳을 알아요.

곧 어두워질 텐데.

거기는 지금이 제일 예쁘거든요. 마침 영진 씨 호텔 앞이기도 하고.

남자는 주하나에게 의미심장한 눈빛을 보냈다. 빙글거리는 표정이 된 그는 바다보다 더 아름다운 뷰를 가진 곳이거든요, 하며 콧노래를 했다.

남자의 말은 사실이었다. 호텔 앞 공원에 들어서자 무릎 높이의 풀들이 바람에 흔들리고 있었다. 주하나는 곧 그 공원이 호텔 방에서 봤던 풍경임을 알아차렸다. 바람 속 긴 풀들이 작게 솟은 십자가를 부드럽게 쥐었다가 놓았다. 주하나는 그 사이사이에 몸을 포개고 누운 사람들과 노을을 응시하는 사람들을 바라봤다. 낮은 목소리들이 조곤조곤 평화로운 소음을 만들어냈다. 남자가 속삭였다.

너무 좋죠?

아름답네요.

잠깐만요.

주머니에서 핸드폰을 꺼낸 그가 음악을 플레이 했다. 가사를 잘 보라며 주하나에게 핸드폰을 건넸다.

> 내 삶의 겨울은 너무 빨리 찾아왔지.
> The winter of my life came so fast.
> 어린 시절로 돌아간 기억들,
> Memories go back to childhood.
> 여전히 나는 기억하고 있어.
> The days I still recall.

손으로 돌을 매만지던 주하나의 손길이 멈칫 돌에 새겨진 희미한 글자에 닿았다. 그제야 주하나는 자신이 앉아 있는 것이 단순한 돌이 아니라 묘비라는 것을 알아차렸다. 주하나는 무의식적으로 자세를 바로 했다.

주하나는 여호수아를 구원이라고 믿었던 때를 떠올렸다. 그의 말과 행동이, 때로는 그가 보여주는 작은 온기가 자신을 어딘가로 데려다줄 거라 생각했던 순간들이었다. 하지만 시간이 흐르면서 깨달았다. 그는 주하나를 구원하지 못했고, 자신 역시 그에게 구원이 될 수 없다는 것을.

출장을 마치고 집으로 돌아온 주하나는 여호수아에게 10년 동안의 동거 생활을 끝내자고 말했다. 여호수아는 잠깐 주하나의 얼굴을 말끄러미 들여다봤다. 주하나는 그의 눈을 응시하며 낯선 남자와 밤을 보낸 일을 모두 털어놓았다.

*

며칠 전에 메시지를 보낸 뉴스타임입니다.

스팸치고는 흥미로운 문자였다. 언뜻 뻔한 수작처럼 보여 무시했는데 메시지 끝에 달린 이름이 눈길을 잡았다.

구영진.

주하나는 이름을 작게 중얼거렸고 흠칫 놀라 안경을 썼다. 다시 한번 메시지를 확인했다. 분명히 구영진 님 관련 용건, 이라고 적혀 있었다.

메시지 이후 전화가 다시 걸려 온 것은 여호수아의 집에서 이사한 지 일주일째 되던 날이었다. 주하나는 사표를 내고 미처 마무리하지 못한 작가의 프로모션 기획서를 고치는 중이었다. 무리를 해서라도 이번 프로모션을 받아놔야 퇴직금 외 팀장이 약속한 보너스를 챙길 수 있을 거란 계산 때문이었다.

주하나 씨 되시나요?

네.

메시지를 남겼던 뉴스타임 기자입니다. 메시지를 확인 못 하신 것 같아 전화드렸습니다.

아. 네. 메시지를 보긴 했는데, 제가 구영진 씨와는…….

주하나는 자기도 모르게 말끝을 흐렸다.

구영진 씨가 가족이 아니신가요?

네. 아닙니다. 고등학교 동창입니다.

이어 기자는 이상하다는 투로 정말 그렇습니까, 했고 주하나는 전화를 끊겠다는 의미로 가족이 아닙니다, 하고 한 번 더 잘라 말했다.

혹시 저희 신문 부고란을 보신 적이 있으신가요?

네? 부고라니요?

구영진 씨의 부고요.

구영진이 죽었나요?

그게 아니라. 그게 벌써 7년이나 돼서요.

뭐가요?

구영진 씨가 매달 21일 '오늘의 유서'라는 걸 게재하고 계신데, 주하나 씨 이름이 늘 등장하거든요.

기자는 구영진의 사연을 취재 중이라고 밝혔다. '오늘의 유서'에 대한 독자들의 문의가 많아서라고 했다. 구영진과 관련된 사람들의 연락처를 찾는데 애를 먹었고, 겨우 성화고 졸업생인 주하나의 연락처를 알아냈다고 했다. 기자는 인터뷰에 응해줬으면 좋겠다는 말을 덧붙이며 이렇게 말했다.

〈세상에 이런 일이〉 느낌 아시잖아요. 지금 신문사에 문의가 장난 아니거든요. 그런데 구영진 씨는 아무런 응답이 없으시고. 일단 카톡으로 내용을 보내드릴게요. 전화 끊지 말고 한번 보세요.

1999년 2월 3일, 오늘의 유서 by YJ

종말이 오면 운동장에 혼자 나가서 야호! 하고 소리칠 거야.

끝날 땐 뭔가 대사가 있어야 멋있잖아.

—구영진이 주하나에게

1999년 3월 17일, 오늘의 유서 by KM

내 종말 계획 : 국어 선생님 얼굴에 시험지를 던진다. 그리고 도망치다가 멈춰서 "선생님, 수고 많으셨습니다!"라고 외친다.

—구영진이 주하나에게

1999년 4월 8일, 오늘의 유서 by JHS

종말이 오면 급식실에 가서 초코우유를 싹쓸이할 거야.

어차피 마지막인데 누가 뭐라 하겠어?

—구영진이 주하나에게

1999년 7월 21일, 오늘의 유서 by M

종말 전에 하고 싶은 일 : 담벼락에 '여기까지가 끝입니다'라고 크게 낙서하기.

어차피 청소 안 해도 되잖아.

—구영진이 주하나에게

입이 벌어졌다. 신문 귀퉁이에 실린 부고를 찍은 사진들이 빼곡했다. 설명을 듣지 않아도 상황은 대충 알 것 같았다. 주하나는 겨우 이렇게 대답했다. 목소리가 자꾸만 가라앉았다.

거기서 왜 제 이름이 나오는지 모르겠는데, 구영진은 아주 오래전 연락이 끊긴 고등학교 동창일 뿐이에요.

수화기 너머로 잠시 침묵이 흘렀다.

구영진 씨가 주하나 씨를 이렇게 보고 싶어 하시는데도요? 게다가 그분 상태가 썩 좋아 보이지 않아요.

무슨 뜻이죠?

그건 인터뷰 때 말씀드리죠. 주소와 연락처를 먼저 남겨드리겠습니다. 제 역할은 여기까지인 것 같네요. 그럼.

기자는 그렇게 전화를 끊었다. 주하나는 거절할 틈도 없이 끊긴 전화를 멍하게 내려다봤다. 가슴에서 묘한 통증이 느껴졌다. 정전기가 이는 것처럼 바짝 마른 마음 어딘가에서 타닥, 하고 불꽃이 튀는 듯했다. 구영진은 그런 사람이었다. 잊고 싶은 기억에 자꾸만 태엽을 감는 사람. 그 순간 허공 어딘가를 떠다니던 기억이 머릿속 어딘가로 한꺼번에 몰려왔다. 정전기쯤으로 여기던 불꽃이 우르르쾅쾅 하고 마음 한구석을 시끄럽게 울렸다.

주하나는 그 애가 뭔데, 그 애가 대체 나와 무슨 상관인데, 하는 생각을 되풀이했다. 확신이 서지 않았다. 그러면서도 기자가 남긴 주소를 물끄러미 바라봤다.

여수시 남파랑길 55 사랑기도요양원 301호.

마음이 요동쳤다. 대체 이게 무슨 상황이지? 하던 생각은 결국 갈 것인가 말 것인가 하는 고민으로 이어졌다.

상태가 썩 좋아 보이지 않기도 하고.

기자의 마지막 말이 이명처럼 남았다. 새벽에 잠을 설친 주하나는 인터넷을 뒤져 최저가 항공 티켓을 검색했다. 불편함을 감수하며 여수에 가려는 것은 어쩌면 확인하고 싶기 때문일지도 몰랐다. 무엇을 확인하고 싶은가, 하면 그건 몰랐다. 주하나는 주사위를 던지듯 인터넷 화면에 뜬 비행기값에 결제 버튼을 눌렀다.

15

부드러운 햇살이 바다 위로 쏟아지던 오후였다. 식사 시간이 막 지난 방에는 옅게 음식 냄새가 떠돌았다. 구영진은 몽롱한 눈으로 출입문을 응시하고 있었다. 거기 방을 잘못 찾은 사람처럼 주하나가 서 있었다. 커다랗고 동그랗다고 기억되던 눈이, 복숭아나 앵두가 떠오르던 뺨과 입술이 변하지 않은 듯 변한 느낌이었다. 주하나의 얼굴에 그제야 미소가 번졌다. 눈가에 희미한 주름이 잡혔다.

드디어 봤구나!

주하나의 이마에 미묘한 감정이 어른거렸다.

네가 올 줄 알았어. 꿈을 꿨거든.

꿈?

구영진은 간밤의 꿈을 떠올리며 정말 그런 것인지도 모르겠다는 생각을 했다.

고기를 먹는 꿈이었다. 어떤 규칙이 있는 것도, 누가 시킨 것도 아니었는데 구영진은 꿈속에서 거대한 고기를 뼈가 나올 때까지 다 먹어치워야만 했다. 퍽퍽하고 질긴 살이 잔뜩 붙어 있었다. 그냥은 도저히 먹을 수 없이 덜 익은 고기에서는 피비린내가 진동했다. 구영진은 고민했다. 피 냄새를 없애기 위해 후추를 왕창 뿌릴 것인가, 물컹한 식감을 덜기 위해 참기름 같은 걸 바를 것인가, 와인이나 소주를 곁들이는 것은? 하고. 그런데 이상한 일이었다. 고기를 보고 있으니 허기가 느껴졌고 어느새 침이 고였다. 결과적으로 고기를 먹는 일은 어렵지 않았다. 맛도, 포만감도 느껴지지 않아서 더욱 그랬다.

꿈에서 깨고 보니 베개가 흥건했다. 잠에서 깬 구영진은 어둠 속에서 어둠을 바라봤다. 문득 맛도 모르고 먹어치운 고기가 꼭 제 살 같다는, 제 삶 같다는 생각이 들었다. 구영진은 다시 잠들지 못하고 침대에서 일어나 방을 서성거렸다. 침대 머리맡에 반쯤 먹다 남은 위스키 병이 눈에 보였다. 그리고 잠깐 주하나를 떠올렸다. 오늘은 어쩌면 그 애가 오지 않을까.

정말 네가 오려고 그런 꿈을 꾸었나 보다.

구영진은 방 안에 드리운 주하나의 그림자를 보며 말했다. 주하나가 어색한 눈웃음을 지었다. 대체 꿈 이야기를 왜 하는

지 알 수 없다는 표정이었다.

나쁜 꿈이 아닌 게 분명해.

그래?

고기를 먹는 꿈이었거든.

그건 좋은 꿈 아니야?

그러니까. 하도 살을 잘 발라 먹어서 뼈만 남았지 뭐야. 대체 그게 무슨 꿈일까 생각하면서 날을 꼬박 새웠는데 네가 왔잖아. 그러니 나쁜 꿈이 아니지.

구영진은 이를 드러내며 웃었다. 스스로도 억지스러운 농담이라는 걸 알았다. 주하나의 시선이 창문으로 미끄러져 나가는 걸 보고 나니 더 그랬다. 웃음이 미적지근하게 사그라졌다. 주하나가 물었다.

어떻게 지냈어?

보시다시피.

구영진이 어깨를 으쓱하며 대답했다. 방 안을 살피는 주하나의 시선이 느껴졌다. 누렇게 변색된 벽지, 낡은 의자, 반쯤 남은 위스키 병. 햇빛이 블라인드 사이로 흘러들어왔지만 방 안에는 어딘지 눅눅한 공기가 가득했다. 주하나의 시선이 냉장고 위 수북이 쌓인 약봉지에 머물렀다.

나 우울증 약 여섯 가지 먹고 있거든. 여기선 그걸 칵테일이라고 부르더라.

약을 그렇게 먹으면 안 되는 거 아니야?

그런가?

구영진은 가볍게 웃으며 말했다.

그러는 넌 어때? 지금도 약 가지고 다녀?

무슨 약?

쥐약 말이야.

풉, 하고 웃음을 터뜨린 구영진은 그게 둘만 아는 농담이라고 생각했다. 그러나 주하나의 얼굴은 차갑게 굳어 있었다. 구영진은 빈 약봉지를 들어 흔들며 말을 이었다.

몸이 아픈 건 아니야. 그냥 좀 쉬고 싶었을 뿐이지.

구영진은 주하나를 침대 옆 의자로 안내했다. 둘은 말없이 창밖을 바라봤다. 블라인드 아래로 파란 바다가 보였다. 무슨 말이라도 해야 할 것 같았다. 구영진이 말했다. 밥은 생각보다 먹을 만하고, 최근에 읽은 책은 별로였다고. 대화에서 용건을 뺀 나머지 말들이 오가는 기분이었다. 주하나는 더 머물고 싶지 않은 사람처럼 불편해 보였다. 그가 무릎 위에 올려놓은 가방을 더 단단히 움켜쥐었다.

그런데 너, 그때는 왜 그랬어?

구영진이 대뜸 물었다. 그러나 말이 끝나기도 전에 후회가 밀려왔다. 자신과 주하나 사이에 흘러간 긴 시간이 새삼스럽게 감각됐다.

그때라니?

우리, 잠깐 홍내에서 미주쳤잖아.

홍대?

잠시 생각하던 주하나가 아, 하고 작게 탄성을 내뱉었다. 그제야 몇 년 전 술집에서 우연히 마주쳤던 일을 떠올린 듯했다. 그랬었나?

구영진은 속으로 생각했다. 그걸 잊었을 리가. 오히려 주하나가 애써 모른 척하고 있는 것 같았다.

너, 나한테 전화번호도 줬어. 그다음에 연락했는데 없는 번호더라.

주하나의 표정이 어두워졌다. 그는 시선을 아래로 떨어뜨리며 잠시 침묵했다. 더는 말을 이어갈 생각이 없어 보였다.

너는 인생이 그렇게 심심하니?

주하나의 눈썹이 미세하게 올라갔다 내려갔다.

혼자 놀기 심심해서 아직도 이러는 거야? 미안하지만 난 너무 바빠. 당장 내일이 종말보다 더 무서워. 백보훈이 죽은 걸로 우리는 다 끝난 거 아니었니?

주하나는 맞춤법 오류를 찾는 사람처럼 구영진을 싸늘하게 바라봤다.

맞아. 백보훈은 부서졌지. 우리 모두가 걔가 부서지는 데 조금씩 일조를 했고.

구영진의 말에 주하나는 고개를 끄덕였다. 체념과 씁쓸함이 묻어 있는 표정이었다.

그래. 넌 하나도 안 변했어. 너는 늘 이런 식이었어.

무슨 뜻이야?

혼자만 탈출을 하지. 뭐든 다 제멋대로 망가뜨려놓고.

주하나는 깊게 한숨을 내쉬었다. 그리고 구영진의 눈을 똑바로 응시하며 말했다.

네가 그런 선택을 했을 때, 그게 너한테는 끝이었는지 몰라도 나에겐 시작이었어. 그렇게 다 망쳐놓고 이제 와서 왜 나를 찾아? 대체 왜? 이제 겨우 완전히 도망쳤다고 생각했는데!

구영진은 주하나의 말을 들으며 굳어버렸다. 마치 누군가 귀 옆에서 끊임없이 웅웅대는 소리를 내는 것처럼 그의 목소리가 들리면서도 들리지 않았다. 머릿속에서 단어들이 뒤엉켜 차마 입 밖으로 나오지 않았다. 잘린 필름처럼 어떤 장면들이 맴돌았다. 허리까지 자란 풀, 귓가에 흐르던 노래, 드르륵 드르륵, 커터칼이 날을 밀어내는 소리 그리고 온몸을 타고 흐르던 전류 같은 고통. 그때 그는 확신했었다. 선택은 이미 내려졌고 그것이 최선이었다고. 하지만 지금, 그 확신이 송두리째 흔들리고 있었다.

주하나를 보고 싶어 했던 진짜 이유는 무엇이었을까. 단순한 안부가 아니었다. 시간이 흘렀으니 자연스럽게 마주칠 날이 오리라 기대한 것도 아니었다. 구영진은 주하나가 잘 지내고 있다는 걸 확인하고 싶었다. 그 사실을 통해 스스로 안심하고 싶었다. 그때 자신이 한 선택은 어쩔 수 없는 것이었음을. 그게 최선이었음을. 그 믿음이 아니라면 감당해야 할 죄책감이 감당할 수 없을 만큼 커질 것을 알았으니까. 그런데 지금 깨닫고야 말았다. 그 선택으로 인해 주하나가 고통받아왔다는 것을. 자신이 탈출한 자리에서 주하나는 여전히 헤어 나오지 못한 채 버티고 있었다는 것을. 차가운 현실이 목덜미를 움켜쥔 듯했다. 애써 쌓아 올린 합리화가 하나둘 금이 가고 무너졌다. 주하나의 눈빛이 흔들리고 있었다. 차갑지만 그 차가움 속에 깊이 가라앉은 상처를 구영진은 피하지도 똑바로 마주할 수도 없었다.

살아 있는 거 봤으니 그만 가볼게.

주하나가 자리를 박차고 일어섰다. 구영진은 일어서려는 주하나를 붙잡았다. 손이 떨리고 있었다.

몰랐어. 정말.

구영진은 지난 모든 것이 후회됐다. 주하나로 인해 자신이 상처를 입었듯 그도 고통받았음을 이해했다. 구영진은 주하나의 팔을 붙잡은 손을 천천히 내려놓았다. 손끝에서 온기가 빠져나가는 듯한 느낌이 들었다. 그리고 겨우 이렇게 말했다.

그때 내가 뭘 망가뜨렸는지 이제야 보여.

주하나는 한동안 말없이 서 있었다. 구영진은 눈두덩이 뜨거워지는 것을 간신히 참았다. 정작 흐느끼기 시작한 것은 주하나였다.

아무도 물어봐주지 않았어. 괜찮은지, 얼마나 무서운지. 거기 혼자 남아서 너무 고통스러웠어. 정말 그게 끝일까 봐.

시간이 얼마나 흘렀는지 알 수 없었다. 구영진이 시계를 올려다봤다. 마지막 비행기 시간이 훌쩍 지나 있었다. 하지만 주하나는 아무 말도 하지 않았다. 침대에 기대앉아 창밖을 바라볼 뿐이었다. 가만히 생각에 빠져 있던 그가 눈을 뜨자 구영진이 말했다.

나는 요즘 약을 잘 안 먹어.

왜?

코낙만큼 효과가 없거든.

주하나가 희미하게 웃었다. 구영진은 침대 옆에 놓여 위스키병을 꺼냈다. 그리고 두꺼운 유리잔에 위스키를 따랐다.

생각 있어?

주하나가 조용히 고개를 끄덕였다. 위스키를 건네받은 주하나에게 구영진이 덧붙였다.

이건 안주.

그는 탁자 위에 놓여 있던 두툼한 '오늘의 유서'를 가리켰다. 노트를 받은 주하나는 한참 동안 그것을 내려다봤다. 설마, 했다가 진짜? 하는 눈동자가 흔들렸다.

이걸 어떻게 가지고 있어?

이모가 유품으로 남겼어.

주하나는 잠시 움직임을 멈추고 구영진을 봤다.

돌아가셨구나.

응. 좀 됐어. 근데 너 알아? 여호수아네 아버지랑 우리 이모랑 사귀는 사이였던 거.

주하나가 자세를 고쳐 앉으며 놀란 듯 물었다.

너는 그걸 어떻게 알았어?

여호수아네 아버지가 이모 사택에 들어가는 걸 본 적이 있거든.

그때는 왜 얘기 안 해줬어?

그건 이모의 비밀이니까.

아.

다시 주하나의 시선이 유서들을 찬찬히 살폈다. 누군가 소예배당 잔디밭에서 포크댄스를 추던 날에 쓴 유서가 보였다.

> 1999년 6월 3일, 오늘의 유서 by HS
>
> 예배당 앞 잔디밭에서 춤을 추던 날, 햇살은 따뜻했고 노래는 즐거웠어.
>
> 이 춤이 끝나면 모든 게 멈출 것 같았는데, 지금은 그 끝

이 시작이었으면 좋겠어.

이 노래가 계속 흘렀으면.

끝나지 않았으면.

주하나의 눈길이 HS에 오래 머물렀다. 구영진이 말했다.

우리 포크댄스 추던 거 기억해? 작은 예배당 앞 잔디에서 말이야. 그때 나온 노래. 그 라라라라, 하던 노래 있잖아.

제목이 〈The secret garden〉이잖아. 하바 알버스타인이라는 가수 노래고. 그때는 몰랐는데 찾아보니까 엄청 우울한 노래였더라고. 그래서 좋아했던 거 아니야? 너 말이야.

기억하는구나.

응, 기억해.

그럼 네가 나의 증인이었던 것도?

구영진이 씁쓸하게 웃었다.

증인?

자기주도식 종말의 증인.

구영진은 음, 하고 말을 짧게 끊었다. 그러고는 다시 말을 이었다.

나 예전에 멈췄던 유서를 다시 쓰고 있어. 그때 하지 못했던 걸 끝까지 하고 싶어서.

구영진은 주하나와 기도원 근처 펜션으로 향했다. 두 사람에게 기도원 원장은 손님을 맞을 때 싼값에 이용하던 펜션을 내주었다. 펜션에 들어선 구영진은 거실 커튼을 소리 나게 걷었다. 창문 모서리에 막 노을이 퍼지기 시작한 바다가 조그맣게 보였다. 구영진이 말했다.

라면 먹을래?

그래.

드라마도 보자. 최진실 드라마는 어때?

주하나는 희미하게 미소를 지어 보였다.

최진실 드라마를 아직도 봐?

응.

내 최애 콜렉션이야.

철 좀 들어라.

철들면 절교야.

주하나가 냄비에 물을 올리는 동안 구영진은 노트북에 저장된 화면을 플레이 했다. 최진실의 드라마 〈내 생에 마지막 스캔들〉이었다. 두 사람은 라면을 먹으며 드라마를 봤다. 후르룩, 하는 소리만 간간이 들렸다. 따뜻한 것을 먹으며 드라마를 보고 있자니 꼭 과거로 돌아간 것 같았다. 주하나가 말했다.

피피섬으로 출장을 간 적 있어. 그때 서울은 한겨울이었고, 폭설이 왔고, 길이 꽉 막혀서 비행기를 놓칠 뻔했어. 겨우 탄 비행기에서는 감기약 기운 때문에 내내 잠을 잤지. 그래서 그런지 시간을 훅 지나서 차원 이동을 한 기분이었어. 갑자기 아주 아주 늙어버린 기분. 새벽까지 뒤척이며 밤을 꼬박 새웠지. 그 다음 날 산책을 갔어. 모르는 남자랑. 공원을 한참 걸었지. 풀 사이, 바닥에 심상찮게 크고 작은 돌들이 있었지. 왠지 서늘한 느낌에 가까이 다가가서 보니까 묘비더라.

주하나는 잠시 말을 멈췄다 다시 이었다.

나중에 알았어. 내가 호텔에서 파크뷰라고 생각했던 곳이 실은 묘지였던 거야. 거기 마을이 있었는데 쓰나미로 마을 전체가 사라졌대. 시체도 찾을 수 없어서 사람들이 거기에 커다란 돌을 하나씩 가져다 놨대. 떠난 사람의 이름을 새겨 넣거나 그림을 그려놓은 돌들을. 그렇게 생겨난 거래. 가묘 공원이.

거기서, 하고 말한 주하나가 다시 한번 동작을 멈췄다.

나 거기서 네 이름을 썼어.

내 이름?

응. 거기서 나는 구영진이었어.

왜?

네가 엄청 보고 싶었나 보지.

구영진은 가만가만 숨소리를 내며 주하나를 바라봤다. 고요 속에서 들리는 파도 소리 덕분에 둘은 해변이 얼마나 가까이 있는지 가늠할 수 있었다. 두 사람은 바다 맨 밑바닥에 닿은 것처럼 고요하고 평온했다. 주변이 서서히 어두워지는 것을 바라봤다.

사람을 변하게 하는 건 뭘까?

글쎄.

생각해보면 우리에게 종말이 있어서 참 다행이었던 거 같아.

그 지긋지긋하던 때가 그립다는 뜻이야?

응.

종말이 영영 오지 않던 그때가?

응.

주하나는 혼잣말하듯 앞으로 무엇을 할 것인지, 이런 상태로 얼마나 버틸 수 있는지 하는 것들을 조곤조곤 이야기했다. 소설을 써보겠다고 했고 퇴직금을 털면 작은 오피스텔 하나는 얻을 수 있을 거라고도 했다. 자신은 은근히 단순한 일에 소질이 있다는 말도 덧붙이며 편의점 아르바이트 이야기도 꺼냈다. 그리고 끝에는 환하게 웃었다.

둘은 이제 노트북 앞에 이불을 펴고 나란히 누웠다.

너 알아? 여기 기도원에 유령이 나온다?

무섭게 왜 그래.

유령이 무서워?

넌 안 무서워?

응. 유령이 뭐가 무서워. 가엾은 거지.

어디가?

영원 속에 갇힌 거잖아.

듣고 보니 무섭네. 그런데 유령들은 왜 나타나는 거래?

심심하지 않겠냐?

엉터리.

말하고 싶을 것 같아.

뭘?

자기가 거기 있었다는 거. 그게 자신이 가질 수 있는 유일한 의미라는 거.

그렇겠네.

우리 언젠가 이런 얘기 했던 거 같아.

그랬나?

응. 분명히.

구영진은 거기까지 말하고 이불을 푹 뒤집어썼다. 그리고 주하나의 옆으로 바짝 다가갔다. 주하나가 아, 뭐야? 하고 그를 밀어냈지만 잠이 오지 않는다며 자연스럽게 주하나의 팔을 붙잡아 품으로 끌어당겼다. 주하나는 순간적으로 움찔했지만 이내 가만히 있었다. 따뜻한 체온이 느껴졌다. 조금 웃었고 조금 울었다. 밖은 아무것도 없는 것처럼 모든 것이 사라진 것처럼, 암흑이 채워지고 있었다.

*

이른 새벽 주하나가 눈을 떴을 때, 옆에는 구영진이 누워 있었다. 주하나는 고개를 돌려 잠든 그의 옆얼굴을 가만히 들여다봤다. 구영진은 못 본 사이 살이 많이 빠졌고 입술이 터져 있었다. 자신과 어딘가 닮아 있었다.

주하나는 잠시 어둠 속에 조용히 앉아 있었다. 그는 머리맡에 있던 '오늘의 유서'를 펼쳤다. 페이지를 펼쳐 손가락으로 종이를 쓸어보았다. 지나간 시간이 손끝에 거칠하게 맺혔다. 그렇게 보니 시간은 몸을 통과해 어디론가 사라지는 게 아닌 것 같았다. 몸속에 차곡차곡 쌓여서 순간의 선택을 관장하고, 태도를 명령하며, 어떤 의지가 되어 손과 발을 움직이게 하는 것 같았다.

옅은 잠에서 깬 구영진이 가만히 눈을 떴다. 두 사람은 그대로 한참을 있었다. 이상했다. 목으로 묵직한 것이 올라왔다. 여러 기억이 새벽 푸르스름한 빛 속에서 뒤엉켰다. 종말을 바랐던 네 명의 말간 얼굴들이 떠올랐다. 커피우유에 빨대를 꽂아주던 여호수아와 몰래 위스키 병을 숨기던 백보훈. 빈 종이를 새까맣게 채우던 기도의 말과 기도동산의 작은 십자가들. 주하나가 오들오들 떨며 찬물 빨래를 하고 있으면 구영진이 포트에 뜨거운 물을 받아 부어주던 일도, 13일의 금요일 밤에 장난으로 여학생 기숙사 담을 넘던 남학생들도 생각났다. 그제야 주하나는 자신이 구영진을 만난 뒤 느낀 것이 안도라는 것을 깨달았다.

9월이 다 갔네.

그러네.

밤에는 좀 쌀쌀하지? 담요를 꺼내야겠어.

어. 새벽에는 좀 춥더라.

구영진은 가만히 고개를 끄덕이다 말했다.

우리가 자주 올라갔던 그 기도동산은 잘 있을까?

이젠 없을걸?

왜?

예전 학교가 있던 자리에 아파트가 들어섰다는 뉴스를 본 것 같아.

동산은 어떻게 하고.

지금은 땅이 됐겠지. 아니다. 아파트가 됐으려나?

마치 아무 일도 없었던 것처럼 평평한 대화가 오갔다. 농담을 하기도 하고 웃기도 했다.

구영진.

응?

구영진.

주하나는 여러 번 그의 이름을 중얼거렸다. 그 옛날 무엇인가가 간절해질 때마다 불렀던 이름이었다. 입술 위에 잔잔한 파동이 이는 것 같았다.

16

2023년 12월 21일, 오늘의 유서 by HN

종말이 오지 않아서 실망이 이만저만이 아닌 주하나의 친구 구영진. 매월 21일에 유서를 띄우던 종말론자지만 그럼에도 불구하고 끝까지 살아남은 자. 구영진, 종말을 끝냅니다.

작가의 말

유서를 쓰는 마음과 읽는 마음은 결코 만날 수 없습니다. 쓴 사람이 퍼즐 같은 문장을 남기고 떠나면, 읽는 사람은 남겨져 그 퍼즐의 빈 공간을 가늠할 뿐이죠. 그러니 두 마음이 만날 수 있는 유일한 기회는 유서를 쓰는 동안이라고 말할 수 있지 않을까요. 삶의 마지막 문장과 죽음의 첫 문장이 오롯하게 하나의 시공에 존재하는 순간. 아이러니하게도 가장 절실하게 삶을 응시하고 있는 상태. 우리는 유서를 쓰는 동안 가장 생생하게 살아 있는 존재가 됩니다.

거절당하는 순간에, 진심을 오해받는 순간에, 끝끝내 회복 불가의 벼랑에 섰다고 느끼는 순간에 유서를 쓰십시오. 과거형이나 완료형보다는 현재진행형의 시제가 좋겠습니다. 새를 쥐듯 조심스럽게 끝 문장 너머를 가늠해보세요. 스스로가 미워서 견딜 수 없어도 조금은 너그러운 마음을 가지면서. 사랑했던 것과 미워했던 것, 감추었지만 결국에는 드러난 것들에 대해 기록해보세요. 돌아보면 우리는 이 세계가 퍼뜨리는 사악한 믿음 속에서도 몇 번이나 서로에게 사랑을 고백했습니다. 자기 자신이 되고자 하는 마음을 포기하지 않았습니다. 희미하고 작은 온기로 무언가가 자꾸 되살아나는 것을 당신은 이미 목격했습니다. 종말에 수반되는 것이 소멸이라면, 그 소멸이 불러오는 수식은 마침내 더욱 선명한 삶이었음을 어렴풋이 깨닫게 될 것입니다. 무엇보다 건강하시기를. 유서 속에 돌이킬 수 있는 문장들을 쓰기 위해서는 무엇보다 건강한 몸과 마음이 중요합니다.

마지막으로 오래 남겨질 이름들을 떠올려봅니다. 사랑하는 가족, 친구들. 그리고 문학 안에서 생존 중인 창작 동인 반상회. 애정 어린 마음으로 소설을 매만져준 김정은 편집자님과 따뜻한 응원을 보내준 최가은 평론가님. 당신이 당신으로 생존한 모든 시간에 감사드리며 그럼 이만 총총.

2025년 2월

신주희

친애하는 나의 종말

초판 1쇄 발행 2025년 3월 5일

저자 신주희
펴낸이 안병현 김상훈
본부장 이승은 총괄 박동옥 편집장 박윤희
책임편집 김정은 디자인 박지은
마케팅 신대섭 배태욱 김수연 김하은 제작 조화연
2차저작권 관리 문주영

펴낸곳 주식회사 교보문고
등록 제406-2008-000090호(2008년 12월 5일)
주소 경기도 파주시 문발로 249
전화 대표전화 1544-1900 주문 02)3156-3665 팩스 0502)987-5725

ISBN 979-11-7061-231-5 (03810)
책값은 표지에 있습니다.

• '북다'는 문학을 기반으로 다양하게 변주된 책들을 선보이는 종합 출판 브랜드입니다.